プロローグ

油蟬の声が絶えたと思う間に時雨《しぐれ》がやってきて暑気をころあいに鎮め、かわりに蜩《ひぐらし》の鳴き始めた晩夏のたそがれどきであったと思う。

いや、地球温暖化とやらで蟬も時雨も出番にとまどっている昨今のことであるから、もしかしたら九月も半ばを過ぎていたかもしれない。

ともあれ仕事に倦《う》んだ私は書斎の縁側にあぐらをかいて、雨に潤った苔庭をぼんやりと眺めていた。

家人は出払っており、猫どもは時雨を幸いにいぎたなく寝こけており、たいそうな金をかけて敷き詰めた杉苔は暑さにすっかりへたって、陽の当たるところは茶色に腐っていた。

今にして思えば、いかにも招かれざる客が訪れるにふさわしい瞬間であった。雨が過ぎて蜩がカナカナと鳴き上がり、まるで一日も一夏も、私の仕事もきっぱりと終わった静寂を見計らったように、来客を告げるチャイムが鳴った。

それはたとえば、舞台の袖闇から一丁の柝《き》が入ったと思えるほどの、絶妙の間であった。

わが家の慣習として、私は家人が留守の折には電話にも出ず、来客の応対はいっさいしない。

だからなにゆえこのときに限って、インターホンの呼びかけに対して即座にハイと応じたのか、いまだによくわからぬのである。

絶妙の間であった、と言うほかはない。まるでその一瞬を狙い定めたかのようにチャイムが鳴り、私は花道に姿を現した役者に思わず声をかけるほど何ひとつ考えず、玄関の様子を映し出すモニターを覗《のぞ》きながら、ハイと答えてしまった。

新築された書斎に設置した機器は最新式で、門前に佇《たたず》む客を魚眼などではない正確なカラー映像で捉えた。

精彩を欠いた背広姿の男が、私の本名を口にした。門柱には本名と筆名の、ともに姓だけが掲げられている。つまり公にされていない本名をフルネームで告げたということは、少くとも新興宗教の勧誘ではない。

「どちらさまでしょうか」

私はとっさに応じてしまった粗忽《そこつ》を悔いながら、インターホンに向かって訊《たず》ねた。むろん誰であろうが、家人が留守なのであしからず、とすげなく追い払うつもりであった。ところが、問われた男が一呼吸おいて、実に朗々と名乗りを上げでもするように答えた声は、私をただちに玄関へと歩ませた。

男はやおら、さる金融機関の名を口にした。しかも見えざる私の顔をまっすぐに見つめるように、モニターのレンズに正対して、立て板に水のごとく要領を得た自己紹介をしたのだった。

「突然お騒がせして相済みません。わたくし、整理部の○○と申します。とうに時効を過ぎております案件でございますから、ご面倒はおかけいたしません。少々のお時間を拝借いたしまして、書類上の手続きをなさっていただければ幸いに存じます。ほんの五分か十分のことでございますから、よろしくお願いいたします」

これはたしかに、かしこまってお受けする類いの話であろう。

私がその金融機関から大金を借り入れたのは三十年も前のことで、ろくに返済をせぬままとっくの昔に金銭貸借の時効を迎えていた。いい大人がこういう言い方も何だとは思うけれど、早い話がチャラになった借金である。

さらに多少の説明を加えておく。私に大金を貸したのは一般の市中銀行であり、当該機関は担保も保証人もない若き起業家のために、債務保証をしてくれたのである。むろん利用者はいくばくかの保証料を支払うのだが、いわば新規事業を育成するための公的機関であるから、営利と呼べるほどのものではなかった。

その資金を元手として商売を始めたはよいものの、銀行に対する返済はほどなく滞り、規約に準じて当該機関は債務の弁済をした。つまりこの時点で私の債権者はその機関となったわけである。

どこの馬の骨ともわからぬ二十五歳の起業家に、いわば親に代わって債務保証をし、あげくに不良債権の肩代わりまでしてくれたのであるから、公的機関とはいえまこと善意の第三者であると言ってよい。ましてやそうした善意を踏みにじって、ほとんど返済をせずに金銭貸借の時効を迎えてしまった私は、資本主義社会にいてはならぬろくでなしである。

もういちど簡単に説明する。

実際に金を貸した銀行は、保証機関から代位弁済を受けたわけであるから損はしていない。その金を使ってしまった私は得をした。借金の肩代わりをしたうえ踏み倒された機関は損をした。そういう話である。

ほんの数ヵ月の付き合いで無縁となった銀行は、その後わけのわからぬ統廃合をくり返し、今はどういう看板に変わっているのかもわからない。

ろくでなしはその後、商売上の毀誉褒貶のあげくに、あろうことか小説家になった。著作が思いがけずに売れてけっこう儲かったものだから、あちこちの銀行に預金を分散させて財産の保全に努めており、当然その中にはかつてすったもんだした銀行もあるのだが、そうしたいまわしい過去はなかったことになったらしい。

だがしかし、一人損をした保証機関には記録が生きていたのである。その「整理部」の担当者が三十年ぶりに私の居場所をつきとめて、「今さら返せとは言わんが、せめて書類上の手続きをさせて下さい」と礼を尽くすのであるから、ここで追い返そうものなら、私はろくでなしどころかひとでなしになると思った。

信じ難い話ではある。たとえば三十年前にどこかでなした私の子供が、ついに実の父の所在を知って親子の名乗りを上げにきたといえば、かなり近いであろう。「今さら何をしてほしいとも思いませんが、せめてひとめお会いしたくて」と言うわけであるから、ここで追い返そうものなら、たしかに私はろくでなしどころかひとでなしである。そう考えるとわかりやすい。

ただし、粗忽ながら私は胸に誓っていた。

金は、返さん。


客間に招じ入れられるなり、男は白髪頭から滴り落ちる汗をしきりに拭いながら、しばらくあたりを見渡していた。

「立派なお暮らしぶりですねえ……」

嫌味か。

「ま、かれこれ三十年ですから」

私は応酬した。

東京郊外の丘の上に建つわが家は、バブル流れの逸品である。新築同様のまま銀行が押さえていた物件を、不良債権処理のどさくさに紛れて法外な安値で買い叩いた。

むろん中身は濃ゆい。いざというときには家の中で飛び降り自殺ができるほどの吹き抜けの真下には、確実に死ねるようにバチカンと同じサイズの「ピエタ」像のレプリカが据えてある。

このほど隣地に書斎と茶室を増築したので、一階の旧書斎を客間にした。この座敷も相当にバブリィで、網代《あじろ》格子の船底天井に広縁が付いている。窓の外は茶庭に面した檜皮《ひわだ》屋根の待合だった。

茶は出すまい、と決めた。

「民法上の時効は成立しておりますが……」

が、どうした。納得できんのは個人的感情だろう。

そういうミもフタもない言い方も大人げないので、私はいくらか大人っぽい言葉に変換した。

「長い間ご迷惑をおかけいたしました。おかげさまでここ十年ばかりは、たいそうな税金を納めさせていただいております」

「はあ。そうでしょうねえ……」

先方がどういう業態であったか詳細は忘れたが、国か自治体の公的機関、もしくはそれに準ずるものであったと思う。要するに、借金はたしかに踏み倒したが、その何百倍もの税金は払ったのだから了簡せえ、と私は言ったつもりであった。

男は一向に引かぬ汗をしきりに拭いながら、広縁の先の薔薇垣に目を向けた。母屋の庭は家人が丹精こめたイングリッシュ・ガーデンである。

白樺の幹に蜩がとまって、雨上がりの夕空高く、カナカナと鳴いた。

「で、どのようなお仕事をなさって……」

おや、と私は思った。そんなことは先刻承知のはずで、おそらく納税記録をたどって現住所をつきとめたのだろうと考えていたのだが、そうではなさそうである。職業を知らぬということは、住民票の移動先をたぐってきたのだろうか。それにしては、まあずいぶんと時間がかかったものだと、私は呆《あき》れた。

べつに逃げ隠れしていたわけではない。転居先をいちいち知らせなかっただけである。三十年の間にいくども引越しはしたが、たしか最初の転居のあとからは督促もなくなった。

「物を書いております」

「は？……」

こういうとき、「小説家」という職業はあんがい口にしづらい。べつにこういうときでなくても同じなのだが、その職名にはどうしても正当な職業らしき社会性が感じられぬのである。「詩人」とか「歌人」とか名乗るよりは、いくらかマシであろうとは思う。しかしやはり気恥ずかしい。かと言って「著述業」はよけいいやらしい感じがするし、「物書き」はみずからを卑下するようでもある。

「物を書いてらっしゃる、とは？」

みなまで言わせるな。今さらどうでもいいことだろう。

「ま、いわゆる小説家です」

恥ずかしがれば恥ずかしがるほど、もっといやらしい表現になる職業であった。

「ほう」

と、侮蔑とも感心ともつかぬひとことのあとで、男は何やら書類を繰った。そして、それこそ穴のあくほどジッと、私の顔を見つめた。

面が割れた、と思った。

「あの、五分か十分でというお話でしたよね。ちょっと締切がたてこんでいるものですから」

こうとなったら一刻も長居はさせず、サッサと書類にハンコをついて追い返そうと私は思った。当然、債権放棄の書類である。

「アッ、アアッ……」

ペンネームが思い出せぬのか、それともビックリしているのかわからぬ。

「はいはい。表札にアサダって書いてあったでしょ。あれ、ペンネームです。だからって妙なことを言い出さないで下さいよ」

機先を制して私は言った。明らかに面は割れた。だからどうした。私は名を惜しんで財布の紐を緩めるほどの善人ではない。

何もそこまで、と思うほど仰天した男は、やおら書類鞄をかき回して読みさしの文庫本を引きずり出し、座卓の上に置いた。

一瞬手品かと思ったがそうではなかった。男はたしかに『壬生義士伝・下』を持ち歩いていたのである。

「ちょうど今、吉村貫一郎が妻子の名を呼びながら腹を切ったところでして、電車の中で泣きながら読んできたのです。何という偶然でしょうか。わー、信じられない」

怪しい。私は悪い人生を歩んできたおかげで、世の中の偶然がけっこうな頻度で起ることぐらいは知っている。しかし同時に、偶然を装った必然もまた多いこともよく知っているのである。

男は興奮している。文庫本に添えられた指先は震えており、表情はもしや蔭腹でも切っているんじゃないかと疑うほど青ざめていた。その興奮度からすると偶然を信じたくもなるが、偶然を装うことの耐え難さがそうした緊張を強いているかとも思えた。

ふつうに考えれば後者であろう。偶然にしてはできすぎている。百歩譲って偶然であるにしても、その読みさしの一冊が『プリズンホテル』でも『カッシーノ！』でもなく、『壬生義士伝』であるというのが実にわざとらしい。もしやこの男は、時効を過ぎてもはや取り立てようのなくなった金を、法的根拠はなくとも道義的精神を揺すぶることによって、回収しようと企《たくら》んでいるのではあるまいか。だからこそ『壬生義士伝』なのである。

甘い。もし小説家が作品の精神や作中人物の思想を体現しなければならぬとしたら、世の善行悪行の一切を背負って立たねばならぬではないか。そういう立派な作家は三島由紀夫ひとりでたくさんである。

「偶然じゃないでしょう」

と、私は男を睨《にら》み据えた。

「は？……と、おっしゃいますと」

不自由な体になったものだ、と私は思った。もし小説家でさえなかったならば、あとさきかまわず躍りかかって、ボッコボコにしていたはずである。ガキの時分から最も許し難いものは、「不正」ではなく「不実」であった。ものごとのよしあしではなく、まっすぐでないものは大嫌いだ。

身の危険を感じたとみえて、男は懸命の言いわけをした。

「いえ、ほんとに偶然なんです。私だけではなく、職場のみんなも大ファンでして、実はこの本も回し読み。わー、信じられない。こんなことってあるんですねえ」

驚愕の表情がわずかの間に、歓喜に変わっていた。これは芝居には見えぬ。

まあどっちでもよかろう。金は払わんと決めているのである。

「吉村貫一郎は銭金に汚いんですよ」

鼻先に刃を向ける感じで、私は言った。

「あ、ああ、そうでしたね」

シャレは通じたようである。

「サイン、しましょう」

「えっ、ほんとですか。何だか申しわけないなあ」

「本じゃなくって、書類」

山の端《は》に沈む夕陽が、庭先を茜色に染めていた。蜩がまたひとしきり鳴き上がり、夕空をとよもしてお不動様の鐘がゴオンと鳴った。

金は払わんと決めた。だが、しかし——。

私と男は、卓上に置かれた一冊の本と一綴《いってつ》の書類を挟んで、まるで棋士のように黙りこくってしまった。


長考ののちに見出した結論を告げ、男を送り出したのは五分や十分どころか、三十分後であったかと思う。

その間、まさか返せ返さぬとやり合ったわけではない。職業柄、私には自分でもそうと気付かぬ長考癖があって、まるで一行を案ずるごとく腕組みをし、煙草を鎖《くさ》り喫《きっ》しつつ懊悩していたのであった。

私は日ごろからそうした思考習慣を持っているのだからいいとしても、目の前に膝を揃えて沈黙に耐えていた男は、いったい何を考えていたのであろうか。風采こそ上がらぬがひとかどの人物にちがいないと、私はのちになって思ったものである。

「おかまいできずに申しわけありません。私の意思はご理解いただけましたでしょうか」

と、私は門前まで送りに出て今いちど結論を確認した。すでに日は昏《く》れ、高台から見はるかす郊外の町々には灯が撒《ま》かれていた。

「あいにく週末ですので、月曜日にはさっそく稟議《りんぎ》にかけさせていただきます。サイン、ありがとうございました。会議のみやげになります」

結局私は書類にサインをせず、著書にサインをしたうえ落款まで捺《お》したのであった。

長考ののちに私が指した一手とは、こうしたものである。

すでに時効を過ぎて法的には返済すべき根拠のない借金ではあるが、道義的責任は免れぬであろう。すなわち、金は返す。

ただし、この決着が三十年の長い歳月を要したことについては、私自身の責任と同時に、その間の追及を怠ったそちらの責任もないとは言えぬ。したがって利息についてはいっさい支払わぬ。元本のみ、一括返済する。

「では、よろしく」

「おじゃまいたしました。では、週明けにご連絡いたします」

男はていねいなお辞儀をして去って行った。

くたびれた背広の後ろ姿を見送りながら考えた。

時効を過ぎた借金を返済するなど、脇が甘いにもほどがある。子供の時分からつい先ごろまでずっと続いた銭金の苦労を、私は他人事のように忘れてしまったらしい。借りた金を返すのは当たり前の話だが、今の自分がそうした道義的責任を果たすことは、過去の自分に対する不実となるのではないか。今なら返せる、という論理は、いかに誠実に働いても返済できなかった過去のおのれを、侮辱していることになりはすまいか。

男の後ろ姿は街灯の光の輪の中に浮きつ沈みつして遠ざかり、やがて曲がり角に消えた。その消える瞬間、男がふいに駆け出したように見えたのは気のせいだろう。

しばらく物思いつつ佇んでいると、家人の運転する赤い車が角を曲がってきた。

「すみません。先生と話しこんじゃって」

糟糠《そうこう》の妻はこのごろ酒糟とも糠ミソとも無縁になった。茶会帰りの夏のお召からは、焚きしめた香が匂っていた。

「あら、お客さま?」

家人は闇の先を振り返った。

「いや」と私はためらわずに答えた。

「何だか忙しそうな人とすれちがったけど」

「車のセールスマンだよ。追い返したところだ」

振り返らせてはならない。私は家人の背を押して玄関を閉ざした。

「ハッハッハ、そーですか。いやあ、先輩らしくない話ですねえ」

書斎に戻って即座に電話をとり、通りいっぺんの経緯を語ったところ、顧問税理士はまるで冗談でも聞くように笑った。

彼は私の後輩である。高校時代は週に一度の割合で体育館の裏だの部室だのに連れこんで蹴ったり叩いたりした関係上、いまだに顧問料を払わされている。

「らしくないって、どういう意味だ」

「だって先輩、昔から舌も出さないタイプじゃないですか。酒を飲んでも飯を食ってもこっち持ちの顧問先なんて、ほかにないんですよ」

「客は俺だろう」

「……まあ、そりゃそうですけど」

「ともかくこの件はさっさとすまそう。あまり考えたくないんだ。わかっていると思うが、俺とおまえだけの秘密だぞ」

「お立場上、あまり聞こえのいい話じゃないですからね」

「そうじゃない。社会的立場なんてどうだっていいんだ。女房子供の耳に入れたくない」

「了解しました。では、月曜の朝一番で調べます」

私が借金を返すことの何がそんなにおかしいのか、税理士は谺《こだま》のように笑い続けながら電話を切った。

彼が言うには、少くとも法律上はビタ一文払う必要はないらしい。それを道義的責任上、返済するというのは殊勝な心がけだが、どうも話が怪しいというわけだ。

怪しいのはわかっている。三十年の歳月を経れば、金の貸し借りどころか親の仇《かたき》だってそうそうは刀を抜けまい、と思う。

精彩を欠いたロートルがひとりでやってきた。私の著作を偶然にも読みながら。その小説のテーマは「男の義」。そしてあとは何言うでもなく、じっと座ってうなだれたのである。そのうちに、私の味方であるはずの三十年の時間が、次第にちがう形に変わってのしかかってきたのだった。

いわば根負けである。議論になれば負けはしないが、うなだれた男の沈黙は重かった。しかもそろそろ茶会から帰ってくるであろう家人に、いまわしい過去を思い出させたくはなかった。

元本は返す。ただし疑念が払拭されたのちの話である。そしてその疑いをはっきりとさせるのはたやすい。男が置いていった名刺のコピーを顧問税理士に送り、裏を取ればいいのである。

はたして月曜日の午前九時十五分、つまり件《くだん》の保証機関において私の稟議などまだ始まっていない時刻に、高校の部室以来の腐れ縁である有能な税理士から結論がもたらされた。

「シロですねえ」

と、彼は刑事のような口調で言った。私はなかばホッと胸を撫でおろし、なかばガッカリした。安堵と落胆とが同時にやってくる瞬間など、かつて例はなく、またこのさきもあるはずはなかった。

税理士はまず朝駆けで「整理部」に電話を入れた。応対に慣れた女性職員が答えるには、そちらさまが提示した案件について担当者と上司とがただいま会議に入ったところ、だそうだ。疑惑は晴れたことになる。

しかし有能な税理士は、さらに裏の裏を取ることを忘れなかった。さすがはあまたの後輩の中から、とりわけ目にかけて蹴ったり叩いたり、たまには小遣を巻き上げたりした逸材である。かつて私を廊下の涯《は》てに認めたとたん、「ウオッス！」と叫んで坊主頭を下げたころの緊張感を、いまだに持続している。

名刺に記載されていない当該機関の本部は、「整理部」とはべつの新宿新都心の高層ビル内にあり、彼はそこの「サービスセンター」に電話をして職員の所在を確認した。お訊ねの職員は現在こちらの営業部から、整理部に異動をしております、電話番号はかくかくしかじか――これではもはや疑惑の毛ばかりもあるまい。

「ハッハッハッ、そういうわけですから、つまり先輩もとうとう年貢の納めどき、なんちゃって」

「くだらんギャグを飛ばすなよ。ごくろうさん、近々メシでも食おう」

「はい。それにしても信じられないなあ。こないだ顧問料を値切りませんでした？　やっぱり、らしくないですよねえ」

「それとこれとは別腹だ。払うものはなるたけ払わんようにする。だが返すものは返さねばならんだろう」

言ったとたんまたしても、安堵と落胆が同義となるふしぎな感情に私は縛《いまし》められた。

たぶん遠い先の話だとは思うが、この感情をもういちど体験するとしたら、死の瞬間にちがいない。


半月後のことである。

かねて電話で示し合わせた通り、家人がデパートの外商部の車で呉服の展示即売会に連れ去られたころあいを見計らって、集金人がやってきた。

三十年前の借用証文と現金が引きかえ、というのは、何となく麻薬の密取引のようであるが、今さら怪しんでも仕方あるまい。そのころになると私は、ささいなことなどもうどうでもいいから、ともかく一刻でも早く過去のまぼろしと縁を切りたいと考えるようになっていた。なにしろあれからずっと、不遇だった少年時代や、売れぬ小説を書き続けながら働きづめに働いていた若き日の記憶に祟《たた》られていたのである。

妙なことに、集金人は別人であった。「整理部・主査」という名刺、写真入りの身分証明書、そして遺跡から発掘したのではないかと疑われるくらい、黄ばんでしまった書類をいっぺんに座卓の上に拡げて、男は言った。

「実は担当者が一昨日の日付で定年退職になりまして。本人はこの案件を処理してから、と希望したのですが、なにぶん融通のきかぬお役所仕事ですので」

「ああ、そうでしたか。だったらもう少し前倒しすればよかった」

「いえいえ、こちらの都合ですから」

男は終始にこやかにほほえんでいた。庭はつい先日までの過ぎざる夏など嘘のように、秋を兆《きざ》して静まっていた。蜩は死に、虫が集《すだ》くたそがれであった。

先日の男よりはいくらかましな風采だが、それでも不良債権にかかわるほどの押し出しのきく貫禄はなかった。肥《ふと》り肉《じし》の体を窮屈そうにかしこまらせて、男はずっと意味のない笑顔を私に向けていた。何となく、この男の携帯電話の待受画面は、初孫の写真だろうと私は思った。

やはり茶は出さなかった。

「長い間ご迷惑をおかけいたしました」

この際に言わねばならぬ大人の言葉を口にして、私は札束を卓上に置いた。

「いえ、こちらこそ。ご誠意に感謝いたします」

男も大人の返答をして、借用証文を押し出した。

「どうぞ、お検《あらた》め下さい」

と、私たちはまったく異口同音に言った。笑ってはならぬと私は思い、男もたぶんそう思ったはずなのだが、私たちは笑った。

同じセリフがおかしかったからではない。三十年という重く長い時間が、今このときだけ何の意味もなく、いや意味どころか質量も色も形もないシャボン玉のように、同年配の男の間をたゆたい流れて行ったような気がしたのである。

三十年は長かった。その間には多くの肉親や友と死に別れ、またみずからもいくどか死ぬほどの思いをした。この男の上にも、等量の苦楽が過ぎたはずだった。

そう考えれば、書類を検めることも、札束を勘定することもばかばかしかった。

「私もじきにリタイアです」

男は札束を無造作に鞄に押しこみながら、溜息まじりに言った。

「おうらやましい限りです。私は死ぬまで働かなければなりません」

私はとっさの失言を恥じた。死ぬまで働くということが、おのれの人生を誇ったように聞こえはしなかっただろうか。けっして他意のない、私の本音を口にしたつもりだったのだが。

しかし男は嫌な顔をせずに、私の失言を救ってくれた。

「定年後は外国で暮らすつもりなのです」

「外国？　どちらですか」

「いくつか候補を挙げて、絞り込んでいる最中でしてね。幸い独り身ですので、どこか気候がよくて物価も安い国に移住すれば、のんびりと暮らしてゆけます」

「だとすると、暖かいところですね。ハワイか、マレーシア」

「いえ。できれば日本人とは無縁で過ごせるところがいいと思っています」

旅慣れている私は、その種の人々の暮らしが思いのほか困難であると知っていた。だがめったなことを口にして、男の夢を打ち砕く権利はあるまい。

同時に男のしたたかな笑顔も、私の口を封じているように思えた。

こうして儀式は終わった。この男を送り出してしまえば、私の日常は恢復《かいふく》される。あとは家人の戻る前に、男を闇の彼方に追いやるだけだった。

「もしや――」

と、私は玄関の軒灯の下で、一瞬の魔のように閃いた疑惑を声にした。

「先日の担当の方も、ご一緒なのですか」

そのときもし私の見まちがいでなければ、男はハッと虚を突かれたような顔になった。

「彼はおとついリタイアしましたが」

「ですから、ご一緒にハッピー・リタイアメントですか。日本人とは無縁の、南の島で」

男は答えずに踵《きびす》を返し、街灯の光の輪の中を見え隠れしながら、そして曲がり角で獣のように身を翻して消えた。

入れちがいに家人を乗せたハイヤーがやってきた。

「ごめんなさい。あれこれ勧められちゃって。でも、無駄遣いはしてませんからね」

声は秋の夜風のように耳をすり抜けた。

「どうなさったの？　大きな鞄を提げた人とすれちがったけど、またセールスマンね」

あの男が何者であったのかはわからぬが、セールスマンにはちがいないと思った。

「買わされちまったよ」

「あら、何を?」

「小説」

はたして高い買物であったかどうか、それはこれから私自身が決めることであろう。

私は母屋には入らず、茶庭の敷石を踏んで書斎にこもった。

法外の支払いを取り戻すために。

1

樋口《ひぐち》慎太郎は手帳を開いた。

四月一日。火曜。友引。ゴマ粒のように小さな、自分でもウンザリするくらい几帳面な字で、「JAMS初出勤」と書かれている。

ページを繰り戻せば新年の御用始めから年度末までの三ヵ月間は、その小さな字でみっしりと、しかも長年の習慣により五色のボールペンで埋められていた。

もちろん明日からの予定はきれいさっぱり空白である。四月一日の火曜で友引であることはまちがいないが、ともかくエイプリル・フールではないらしい。

満員電車の乗客が新宿駅であらかた入れ替わっても、樋口慎太郎はドアの脇で手帳を開いたまま、意固地に座ろうとはしなかった。

JAMS《ジャムス》初出勤。とりわけ重要な事項であるから、五色ボールペンの赤い文字でそう書いた。三十三年間も勤めた役所からの、いわば最後の命令である。

新宿御苑の満開の桜が車窓を過ぎてゆく。JAMSは都庁にほど近い新都心の高層ビルにあるのだが、送られてきた「樋口職員出勤のしおり」というバカバカしいタイトルの書類によれば、どうやら神田の分室が新しい勤務先となるらしい。新宿と神田。正直なところを言うと、とみに体力の衰えを感ずるもうじき五十六歳の身にとって、この二十分かそこいらの時間差はデカい。

いつまでも手帳を睨んでいてもやはり夢ではなさそうなので、電子辞書をポケットから取り出した。掌《てのひら》に収まるこのサイズはすぐれものである。もうひとつのすぐれものである遠近両用メガネを併用すれば、キーや文字の小ささも問題にはならない。

このちっぽけな機械の中に、いったい何の因果でこんなにもたくさんの情報が詰めこまれているのか、使うたびにいとしい気持ちになる。

広辞苑や英和辞典はともかくとして、収録する辞書が全十五種類、「世界の料理」だの「薬の事典・ピルブック」だの、ましてや「俳句季題便覧」など誰が読むのだろう。

百科事典を呼び出し、あるはずねえよなと思いながら、ものはためしに「ジャムス」とキーを押したところ、魔法のように現れた。いとしい。実にいとしい。

ＪＡＭＳ

全国中小企業振興会〝ALL JAPAN M-S COMPANIES ORGANIZATION〟の略称。１９５１年、財閥解体後の新興事業育成のためＧＨＱの指令によって作られた金融保証機関。無担保無保証人の零細事業主の債務保証を代行することによって、公平なビジネスチャンスを拡大することが目的。銀行等はこの債務保証に基いて融資を行い、返済が滞った場合にはＪＡＭＳが無条件に代位弁済をする。かつてはいわゆる「裸一貫」の起業家を支援し、今日ではいわゆる「ベンチャー・ビジネス」の資金を提供することで経済の活性化に大きく貢献している。

わかりやすい。「樋口職員出勤のしおり」に添付されていた要領を得ぬ膨大な資料などくそくらえである。天下の財務省に三十三年間も勤務し、やっとこさ課長代理の肩書きを手に入れたノンキャリアが、けっして出向ではなく退職して再就職する先がどういうところなのか、ようやくわかった。

電車が四谷駅を出ると、手元がふいに明るんだ。樋口慎太郎は遠近両用メガネのフレームを下げて景色を眺めた。線路に沿った外濠の桜は満開である。小学一年生ではあるまいに、何もこの季節におしきせの初出勤をすることはなかった、と悔やんだ。

無理を聞いたのはこっちなのだから、一週間や十日は出勤日をずらして、のんびりと花見をすればよかった。官舎を引き払った荷物すら片付かぬまま、どうして自分の都合を何ひとつ主張しなかったのだろう。

まだ怖れている。役人にクビはあるまいと高を括《くく》って生きてきたが、事実上のクビである退職勧奨の嵐は吹き荒れていた。もっとも、それをなさなければ官庁の統廃合が完結しないのは道理なのである。

樋口慎太郎は過ぎゆく花から目をそむけ、メガネのフレームを上げた。電子辞書のキーを押す。

リ・ス・ト・ラ。ローマ字のカナ入力というのがマヌケで情けない。そういう言葉はなるたけ考えないようにしていたのだが、自分の運命をきちんと確認しておくべきだろうと思った。怖れる必要はもう何もないのだ。意味のない恐怖心を除去するためにも、運命は正視しなければなるまい。
　リストラ
　リストラクチャリング・Restructuring の略俗語。企業が人・物・資金・技術等の経営資源を再分配し、環境の変化に適応した事業構造にするための経営革新。

　わかりやすいが、きれいごとだ。経営資源の再分配だと？　それを言うなら「合理化」だろう。再分配された資源の行く先が、「経済の活性化に大きく貢献している」保証機関か。俺の生まれる前年にマッカーサーの指令で作られた代物が、いまだに経済の活性化に大きく貢献しているなどと誰が信じる。

　きれいごと。あるいは詭弁《きべん》。もしくは嘘っぱち。ひび割れた民主主義の壁を上塗りするために、最新の電子辞書だって一役買っているのだ。

　そんなことは女房子供が一番よく知っていた。

　こうとなってみればバブル跨《また》ぎの永遠の官舎ずまいはかえって好都合だったわね、と古女房は言った。

　家族なんだから金は公平に四等分だよな、と自称ネットオーナー、実は三十歳プータローの倅《せがれ》は言った。

　それじゃおとうさんがかわいそうよ、貯金はあたしら三人で分けて、退職金は持ってかせたら、と大学の英文科を出たくせに英会話学校に入り直した娘が言った。

冗談にちがいないと聞き流しているそばから、家族はひとりずつ、まるでポップコーンでもはじけるみたいに官舎から出て行った。それぞれがどこでどういう生活を始めたのかは知らない。余りに性急すぎて訊《き》く気にもなれなかった。つまり、携帯電話とメールがあれば、どこで何をしていようがこれまでの関係とさほど変わりがない、というわけだ。

預金通帳に残された五百万円は絶妙の金額だったと思う。これっぽかしかと憤る気持ちを、こんなに自由にしていいのかという喜びが諫《いさ》めた。家のローンが残っているわけでもなし、生活費を送るという約定があったわけでもなし、要するにこれからは役所とほぼ同額の年収はおのれひとりのもので、なおかつ四年後には天下りの原則に順《したが》ってもういっぺん退職金のおかわりが盛れるのだから、当面の五百万円はまことに絶妙の按配と言えた。

ただし、女房につきつけられた離婚届にはまだ判をついてはいない。拒否するべき正当な理由は見当たらないのだが、余りにも合理的すぎ、余りにも総意的すぎて、さしたる不満はなくとも良心が咎《とが》めた。

財務省という矜《ほこ》り高き職場には未練たっぷりなのに、女房子供と別れることには何ら喪失感を覚えぬ自分を、樋口慎太郎は怪しんだ。もっとも、心理分析などしたところで始まるまい。要は自分にとって仕事がそれほどのもので、家族がその程度のものであったというだけだ。そしてどうやら妻や子供らにとっての自分は、紙幣を印刷する機械であったらしい。つまり機械の耐用年数はあと四年、その後に天下ってさらに大量の紙幣を製造するキャリアとはわけがちがうから、ここいらが山分けの汐《しお》どきと読んだのだろう。

見切りをつけられたのではない、と樋口慎太郎はお題目でも唱えるように自分に言い聞かせた。それぞれの思うところが一致したのである。

女房子供の分け前がいくらずつであったのか、正確な数字は知らない。だがこの齢《とし》まで家も買わずに官舎ずまいをしていたのだから、貯金を等分してもまさか五百万ということはなかろう。大学のサークル以来のクサレ縁と今流に言うなら「できちゃった婚」をしてから、自分が消費した金などタカが知れている。三十年の間にベースアップした小遣は最終的に月額六万五千円、そのほかに毎年八月と二月のバーゲンで、来季用の背広を各一着。つまりこの故障ひとつしない優秀な機械は、月に一度のわずかな燃料補給と年に二回のメンテナンスで黙々と働き続けてきたのである。いったいその間にどれくらいの紙幣を生産し、どれくらい出荷してどれくらいの在庫があったのかは、機械の知るところではなかった。だが、その不明の在庫に早期依願退職の割増退職金を加えて、まさか四等分の山分けが五百万ぽっちであろうはずはなかった。

それでも、けっして悪い話ではない。女房子供は生産性が皆無だが、こっちにはまだ相当の余力が残っている。それぞれがめでたく有り金を使い果たして泣きを入れてきたら、旧に復するほどの寛容さは持ち合わせぬまでも、涙を酌み説教のひとつも垂れて面倒を見るくらいはやぶさかではない。

いつもそこまで考えると、樋口慎太郎の唇からは笑みがこぼれた。女房子供が悪うございましたと双手《もろて》をつく。すばらしい大団円である。

神田駅のホームにはじき出されて、左右にとまどいながら樋口慎太郎は考えた。ワンルーム・マンションを借りた荻窪から神田まで、この旧来の中央線のほかにもっと便利な通勤路があるのではなかろうか、と考えたのだった。

ここ十年ばかりはせわしなく任地の変わる単身赴任の連続で、その間に増殖した地下鉄のネットワークがてんで頭に入っていなかった。見知らぬ人に睨みつけられ背を押されても、まるで早瀬に残された釣人のように、樋口慎太郎はしばらくプラットホームに佇んでいた。

2

大友勉は地下鉄大手町駅の改札を出たとたん、書類の指示通りに国鉄神田駅を利用しなかったことを反省した。

もといい。「東京メトロ」大手町駅の改札を出たとたん、「ＪＲ」神田駅で降りなかったことを反省した。

右も左もわからん。三十七年間に及ぶ陸上自衛隊勤務の経験により、地図の判読には大なる自信があるのだが、東京都心の地下街はいささか勝手がちがった。

困惑せる理由の第一。カタカナと横文字が多すぎる。

大友勉は外来語を生理的に嫌悪するのである。ここは祖国日本であり、国民は父祖が二千年にわたって営々と築き上げた偉大な文化の中に生きているのであるから、外来語を安易に使用することは国家と文化に対する冒瀆であると頑《かたく》なに信じていた。つまり、常日ごろから周囲に蔓延する横文字を、ことごとく日本語に変換して発声するよう努めているくらいなので、地下街の地図は彼にとってほとんど判読不能なのである。

困惑せる理由の第二。その地図が甚だ具体性を欠く。

大友勉は抽象的なるものを生理的に嫌悪するのである。そもそも地図というものは作戦遂行上欠くべからざる、最も重要な装備品であるからして、正確な縮尺を用いてこそ意味をなす。それが、何だこれは。通路の幅員《ふくいん》はいいかげんであるし、東西南北の方向さえ明らかにされてはいない。これではわが現在地を確認したところで、いったい目標に対しどのように接近してよいかわからぬではないか。

困惑せる理由の第三。人が多すぎる。

大友勉は三十七年にわたる在隊期間中、あちこちの駐屯地を渡り歩いたが、大都市近郊や募集事務所に勤務した経験はただの一度もなかった。最後の任地は北海道の旭川であった。明治の建軍以来、いまだによりすぐりの精兵が拠《よ》るこの駐屯地は、バカバカしいくらいに広い。ましてや駐屯地を囲繞《いじょう》する「軍都旭川」もバカバカしいくらいに広い。近ごろ思いもかけぬ動物園の実業的成功を見て、観光客もめざましく増えたらしいが、そんなものどもはどこにいるのかもわからぬくらい広かった。よって、そうした場所で隊務にいそしんできた大友勉は、そもそも人ごみというものを知らなかった。何とかして横文字を克服し、抽象的な地図を判読して「全国中小企業振興会神田分室」の所在地を指向しようと努力するそばから、無礼な町人どもがゴツゴツとぶつかってくるのである。

現在時刻〇八一五《まるはちひとごお》。こうした不測の事態を想定して早めにアパートを出たのは良好な判断であった。「大友職員出勤のしおり」に指定された集合時刻〇九〇〇《まるきゆうまるまる》までには、まだ十分な時間がある。

こうした余裕が生じたとき、一般人は何をするのであろうかと考えた末、大友勉はそこいらのカフェ、もとい喫茶店に入った。むろん入店に際しては禁煙の表示をしっかりと確認し、「よし」と声を出して指呼することも忘れなかった。

コーヒーを注文した。「黒豆茶」と称するのも何なので、背筋を伸ばして「珈琲」と言ったつもりである。たいそう手持ちぶさたではあったが、新聞や週刊誌を読む習慣はなかった。軍人たるもの世事にかかわってはならぬ、という信念に順って、彼は新聞、雑誌、テレビ、ラジオ、むろんパソコン等を努めて忌避していた。

集合時刻が〇九〇〇《まるきゆうまるまる》ならば、躾《しつけ》時刻は十五分前の〇八四五《まるはちよんごお》である。にしても、時間が余ってしまった。

この際もういちど「大友職員出勤のしおり」を復習しておこうと思ったが、三月一日付の退官から今日までの一ヵ月間は余りにも長すぎて、分厚い書類綴《つづり》の内容はほとんど暗記していた。そこで、ボンヤリしているのも恥と心得たので手帳を開いた。とたんに悲しい気分になった。本日四月一日以降にも、年間の訓練予定やら駐屯地の行事予定やらが、ていねいに記入されていた。

つまり、自分はこの四月一日付を以て一等陸佐すなわち旧軍で称するところの陸軍大佐に昇進し、その階級に応じて定年も一年延長され、精々と隊務を継続するはずだったのである。

その予定が、すべて烏有《うゆう》に帰してしまった。

大友勉は溜息をついた。落胆が軍人の禁忌であると信ずる彼にとって、それはおのれでも思いがけぬ、たぶん生まれてついぞ洩《も》らしたためしのない、呪わしい溜息であった。


統合幕僚長から届いた年賀状の余白に、こんな添え書きがあった。

貴官の今後について折り入ってお話ししたいことがあります。近々ご上京願えますか。

統合幕僚長というのはつまり、全自衛隊を率いる参謀総長である。その権藤《ごんどう》陸将閣下が防衛大学校を出て部隊勤務の幹部候補生になったとき、大友勉は二等陸士、昔でいう二等兵から叩き上げた三等陸曹、つまりいちいち面倒くさい説明だが昔でいう下士官の陸軍伍長だった。

今も昔も士官学校卒の新品将校は、軍隊の酸い甘いを知っている下士官にいじめられるのである。年齢こそいくつか上だが、物相飯《もっそうめし》の数が足らぬ分だけ齢下に見える権藤候補生を、大友はずいぶんかばってやったものだ。

むろんそのひよわな候補生が、三十数年後に師団長どころか方面総監になり、陸上幕僚長になり、とうとう統合幕僚長にまで出世するなど思いもよらなかった。

一方の大友勉もずいぶん努力をした。ふつう二等陸士で入隊した一般の隊員は、どう頑張ったところで陸曹長か准尉で定年なのである。

大学の通信教育を履修して、一般幹部候補生の受験資格を得た。防衛大学校卒や一般大学卒の将校に較べればずいぶん回り道だが、階級ごとに定められた定年からあやうく身を躱《かわ》すようにして、ついに二等陸佐、すなわち陸軍中佐まで這い上がってきたのである。それは新隊員のときに説明される、可能な人生計画ではあったけれども、実現させた者などそうそういるわけではない。確率からいうなら、むしろ奇跡であった。

むろんそうした出自の将校が、防大出身の選良たちに伍して陽の当たる道を歩めるものでもない。原隊の旭川連隊を振り出しにして、ドサ回りの一生が始まった。婚期すら失ってしまった。生来が不器用であるから酒場女と恋に落ちることもなく、過酷な人生を予見できる女性自衛官はまったく寄りつかず、あちこちの駐屯地内の幹部宿舎がいつも大友勉の家だった。

それでも権藤とは年賀状のやりとりを重ねていた。何年かに一度は原隊の行事の折などに顔を合わせる機会もあった。しかし立場の懸隔は遠ざかる一方である。

そしてとうとう位人臣を極めた権藤陸将から、「貴官の今後について折り入ってお話」を賜るというのだから、大友勉は欣喜雀躍した。

ほかの役所や民間企業に較べれば、公平な職場だと思う。しかし組織である限り上司の「引き」が物を言うのは当然だった。多年にわたるドサ回りの結果そうした引きに与《あずか》れなかった大友勉にとって、全自衛隊の指揮官たる統合幕僚長の「折り入ってのお話」は、涙が出るほど有難かった。

皮算用をしたのは人情であろう。まず、四月一日付で一等陸佐に昇進。それは固い。すると当然どこかに転属ということになろう。陸軍大佐が「第二師団司令部付」ではうまくない。

だいたいからして「二等陸佐」という階級が厄介なのである。旧軍の「陸軍中佐」もそうであったらしい。「三佐」には中隊長や連隊幕僚という定位置があり、「一佐」には連隊長や司令部幕僚などの職が用意されているのであるが、その間の「二佐」にはどう考えても頭数だけの居場所がなかった。むしろ「中佐」だの「二佐」だのという階級などないほうが、軍隊の人事は円滑に運ぶと思われるのである。しかもその数少い定位置も防大出の若い連中に奪われてしまうので、二佐に昇進したはよいものの、幹部としての出自のよろしからぬ大友勉は「師団司令部付」という、さしあたって任務らしきものの見当たらぬ閑職に甘んじるほかはなかった。と言うより、見え見えの「定年待ち」である。

だが、一佐はちがう。この齢になって花の連隊長殿や司令部幕僚はまずないとしても、どこかの駐屯地を仕切る業務隊長とか募集業務にあたる地方連絡部長とか、ともかく「長」の付く実務をもらえる。いや、もしかしたら統幕長の肝煎《きもい》りなのだから、防大出の若い連中にまじって中央のどこかに、さほど頭を使わなくてもよい机が用意されているのかもしれない。

というわけで、大友勉が飯《メシ》の数だけ誰よりも華々しい防衛記念章を制服の胸にべっとりと飾って上京し、市ヶ谷台上に権藤閣下を訪ねたのは、休暇明けの新年早々であった。

軍都旭川では珍しくもないが、東京の町なかをそうした正装で歩いている自衛官はひとりもいなかった。羽田空港でもモノレールの車内でも、何だかものすごく恥ずかしかった。あんまり恥ずかしいので山手線に乗る気になれず、意を決して浜松町からはタクシーに乗った。東京のタクシー代はべらぼうに高かった。

市ヶ谷駐屯地に入ってようやくホッと胸を撫でおろしたのだが、じきに自分が町なかにいるよりもっと浮き上がっていることに気付いた。同年配の自衛官が見当たらぬのである。地方の駐屯地では神様みたいな二等陸佐が大安売りのようにうじゃうじゃとおり、しかもどの顔を見てもへたすりゃ孫のような若さであった。

北海道の地図をそのまま描いた第二師団の部隊章はよほど珍しいらしく、高層ビルの一階の面会受付では、ジロジロと胡乱《うろん》な目付きで睨まれた。しかし大友勉は腹も立てず、婦人自衛官の美貌に見とれた。統幕長の肝煎りでさほど頭を使わぬ任務を与えられたなら、この摩天楼の一室で、こんな美しい三等陸尉を部下に持てるのであろうかと夢想すると、老いた唇が緩んでヨダレが出た。

統合幕僚長は偉い。どのくらい偉いかというと、最上階の執務室に向かう専用エレベーターがあった。しかも降り立ったフロアには桜の御紋章を織りこんだフカフカの絨毯《じゅうたん》が敷かれていた。まさに神域であった。

驚くべきことに、神様は齢をとらないのである。権藤陸将は計算上還暦を過ぎているはずであるにもかかわらず、容貌は幹部候補生のままであった。

やー、大友さん、変わりませんなあ、と神様は如才なく声をおかけになった。直立不動で腰を四十五度に折り、最敬礼をしながら大友勉は考えた。お世辞に決まっている。自分の坊主刈は未使用の靴ブラシのように純白で、顔は三十七年間の隊務が刻んだ深いシワに被《おお》われている。

神様は忙しそうだった。お世辞を言ったなり応接室を通過してしまい、ドアを隔てた別の応接室に入ったきりしばらく出てこなかった。それからようやく戻ってきたとたん、やー大友さん、やっぱり変わりませんなあ、と同じセリフを口にして、またどこかへ行ってしまった。

いやな予感がした。

遠い昔、たしかにこの神様の面倒を見た。どんなにいじめられても、ないがしろにされてもひたすら耐え忍べ、と心から説諭した記憶がある。自衛隊は星の数より飯の数なのだから、たとえ防衛大卒の幹部候補生でも謙虚でなければいけませんと、心から教え聞かせた。その恩義を忘れずにいればこそ、権藤陸将は自分の未来を案じて下さっているのだと思う。

だがしかし、二十万余の軍隊を率いる最高司令官が、多少の恩義があるとはいえ掃いて捨てるほどいる定年前の老将校の未来を、それほど真剣に考えるものであろうか。

悪い予感は的中した。将軍はいったいどこに消えたものやら二度と姿を現さず、かわりに若くて見るだにへなちょこの副官が、大友勉の未来とやらを説明したのであった。

大友二佐は三月一日付で定年ですよね。そこで統幕長が配慮なされまして、再就職先にこういうところを見つけて下さいましたよ。全国中小企業振興会。事業内容等につきましてはこの資料を確認して下さい。いいですねえ、まさにハッピー・リタイアメントですねえ。権藤陸将から、長い間まことにご苦労様でしたとのご伝言です。以上、報告終わり。

コーヒーを啜《すす》りおえて、大友勉は時計を見た。

〇八三五《まるはちさんごお》。ちょうどいい時刻である。

「ごちそうさまでした。勘定をねがいます」

声が大きかった。出勤前の客たちは一斉に大友勉を振り返った。

新しい職場がどういうところなのか、具体的な想像は何ひとつ働かぬけれど、少くとも駐屯地内ではないのだから大声は控えなければなるまい。

通勤者でごった返す地下街に出ると、大友勉は左右を見渡し、あらかた見当をつけた方向を指差した。「よし」と称呼することも忘れなかった。

背広とネクタイはともかく、帽子がないのは何となく心細い。しかも三十七年間親しんだ坊主刈はまださほど伸びてはおらず、いくらか伸びたと思ったら意外なハゲであることに気付いた。

再就職先はＪＡＭＳ。もとい、全国中小企業振興会。どんな仕事が待ち受けているのかわからぬが、ウソみたいな高給がいただけるらしい。ハッピー・リタイアメント。もとい、幸いなるかな定年。

大友勉は何だかよくわからんけれどたぶん輝かしいであろう第二の人生に向かって、大股で歩み出した。

3

てめえの生まれ育ったふるさとの名前が、いつの間にか消えてなくなる――たかだかの便宜のために住民の心情を無視したこんな話があっていいものかとも思うのだが、江戸ッ子の多くはこの悲劇の体験者である。

たとえば、全国中小企業振興会神田分室の所在地である「千代田区内《うち》神田二丁目」は、かつて「神田鎌倉町」といううるわしい町名であった。神田川の鎌倉河岸《がし》に面した町、という意味であろう。それが昭和三十九年に開催された東京オリンピックのどさくさで、勝手な町名変更がなされ、主要道路で区画された新しい所番地が出現したのである。すなわち、「旭町」の全域に「司町一丁目」と「鎌倉町」のそれぞれ半分ずつが統合されて、「内神田二丁目」になった。その瞬間に大江戸以来の旭町も司町も鎌倉町も、この世から消えてなくなったのである。

そうした区画はたしかに便利ではあろうけれど、ならば神田祭はどうなる、という議論はなかったのであろうか。

鯔背《いなせ》な神田ッ子たちは生まれついて神田明神の氏子である。御輿《みこし》はそれぞれの町衆が担ぐものと決まっている。したがってこの無謀な町名統合以来、「鎌倉町」の御輿は「内神田一丁目」と「内神田二丁目」に分断された氏子が、祭のときだけ一緒に担ぐことになった。「旭町」に至っては影も形もないその町の住人が、隔年五月十五日の本祭の折にだけ、こぞって御輿を担ぎ出すわけである。つまり千代田区内の広大な面積を持つ旧神田は、行政区画と祭礼区画の二重構造を持つことになった。

ほどなく地価高騰によりふるさとは崩壊した。神田ッ子の多くは土地を手放して、ちりぢりになってしまった。住人のいない会社ばかりの町というのは、考えようによっては原野に返ったも同じであるから、要するに神田は将門《しょうもん》様の怒りに触れて滅んでしまった、と言えなくもない。

しかし摩訶不思議なことに、それでも神田祭は続く。御輿の担ぎ手はわずかに残った頑固者と、江戸を売ってこのときばかり帰ってくる人々。この両者はむろん折合いが悪いので、それぞれの旧町内に勤めるサラリーマンが緩衝材となった。

当然のなりゆきとして、年を経るごとに前二者は減り、担ぎ手の主役はもともとこの土地とは縁もゆかりもない、ましてや神田明神の氏子でもないサラリーマンばかりとなる。だがそれもまた、いったい何の因果で見知らぬ神様を担がねばならんのだという素朴な疑問により、人員の確保は難しくなった。

なにしろ千三百年余りの伝統を誇り、江戸開府ののちは赤坂日枝神社の山王祭とともに、「天下祭」と謳《うた》われた神田祭である。御輿も山車《だし》も夥《おびただ》しく、かつそれぞれが立派だから、担ぎ手や引き手も並大抵の数ではない。

この欠員を補ったのは、よその土地の人々である。つまり三度の飯よりお祭好きの男たちが全国のあちこちから集まって、いわば祭礼の最高級ブランドである神田祭の御輿を担いでくれた。はたして適切な言い方かどうかわからぬが、広義での「ボランティア」である。

こうした奇特なお祭男たちは、日本中のどこから出張してこようとあらかた同じ顔をしており、双肩には等しく「担ぎダコ」ができており、なおかつ方言も定かではない胴間声であるうえ誰もが慢性的な躁状態であるから、一見したところ神田祭は歴史の転変にもめげずたくましく続いているかのように思えるのである。

しかし、かつて正統の担ぎ手であった古老は、口にこそあえて出さぬが知っている。

御輿を揉《も》む「ソイヤッ、ソイヤッ」の声は、実は神田祭のものではない。本来の掛け声である「わっしょい、わっしょい」が、いつの間にか消えてしまった。

「わっしょい」はおそらく、「私《わ》っちが背負う」の意であろう。生まれ育った町の名とともに、御輿を奪い合った鯔背な男たちもどこかに消え、東京は誰のふるさとでもない任意の町になってしまった。

全国中小企業振興会——通称JAMSの神田分室は、そうした任意の町の一角にある。

JR神田駅からも、東京メトロ大手町駅からも徒歩五分、アクセスは至便であるにもかかわらず、何だかものすごく歩かされた感じがするのは、もしかしたら将門様の祟りかもしれない。

新宿の高層ビルに引越すまで、JAMSの全機能はこの古ぼけた四階建てのビルに収まっていた。したがって間口も奥行もたいそうなものである。ただし、現在のところ一階と二階はハンバーガー・ショップになり、三階のフロアは関西系の怪しげな不動産業者に賃貸され、四階と屋上とが「全国中小企業振興会神田分室」の専有となっている。

惜しい。きちんと管理さえしていれば、さほど遠からぬ未来には文化財の指定を受けるにちがいない建物である。築年はおそらく関東大震災直後、同時期に出現した東京のビルディングは、どれも例外なく堅牢で美観にもすぐれている。しかしまかりまちがっても、ハンバーガー・ショップがコッテコテに改装し、あまつさえ関西系の地上げ屋が根城にする建物が歴史的建造物とされることはあるまい。

かつてのファサードは大理石の石段の上に、ピカピカの把手が付いた回転扉があり、その内側は一階の営業室と二階の事務室が吹き抜けになった、故《ふる》き佳《よ》き銀行の趣きであったらしい。しかし今はどうかというと、まさか地上げ屋もJAMS職員もハンバーガー・ショップの店内を通り抜けて出勤するわけにはいかないので、脇路地にかかる鋼鉄の非常階段と非常口とが玄関になっていた。

こんな不自由な思いまでして、なぜJAMSの機能の一部がいまだこのビルに残置されているのか、合理的な説明はつかない。

「はい。その点に疑問を抱かれるのはごもっともですね。では、わかりやすく説明いたしましょう」

立花葵《たちばなあおい》は肚《はら》を括って二人の新入職員を睨みつけた。

何十年も宮仕えをしたあげく、定年を待たずしてここまで飛ばされてきた役人なら、あえて訊かずともわかりそうなものである。口を揃えて同じ質問をするからには、よほど自己評価の甘い、身のほど知らずの、早い話が往生際の悪いおやじども、ということになる。こういう連中にはなるたけ単刀直入に、ぶっすりと言ってやらねばならない。

立花女史はまだまだ捨てたもんじゃない、いや四十もなかばを過ぎてからむしろ色気を増した細身の体を椅子の背にもたせかけ、黒いドレスの裾をひらめかせて足を組んだ。

「この神田分室には、整理部と資料室が移転せずに残りました。かれこれ三十年も昔の話ですから、もーちーろん、私が就職するずっと、ずうっと以前ですけどね」

「べつに細かなところを強調しなくてもいいですよ、立花さん」

樋口慎太郎という元財務官僚が、冷ややかな口調でたしなめた。ノンキャリアのダメダメ男のくせにプライドだけ高いやつ、と立花女史は読んだ。

「失礼いたしました。ともかく私などの与り知らぬずっと昔に、ＪＡＭＳの機能は新都心の高層ビルに移転したのですが、整理部と資料室だけがこの旧事業所に残されたのです。整理部というのは、金融機関に対して代位弁済をしたまま不良債権となってしまった資金の回収をするセクションですね。銀行や信用金庫にお金を返せない事業主が、ＪＡＭＳに返せるわけはありません。それでも返済の意志がある場合、あるいはたとえわずかでも返済をしている場合は、新宿本部の顧客管理部が担当します。つまり、神田分室整理部の事実上の業務は、返済不能の債権をひたすら握っているというだけで、資料室というのはその金銭貸借の書類を半永久的に保存している倉庫だとお考え下さい」

「質問」という大声が上がって、女史を驚愕させた。自衛隊から飛ばされてきたこの新入職員には、まず一般社会の距離感というものを理解させる必要がある。

大友勉。しかし勉強はできそうにない。たぶん名前負けというやつだろう。だが、二等陸佐という階級はけっこう偉そうだ。履歴書にはそのうしろにカッコで括って、（衛門一佐）と書いてある。

多少のシミとシワはあるが、そのぶんクレヴァーな立花女史は、瞬時にしてその暗号のような但し書きを読み解いた。

「衛門」というのは駐屯地の門のことであろう。そこを出てゆくとき、ご苦労さんという意味で一階級特進し、お情けの一等陸佐となった。だったらスマートな履歴の書き方は、「三月一日付で一等陸佐に昇進。同日退官」である。それをわざわざカッコで括って（衛門一佐）か。

「はい、何でしょうか」

立花女史が視線を向けると、大友勉はやおらソファを揺るがして立ち上がった。

「あ、どうぞお座りになったままで」

自衛隊ではいちいち立ち上がって発言をするのだろうか。女史が手をさし延べると、大友は困惑ぎみに腰をおろした。

「返済不能の債権を掌握しておることが任務なのでありますか」

「そうですけど、何か？」

「債権回収の努力をするだの、裁判をするだのという任務ですな」

「いいえ、ちがいます」

女史はきっぱりと否定した。タテマエはその通りだと思う。しかし整理部が債権回収に成功したとか、裁判を起こしたという事例は聞いたためしもない。

「それは顧客管理部の業務です。分室整理部はひたすら返済不能の債権の保管をします。したがって、職員にはさしあたって仕事はありません」

ここまで言ってもまだわからないのだろうか。二人のおっさんは狐につままれでもしたように、キョトンとしている。

「えーと、困っちゃいましたね。整理部と資料室の定員は、部長兼室長の非常勤担当理事一名と、秘書兼庶務係の私を除いて十名です。毎年二名ないし三名の定年退職者があり、同数の新規職員を採用しています。要するに六十歳の定年まで、ここでお茶を飲んだり本を読んだりしていればいいってわけ。ここまで言えばわかりますよね」

二人のおやじは白髪とハゲの頭を同じ方向にかしげて、じっと腕組みをした。

「ぜんぜんわからん」

異口同音にそう言った。

立花葵のうちに、ふつふつと怒りが滾《たぎ》り始めた。四十もなかばを過ぎれば、めったなことでキレはしない。怒りといっても、せいぜいペリエの泡ぐらいに上品なものだが、このときばかりは黒々とした泥状の怒りが、別府の坊主地獄のように滾ったのであった。

立花女史はまず黒いドレスの裾をからげてドアに飛び蹴りをくれ、それからまだボーッとしている二人の男に向かって、老練なレフェリーのように説諭をした。

「ったく！　あんたらいったい何年、国民の血税で飯食ってきたのよ。上も下もつかえてるから、横に出してもらったんでしょ。まあだわかんないかねえ。いい、これが天下りってものなの！」

4

かつては理事や役員が使用していたという四階の廊下には、色こそくすんではいるが赤い絨毯が敷き詰められていた。歴史を経た腰壁は重厚に輝き、天井に列《つら》なる曇りガラスの淡い照明を映しこんでいた。しんと静まり返っているのは、ふんだんに使用された大理石材と、アルミサッシではない鋼鉄のはね上げ窓のせいだろう。

ドアにはそれぞれ、クラシックな腕木式の名札がかかっていた。「参事」は個室、「主査」は二名で一室、職階はそのふたつしかないらしい。

「樋口主査と大友主査には、この部屋を使っていただきます」

樋口慎太郎は思わず、おおっと声を上げた。財務省課長代理の、窓際のちんまりとしたデスクとは大ちがいである。南向きの窓からは春の陽光がさんさんと降り注いでおり、ずいぶんと古めかしいが革張りの肘掛け椅子に座ったとたん、睡気がさすにちがいなかった。秘書兼庶務係を名乗る、年齢てんで不詳の女性職員が言うには、「眠たくなったら眠ればよい」そうだ。

部屋は広い。やみくもに広い。どれくらい広いかというと、窓を背にした二つのデスクと応接セットの間で、大友某という同室の元自衛官と相撲をとるのにころあいだと思った。ただし、大友某はものすごく強そうなので、あくまでたとえば、の話である。

その大友はというと、部屋に歩みこんだなりウンでもヒャーでもなく、ただ絶句していた。まっしろな裾衣《すそごろも》を巻いたようなハゲ頭が、何となくいじらしかった。

「定年は何歳でしょうか」

やや俯《うつむ》きかげんになって、大友は訊ねた。

「満六十歳の誕生日前日です」

立花女史が答えた。

「自分は五十五歳になったばかりですから、まだ五年あります」

同い齢《どし》だな、と樋口慎太郎は思った。人間はどうやら、体を鍛えていればいいというものでもないらしい。二つ三つは齢上だとばかり思っていた。

「でも、その間に定年が延長になる可能性は大ですね」

どうもこの女の物言いは、悪意と善意を計りかねる。いちいちどちらにも聞こえるのである。

「その場合は、私たちもずっとここに？」

樋口慎太郎は室内を見渡しながら訊ねた。官庁なみの給与が保証されたまま、この豪華な部屋で読書とインターネットの日々を送る。むろん休暇は規定通りにとれるだろうし、残業もあるはずはない。つまり、サラリーマンとしてこのうえ望むべくもない極楽である。

「はい。JAMSの職員ですから、すべて就業規定に順って」

まことに信じ難い現実ではあるが、きのうきょう設立された民間企業ではないのだから、疑う余地はなかった。

「少々時代おくれですけれど、就業時間は午前九時から午後五時ですので、それだけはきちんとお守り下さい。ただし外出はご随意に」

うー、と大友某が唸《うな》った。財務省の役人より自衛官のほうが、ヒマな分だけ理解は早かろうと思ったのだが、どうやらそうでもないらしい。

「うー、つまりネクタイを締めて背広を着て、〇九〇〇《まるきゅうまるまる》と一七〇〇《ひとななまるまる》に点呼を受ければ、あとは何をしていてもよい、というわけですか」

「点呼はありません。何をしていてもいいかと言われても答えようはありませんけど、勤務時間中のアルコールはお控え下さい」

大友某は天を仰いだ。深い皺の刻まれた眦《まなじり》に涙がうかんでいるように見えたが、気のせいだろうか。

「自分は携帯電話を持たぬので、私用の電話を拝借したいのですが」

「どうぞ。ご自由にお使い下さい」

大友某はガマ口を開けて十円玉を拾い出し、電話の脇に並べた。

「あ、その電話は大友主査の専用ですので、どうかお気になさらず」

女史の声を聞こうともせずに、大友某は受話器を取り、背筋をピンと伸ばした。

「もし。こちら大友二佐、もとい先日退官した大友勉と申します。統幕長はご在席か。いや、副官でよろしい。つないでいただきたい」

統幕長とは統合幕僚長のことであろう。このおっさん、けっこう偉かったのだと樋口は思った。

「あー、副官か。こちら先日お伺いした大友勉です。権藤陸将にお言伝《ことづ》て願いたいが、よろしいか。不肖、大友二佐、在隊中は満足な働きもできずにおりましたが、ただいま再就職先に着任いたしました。閣下のご厚情を知り、感謝の言葉もありません。その旨、よろしくお伝え下さい。くれぐれもよろしく。以上です」

受話器を置いてからも、大友はデスクに両手をついてしばらく動かなかった。いったいどういう経緯でここに来たのかは知らんが、大の男が何も泣くことはあるまい。

「樋口さん、とおっしゃいましたな」

「はい、何か」

「あなたも骨を折って下すった上司がおられるなら、さっさと電話をなさい。ああ、信じられん。五十五歳にしてこの世のパラダイス、もとい、この世の極楽を体験できるとは」

どうやら自衛隊も、それなりに仕事はきつかったらしい。

財産を山分けして解散した、女房子供の顔が胸にうかんだ。いいことなどひとつもなかった人生だけれど、やっぱり神も仏もいるのだと思った。こういう言い方はどうかと思うが、一言でいうなら「ざまあみろ」であった。

読書をしよう。それも、政治経済のノウハウ本なんて、クソくらえである。思いっきり役立たずの、しかし人生を豊かにするミステリーだのラブ・ロマンスだのを、片っ端から読んでやろう。

読書に飽いたらお濠端を有楽町まで歩いて、シネコンの映画を漁る。ほかにも行きたいところはいくらでもある。噂に聞くだけで未体験の、たとえばお台場。たとえば江戸東京博物館。たとえば後楽園のラクーア。まさにパラダイス。まさに、ハッピー・リタイアメント。

「では、樋口主査。お骨折り下さった上司の方に、ご挨拶を」

立花女史が優雅なしぐさでドアを開けた。

「は。上司と申しますと」

思い当たるふしは何もなかった。

「神田分室の整理部長、および資料室長は理事が兼任しておいでです。常勤ではありませんが、本日は樋口主査がご着任ということで、朝からお待ちかねです」

二人は立花女史にいざなわれて、再びしんと静まり返った廊下に出た。

「先ほどは私としたことが取り乱しまして、失礼いたしました」

黒いドレスの裾をしめやかな葬送のように曳きながら、立花女史は言った。どうやらこの女は、淑女と鬼女の仮面を、ヴェネツィアの祭の風俗のように顔と頭とに被《かぶ》っているらしい。どちらが顔で、どちらが頭かはわからないが。

「いえいえ、むしろわかりやすい女性だな、と」

「もしこの転職がお気に召さないのなら、私の目の前で理事のクソッタレをボッコボコにしてくれます？」

「いえ。気に入らぬはずはありませんよ。誰だかわかりませんけど、数多い中途退職者の中から私を選んで下すったのですから、感謝感激です」

廊下を歩みながら女史は樋口の横顔をまじまじと見つめ、それからこらえにこらえた汚物でも吐き出すように、「あんた、サイッツッテー」と言った。

どうやら顔と頭の仮面が表も裏もなくくるくると回る、難しい女であるらしい。しかし、いったい何がサイテーであるのか、樋口慎太郎には皆目わからなかった。

「感謝感激、火がボーボー、なあんちゃって」

間を繕うためのギャグは、みごとに滑った。とっさに廊下の涯てまで列なる美しい照明を指差称呼して、大友が援護ギャグを放ってくれた。

「アールヌーボー、火がボーボー、なあんちゃって」

唾でも吐きかけられるかと思いきや、立花女史は憐れみをたたえたまなざしを二人に向け、妙に艶のある微笑を口元にうかべた。年齢はなお不詳であるが、「女ざかり」という形容は外れてはいない。

女史が立ち止まったのは、廊下のつき当たりにデンと鎖《とざ》された両開きの扉の前である。

大友勉は緊張した。建物内の奥まったこの位置は、連隊本部ならば連隊長室、師団司令部ならば師団長室と決まっているからである。で、つい不測の大声を発して、「大友二佐、入ります」と叫んでしまった。

習慣とは怖ろしいものだが、口から出た声とケツから出た屁は取り返しようがなかった。そこで仕方なく、いかにもジジむさいしぐさで首のうしろに手を当て、「いやあ、ご無礼いたしました。けっしてふざけたわけではありません」と照れた。

軍人の心がけは、一にも二にも素直さである。いかなる理由があろうと「失敗」は許されぬが、素直に詫びさえすれば「失態」については寛容なのが軍隊であった。

つまり、大友は寛容の笑い声に包まれるはずであった。もし仮に、それが口から出た声ではなく、ケツから出た屁であっても、だ。

しかし理事室は、不穏な沈黙に支配されていた。誰も笑ってはくれぬ。素直に詫びて寛《ゆる》されぬ場合は、その場で腹かき切って死ぬのが侍の始末だと思えば、禿げ上がった額にじわじわと脂汗がにじんだ。

うなじに手を当てて硬直した大友勉の耳に、しわがれた老人の声が届いた。

「どうした、樋口君。僕がここにこうしておるのが、そんなに意外かね」

樋口慎太郎はまるで深い泥濘《でいねい》に足を取られでもしたかのように、理事室のただなかに立ちつくしていた。

「ここは君のような小役人が天下るには、またとない高千穂の峰だよ。役所にしがみついていたところで、とうてい先はなかったろう。ならば定年まで面白おかしく過ごして、二度目の退職金までしこたまもらえるここは、まさしくこの世のパラダイスじゃないのかね。ありがとうの一言ぐらい言ったって、バチは当たらんと思うが、どうだ」

ひとめ見て、こいつは悪者だと大友は直感した。風采は堂々たる銀髪の紳士である。だが、選ばれし者の権威を笠に着て組織をわがものとするこの手の悪党を、何人も知っている。法が罰することはできぬが、礼を欠き義を歪《ゆが》める手合いだ。理事と称する紳士の表情からは、巨悪の瘴気《しょうき》がむんむんと立ち昇っていた。

「矢島さん——」

樋口がようやく口を開いた。

「あなたに礼を尽くさなければ、ここにはいられないのですか」

矢島と呼ばれた男は、不愉快そうに苦笑した。

「ＪＡＭＳの人事決定権は理事会にある。むろんこの神田分室の人事については、担当理事たる僕が決定すると言ってもいい。役所ではずいぶん君に迷惑をかけた。だから君にとっての最善の職場を、プレゼントしたつもりだ。どうだね、樋口君。ありがとうございますの一言で、すべてを水に流そうじゃないか」

なるほど、この論法はどこかで耳にしたような気がする。それも一度や二度ではなかったはずだ、と大友は思った。

選ばれし者はその権威を維持するために、けっして素直に詫びない。むしろ謝るべき相手に頭を下げさせたがるのである。そして、恩讐を水に流そうとする。素直さが必須の人格とされる自衛隊にだってそんな輩《やから》はいくらでもいるのだから、きっとこの樋口某という元役人は、さんざ嫌な思いをしてきたにちがいなかった。

ややあって、樋口は深々と頭《こうべ》を垂れた。

「お引き立て下さって、ありがとうございました」

こいつは大人だ、と大友勉は思った。長身の背中を折り曲げたとき、骨の軋《きし》みが聞こえたような気がした。

立花女史は理事のかたわらで、じっと耐えるように目をつむっていた。良心の死を見届けでもするように、黒衣の細い肩は慄《ふる》え続けていた。

5

「お二人にはこれから、ＪＡＭＳのプロモーション・フィルムを見ていただきます。何だか子供っぽい手順ですけれど、十分間だけご辛抱なさって下さい」

理事室を出ると、立花女史は廊下の端を歩き出しながら言った。深い絨毯はハイヒールに適さないのであろう。大理石の床を叩く靴音を聞いて、樋口慎太郎は彼女がおよそ職場にふさわしからぬ、それでいてこの古い建物にはお似合いの黒いパンプスをはいていることを知った。

「ありがとうございました、ですか。男が口にするセリフじゃないわね」

歩きながら口元を歪め、女史は蔑んだ言い方をした。

樋口は答えにとまどった。矢島純彦と自分とのかかわりを、この女がすべて知っているように思えた。しかし、まさかそんなはずはあるまい。財務省に在職中から、矢島は部下の誰からも忌み嫌われていた。あんなやつに再就職のお膳立てをしてもらって、それでも男か、というだけの意味なのだろう。

上司に対する中傷を聞いて、やすやすと賛同してはならない。組織で生きてゆくための知恵である。もしその中傷を口にした相手が身を翻せば、安直な賛同が中傷そのものに変わる。あるいは、はなから自分を陥れるための罠であるかもしれない。

「おっしゃる意味がよくわからないけれど、矢島さんはひとかどの人物ですよ。そうじゃなければ、役所で先のない僕なんかを、こんなふうにしてくれるわけがない」

安全な言葉を選り抜いて樋口は答えた。

「たしかにひとかどの人物ですわね。でもね、樋口主査――」

でも――何と言おうとしたのか、立花女史は探るような視線をちらりと向けたまま、口をとざしてしまった。得体の知れぬ女だが、やはり組織の中での処世術は心得ているらしい。

「立花さんは財務省の出身ですか」

役所で見かけた記憶はないから、たぶんそうではないと思ったが、いちおう訊ねてみた。

「いえ。銀行から」

「どちらの銀行ですか」

「ともえです。もっとも、合併してともえ銀行になるときに追い出されましたけれど」

「追い出された、なんて。むしろラッキーじゃないですか。ともえの経営統合に際しては三千五百人の人員整理があったはずです」

「あら、よくご存じですわね」

「そりゃあ、当事者ですから」

この話題にはこれ以上立ち入るべきではない、と直感した。いや立花女史が、それ以上は訊くなと言ったように思えたのだった。

大手都市銀行の三行が合併して、その名の通りの「ともえホールディングス」が誕生したのは四年前である。極秘のうちに行われたこの大合併劇の演出者は、当時財務省銀行局長の要職にあった矢島純彦だった。

「おかげさまで、何十人も首を吊ったわ」

「まさかね」

女史は「大会議室」と書かれたマホガニーの大扉の前で足を止めた。

「国鉄の民営化のときだって、百人やそこいらの自殺者は出ているのよ。ともえの大合併で二十人や三十人死んだって、ふしぎはないでしょうに」

古い扉の向こう側は時代がかった広い部屋だった。中央の巨大な円卓の上に置かれているのは、とうに死に絶えたはずの八ミリ映写機である。

大友勉が「オオッ」と声を上げた。

「なつかしい！　なつかしいにもほどがある！　いやあ、こういう教材で勉強させてもらえるとは」

立花女史は原始人でも見るような目付きで大友を睨みつけた。

「DVDに焼き直すのは簡単なんですけどね。面倒くさいだけ。この中身には八ミリがお似合いよ」

女史は円卓の真上に吊られたシャンデリアを灯《とも》し、カーテンを閉めた。

これもまた八ミリ映写にはまったくお似合いの、高窓をすっぽりと被い隠す羅紗《らしゃ》のカーテンである。くくったモールをほどきながら、こいつはいったいいつからこの窓に吊る下がっているのだろうと、樋口慎太郎はいたく感心した。

「何だかホッとするよなあ」

円卓の革張り椅子に腰をおろして、大友がしみじみと呟《つぶや》いた。

「仕事のことはまだ何もわからんのだが、自分よりも古いものに囲まれているというのは、妙に落ち着きます。そうは思われませんか、樋口さん」

新しい生活をきょうから共にするこの同僚は、口数こそ少ないが言わんとするところは適確である。おそらく自衛隊という職場の道徳が、そうしたものなのであろう。

「たしかに」

樋口も席についた。この職場の調度類のほとんどは、自分が生まれる前からここにあった。まるで母の胎内のような安息である。

天下ってきた役人たちは、この空気に包まれて自堕落な日々を過ごしているにちがいなかった。

なるほど、矢島純彦の考えそうなことだ。おのれの秘密を知る者は母の胎内に導き入れて、思考力を奪ってしまえばよい。何もせず、何も考えぬ赤児に退行させてしまえばよい。

「しかしね、大友さん。僕らは役所をリタイアしても、人生をリタイアしたわけじゃありませんよ。ここはあんがい、物を考えるにはいい職場です。僕らは今まで、自分の人生について実は何ひとつ考えてこなかったんじゃないでしょうかね」

大友がにんまりと笑い返した。こいつは頭がいい。もしかしたらようやく、心の許せる相棒にめぐりあったかもしれぬ、と樋口慎太郎は思った。

「では、JAMSのプロモーション・フィルムをご覧下さい。ほんの十分間のご辛抱です」

シャンデリアが消され、闇の中の壁に歴史が投写された。

いきなり現れたのは原子爆弾のキノコ雲である。それに続いて、バターン号のタラップでコーンパイプをくわえる、ダグラス・マッカーサーの姿が映し出された。フィルムはひどく傷んでいるが、まるで国営放送のアナウンスのようなナレーションが、わかりきった歴史を語り始めた。

〈昭和二十年八月十五日。わが国はポツダム宣言を受諾して長きにわたる戦争をおえ、同時に新国家建設の歩みを始めました。

GHQ——連合軍総司令部の対日占領政策の基本方針は、直接の軍政を敷くのではなく、既存の行政機関をそのまま利用する間接統治でした。しかしながら、占領軍である限りGHQの改革指令は絶対であり、その後のわが国の大きな変革は、GHQの指令を基礎として形成されました。

その内容を要約すれば、「民主的平和国家の建設」という一点に絞られます。すなわち、最も理想的な自由主義国家のモデルを、わが国は世界から求められたのです〉

コホン、と大友勉が咳払いをした。

ナレーションの語るところは至極ごもっともであるが、どうやらこの退職自衛官にとっては不愉快であるらしい。

そう考えるそばから、樋口も咽《のど》がむずがゆくなって、コホンと咳《しわぶ》いた。

どうやら体が不快を感じているらしい。戦後ほどなくして生まれた自分たちは、何の責任もないはずなのに、親の破産によって誂《あつら》えられたそうした社会で育った。今さらかくかくしかじかと聞かされれば、まるで理不尽な出自を問われているような気がする。

正しくは学園闘争の嵐が吹き荒れた若き日には、それなりに自覚していたのである。世の中が豊かになるにつれて、環境に馴致《じゅんち》されてしまったのであろう。頭が忘れてしまっていても体が覚えていて、咽がむずがゆくなった。

フィルムは凜々しい軍服姿で演説をする、ダグラス・マッカーサーの顔を大写しにした。

〈GHQは昭和二十年十月四日の人権指令に続き、十月十一日にいわゆる五大改革を指令しました。

その骨子は、
① 婦人解放
② 労働組合の助長
③ 教育の自由化・民主化

④ 秘密的弾圧機構の廃止
⑤ 経済機構の民主化

といったものでした。この五つの項目に関しては、その他の政策に優先して実行するよう関係省庁に対して指令されました。

こうした改革の中で、第⑤項目の「経済機構の民主化」に沿って実施された政策が、いわゆる財閥解体でした。

戦前の日本経済は特定の財閥が握っており、民主的な資本主義のかたちではなかったばかりか、ついにはそうした財閥が国家を踏み誤らせたという判断によって、以後二ヵ年間、つごう五次にわたって、既存の財閥を解体する経済改革がなされたのです〉

なるほど。そうした経緯は知らぬわけではないが、日本史の時間にきちんと習ったというほどの記憶はない。おのれの生きる社会の基本構造を知るためには、よほど重要な部分にちがいないのに、つまるところ時間切れで、「あとは読んでおけ」ということになったのであろう。

もっとも、日本の近現代史は時間が下れば下るほど、子供には説明のしづらい事柄ばかりになるから、あんがい計画的に授業が進められて、「あとは読んでおけ」となるのかもしれない。

たとえば憲法で戦争の放棄を高らかに謳いながら、なぜ自衛隊という純然たる軍隊が存在するのか。中立であるはずなのになぜ安全保障条約を特定の国家とかわし、のみならず他国の軍隊が国内に駐留しているのか。そんな話は小学生だって疑問に感ずる矛盾である。

つまるところ日本国憲法の解釈はとっくに限界を超えてしまっているのだから、論理的な歴史教育も無理なのである。それにしても、「あとは読んでおけ」というのもどうかとは思うが。

壁面に躍るモノクロームの映像は、かつて日本経済を掌握していた財閥の紋章と、権威的な社屋の姿を映し出していた。

〈その結果、三井、三菱、住友、安田、の四大財閥をはじめ、全国八十三の特殊会社が指定を受けて、うち二十三の財閥本社が解散させられました。さらには、それらのオーナーである財閥家族も、会社証券保有制限令によって、所有していた有価証券を売却させられました。そして、財閥の復活を防止するために、独占禁止法や過度経済力集中排除法が制定され、これらの措置によってわが国の経済は、かつての財閥に依拠せぬ、まったく新しい企業の成長に期待することとなったのです。

しかしながら、日本の急速な復興は世界の総意でもありました。なぜならその経済的復興なしでは、第二次大戦の結果として独立をかちえた東アジア諸国の、自由主義的な、資本主義的な自立は考えられなかったからです。

アジア覇権主義の元凶たる財閥を解体したうえで、全アジアの資本主義的自立を主導する日本経済を復興するというのは、至難の業でした。

そこでGHQは、財閥解体後の日本経済を支える新規事業の育成に力を注ぐこととなりました。

全国中小企業振興会——All Japan M-S Companies Organization——通称「JAMS」の設立には、こうした時代背景があったのです〉

大友勉が、コンコンコンと苦しげに咳こんだ。

察して余りある。要するに彼は、GHQの手前勝手な指令によって再編された「軍隊」に長く勤務し、どういう事情かは知らぬが定年ではじき出されて、またもやGHQの指令で作られた職場に身を置いたわけである。

頭が歴史の必然を理解しても、体は生理的に拒否するのであろう。よって気の毒なことに、コンコンコンと咳が出る。

むろん樋口慎太郎にとっても他人事ではない。昭和二十七年生まれという、高度経済成長の恩恵を蒙って育った世代であることに変わりはなかった。食い物にすら不自由した兄たちの世代や、競争を強いられた弟たちの世代に較べて、さほど物も考えず努力もせずに育ったのはたしかである。

つまり、GHQの指令による戦後政策が功を奏して、おそらく人類史上最も恵まれた社会環境ができ上がり、その中でぬくぬくと育った世代は当然のごとく、いわゆるリストラクチャリングの標的とされた。

自分に非があったわけではない、とは思うのだが、そう思うほど咽がむずがゆくなって、樋口はまたコンコンコンと、大友の咳に唱和した。

八ミリフィルムはGHQに接収された濠端のビルディングを映し、やがてハンバーガーショップに占拠される以前の、JAMS本部の正面玄関を壁面に投写した。

「あれ、昔からJAMSだったんだな」

思わず声が出た。モノクロ・フィルムが捉えた設立当時のファサードには、「全國中小企業振興會」という筆書きの表札に並んで、「JAMS」の看板がたしかにかかっていた。

国鉄が「JR」となり、農協が「JA」と称し、専売公社が「JT」に、中央競馬会が「JRA」に、という具合で多くの巨大産業が「J」を正称や略称に用い始めたのと同じ便宜上の理由から、この機構も「JAMS」と呼ばれるようになったものとばかり思っていたのだが、どうやらそうではないらしい。

つまり設立したとたんから、「JAMS」は「JAMS」だったのだ。なるほどそう言えばたしかに、役所でも昔から「JAMS」と呼んでいた。もっとも、いつの時代にもさしあたって話題になることもない、ましてや自分が天下る先だなどとは考えてもいない、つまり省内ではほとんど関知されることもない組織だったのだが。

咳をこらえると、ふいに吐き気がこみ上げてきた。

何という猥褻《わいせつ》さかげん。これまで少しも気付かずにいたおのれの出生の秘密を、いきなり見せつけられたような気がした。

カメラは回転扉の真鍮《しんちゅう》の把手を押して、JAMSの内部に入った。事業者とおぼしき紳士と職員が面談をする応接室が映し出され、やがて二人は立ち上がって——当時の習慣ではありうべくもない、おしきせの握手をかわした。

〈GHQの指令に基いて大蔵省が立案した当初のプランは、新規事業者に対する無担保無保証の融資でした。しかしその方法では一般金融機関の業務を妨害する懸念があり、またそのような形の国営金融機関は資本主義の原則にそぐわないという見地から、JAMSがみずから事業資金を貸付けるのではなく、一般金融機関の貸付けに対して保証をするという業務内容が考え出されました。

　すなわち、利用者の申し入れに対してJAMSは、新規事業の内容を厳正に審査し、一般金融機関に融資の推薦をし、なおかつ債務不履行の場合には無条件にその全額を肩代わりするのです。

　このような融資のシステムが国家的規模で行われたことはかつて例がなく、いわば資本主義経済の大きな実験でもありました。もしこの方法が成果を上げれば、社会進出に何ら伝《つて》はないが技術や能力のある新規事業を育成することができます。また同時に、持てる者に利益が集中するという資本主義の宿命に、新たな可能性を拓くこともできます。すなわちJAMSは、第二次世界大戦の結果として否定せざるをえなくなった、植民地経営を基盤とした資本主義経済に代わって、自主的に機能する新時代の資本主義を模索する実験装置として、華々しく登場したのでした。

　この実験を可能にする場所は、戦争によってすべてが烏有に帰していた、かつての経済大国日本をおいて他にはありませんでした。

むろんＪＡＭＳの掲げるテーマは、ＧＨＱの標榜する「民主的平和国家の建設」という趣旨にも沿い、なおかつ五大改革の最重要課題である「財閥解体」に伴う必然的な政策でもありました。

設立以後、今日に至るまでＪＡＭＳ――全国中小企業振興会が育てた優良企業は、枚挙にいとまがありません。

現在では新都心に本部機能を移転し、全国主要都市に四十八箇所の事業所を持ち、指定金融機関は都市銀行から信用金庫、信用組合に至るまで、大小百三十余を数えています。

健全で活力あふれる資本主義経済の一翼を担って、ＪＡＭＳ――全国中小企業振興会は今も働き続けているのです〉

画面は新都心の高層ビルを仰ぎ見ながら、「威風堂々・第一番」をＢＧＭにして終わった。

ほんの十分間、と立花女史は言っていたが、何だか一時間も見たような気がした。開かれたカーテンから躍りこむ春の光に目をかばいながら、樋口慎太郎は腕時計を見た。信じ難いが、たしかに十分間である。

大友勉がいかにもウンザリというふうな大あくびをした。

「お疲れさまでした。こういうのって、子供っぽいですよね。お二人ともお役所勤めが長かったから、慣れてらっしゃると思いますけど」

そう言う立花女史の顔もウンザリとしていた。相変わらず年齢不詳ではあるが、真昼の陽射しはやや不利、というところであろうか。

「質問があります」

樋口は革張りの椅子に身を沈めたまま、軽く手を挙げた。

「はい。何でしょう」

「資金量だの貸付残高だのという、肝心な説明が欠けていると思いますが」

まるで用意していたように、間髪を容《い》れぬ答えが返ってきた。

「JAMSは金融機関ではありませんから、そうしたことは主業務とさほど関係ありませんね」

大友が首をかしげた。

「そうですか？　自分はまったくの門外漢ではありますが、いただいている資料の中にもそうした記載がないのはいささか妙だと感じました。貸付残高というのは、まあ主業務とは関係ないにしても、金が返せんときに無条件で肩代わりをするからには、それなりの資金量があるわけでしょう。その点では金融機関と言えるんじゃないですかね。だったら、いくらの資金があるという説明は必要です。事業所の数とか、指定金融機関の数とか、そんなことよりも大切な、事業規模を表す数字じゃないですかな」

おお、なかなか言うじゃないか。やはり二等陸佐という階級は、相当なものだったのだろう。

目が合うと、大友勉は意味ありげに肯《うなず》いた。ちょっとおかしくはないか、と無言の視線が呟いていた。

「私に言われても困ります。私はみなさんの秘書兼庶務係ですから。矢島理事に直接うかがったらいかが？」

よし、と眦を決して立ち上がろうとする大友の背広の腕を、樋口慎太郎は握り止めた。

「どうして止める。質問をするのに何の不都合があるのだ」

「大切にしましょうよ、大友さん」

「大切？　何を大切にするのだ」

「この職場ですよ」

矢島純彦について、いつかは語る日もくるだろう。だがここで説明できるほど、矢島は簡単な人間ではなかった。もし面と向かってその疑問を口にしたとすれば、いずれ再配転の辞令をつきつけられることになる。全国に四十八箇所もの事業所があれば、どこにでも飛ばすことはできる。

「樋口主査のおっしゃる通りですよ、大友主査。このお立場は大切になさったほうがよろしいかと思います」

立花女史にたしなめられて、大友は再び古い革張り椅子に沈んだ。命を吐きつくすような溜息が洩れた。

「大友さん、ご家族は？」

この新しい同僚については何も知らぬが、まっさきに訊ねておきたいことはそれだ。

「身軽です」

と、大友は憮然として答えた。詳しく語るほどまだ親しくはない、とでも言いたげである。

「ああ、そうですか。実は私も同じなのですがね。にしても、この齢になって見知らぬ土地に飛ばされたくはありませんよ。ちがいますか」

「ごもっとも」

大友はあっさりと肯いた。この男が長く勤めた職場は、あんがい民主的なのだろう。少くとも役所よりは、疑問を口にしたり不満をぶつけたりすることのできる、公平な職場だったはずだ。いざというとき一蓮托生に命のかかる軍隊の本質は、そういうものなのかもしれない。

そうした慣習のちがいにとまどいながらも、樋口の忠告をたちまち理解した大友は明晰《めいせき》である。

「あなたもめったなことは言わんで下さい。真に受けるではないか」

大友は立花女史を見返って苦笑した。

「申しわけありませんでした。大友主査は今までの新規採用の方々とは、ちょっとご性格がちがうようですね」

「そりゃそうだよ。防衛省の背広組と一緒くたにされてもらっても困る。ともかく、この立場を大切にするということはわかりました。つまるところ、世の中はもっといいかげんにできているということですな。ねえ、そうでしょう、樋口さん」

「おっしゃる通り」

と、樋口は答えた。今のところ、何も付言するべきではあるまい。

大友勉は老け顔に似合わぬ、厚く重い兵士の肉体を軋ませて立ち上がり、窓ごしの春空に目を細めた。

「いい国ですな」

春景色を讃えているわけではあるまい。どうやら彼も、今のところは余分なことを言ってはならないと悟ったようである。そうしてとつとつと、大友勉は何ら差し障りのない身の上を語り始めた。

「自分が自衛隊に入った昭和四十六年——ああ、例の三島事件の翌年ですな。そのころには防衛大学校の第一期生がせいぜい中隊長でして、その上は旧軍の士官学校出身者か、一般大学卒の将校で固められていました。そんなわけでしたから、出世の機会は公平であろうと考えて、兵隊のまま大学の通信教育を履修して一般幹部候補生の資格を取得したのです。誤りであったとは思いません。通信教育の卒業資格を大学卒と認めてくれる職場など、そうはないでしょうから。しかし、やはり結果は厳しかった。この齢になって、もう見知らぬ土地で花見などしたくはありません。すなわち、この終《つい》の棲《すみか》に安住せよということですな。これまではずいぶん抵抗をして参りましたが、いよいよ年貢の納めどき、黙して現実を受容せよというわけです。なに、物は考えようだ。不満を言えばきりはないが、日本はいい国です」

6

新しい職場に初出勤したオッサン二人の、昼飯どきとなった。

人生の悲哀、ここに極まるひとときである。大きなオフィスならともかく、簡単な自己紹介をすませただけの二人が、初めての午休《ひる》みを迎えた。

背にした窓からは春の光が降り注いでいるのに、室内はなぜかどんよりと暗い。年代物の柱時計が夜更けの梵鐘のように、ゴオンとひとつ鳴った。

「大友さん、食事に出ましょうか」

むやみに広い室内では、たがいの口にする言葉のいちいちが重大な意味を持つように感じられた。むろん思い過ごしである。連れ立って昼飯を食いに出ることに、ちっとも深い意味はない。

「そうですな。自分は長いこと食事ラッパが合図でしたので、少々拍子抜けです」

「拍子抜け、ですか」

「はい。娑婆《しゃば》に出て気付いたのですが、自衛隊の駐屯地の中では、あんがい時計を見ることがないのです。起床、食事、課業開始と終了、命令受領、点呼、消灯――なすべきことはすべてラッパが教えてくれるからです。そのラッパがない生活は、何だかみんなが勝手なことをしているように思えて、いまだになじめません。拍子抜けというか、歩調が揃ってないというか」

「新しい職場での記念すべき初めての昼食ですから、一つ屋根の下の義理ということで、下のハンバーガーはいかがですか。テイクアウトしてこの部屋で食べましょうよ」

「えっ。ハンバ……テイク……ですか」

「お嫌いなら、何かべつのものでも」

「いえ。実は食ったためしがないのです。そうですな、一つ屋根の下の義理。この際ですから食べてみましょう」

「ハンバーガーを食べたことがない？　ほんとですか」

「恥ずかしながら、駐屯地の献立にないものは、たまの外出でも食べたことがないのです」

と、さっぱり嚙み合わぬ会話をかわしながら、二人は文化財級の内装にはおよそふさわしからぬ非常口の玄関を出て、どう見ても非常階段以外のなにものでもないステップを、階下へと降りた。

「それにしても樋口主査。出入口はここだけですかね」

「そのようです。つまり来客はいっさいない、ということでしょう」

「何とかならんものですかな」

「何ともならんからこうなっているのでしょう」

「入口が粗末で中身が豪勢というのは、悪くないですな。少くともその反対であるよりはずっといい」

「そう。いかにも隠れ家みたいで」

どうやらオッサン二人は、この新しい職場がお気に召した様子である。それぞれに納得できぬこと、あるいは納得する以前に不明な点が多すぎることはもちろんだが、ともかくこの職場はものすごくラクチンそうであった。

天下り、などと言えばいくらか聞こえはいいけれど、早い話が組織の三角ピラミッドを正しく維持するためにはじき出された彼らにとって、ノンキャリア五十五、六歳という同様の立場を考えれば、願ってもない再就職先にちがいなかった。

中小企業のオフィスがみっしりと犇《ひしめ》く界隈には、安くておいしいランチをふるまう店がたくさんある。しかしどこの会社も午休みは十二時から一時までと大昔から決まっているので、より安くてよりおいしい店は長蛇の列となる。外資系の少し割高なハンバーガー・ショップが、週末の売上げを捨ててもこの場所に大型店舗を構えたのは、実に炯眼《けいがん》であった。なにしろ昼どきの客は片っぱしからテイクアウトであるから、レジを閉める間もないくらいの大繁盛である。

長蛇の列であることに変わりはないが、熟練の店員たちがアッという間に客を捌《さば》き、また客のほうもメニューの選択には迷わない。あれこれ迷って顰蹙《ひんしゅく》を買ったのは、初顔のオッサン二人だけであった。

霞が関にはハンバーガー屋がなかったので、実を言うと昼食にそれを食うのは、樋口慎太郎にとって積年の夢だったのである。

旭川駐屯地内にもむろんハンバーガー屋はなかったし、そのうえアメリカンな食生活をさしたる理由もなく憎んでいる大友勉は、まるで悪事に手を染めたように立ちすくんでしまったのだった。

で、前者はあれもこれも食いたくてたまらず、後者は店員のなすがままになり、ハッと気が付けばバカバカしいくらい大量の各種ハンバーガーとドリンクと、バケツ一杯分のフライド・ポテトを手にしていた。

かくして二人は両手に紙袋を提げて再び非常階段を昇り、錆《さ》びの浮いた非常口のドアを開けたとたんに、二度目でも仰天する文化財級の廊下をたどってオフィスに戻った。

このドアもまた、開けたとたんに三度目でも仰天するのである。財務省の局長室よりも、旭川駐屯地の師団長室よりもずっと広くて立派なのだから、この仰天は三度どころか当分続くであろうと思われた。南向きの窓を背にした二つの執務机のうしろに、日章旗がないのがふしぎなくらいである。

二人はクジラのごときソファに腰をおろし、棺桶みたいな大理石のテーブルの上に、各種ハンバーガーとドリンクとバケツ一杯分のフライド・ポテトと、そのほか何だかわからないけど片っぱしから詰めこまれたサイドオーダー・メニューのあれこれを積み上げた。

この図を見ても、二人のオッサンが新しい職場をお気に召したことは疑いようがない。年の功でなかなか感情は表面に現れにくいが、つまりはしゃいでいるのであった。

第二の人生の劈頭《へきとう》を飾る記念すべき昼食は、こうして始まった。

「う、うまいっ!」

たかが肉饅頭、とバカにしていたのだが、意を決してひとくち頬張ったとたん、大友勉は思わず声を出した。

こんなうまい物を食ったのは、入隊前に地方連絡部の人拐《ひとさら》いのような勧誘員に連れられて、東千歳の駐屯地食堂で初めて口にしたスキヤキ以来であった。そのうまさといったら、あとさきかまわず入隊を決心したくらいであった。

「大友さん。冗談じゃなくって、ハンバーガーを食べたことなかったんですか？」

答える余裕がなかった。チーズバーガーを二口で呑みこんだあと、大友の手は間髪を容れずテリヤキバーガーを摑《つか》んでいた。

「う、うまい。これもまたうまい。物を食いながらご無礼する。樋口主査の質問に答えます。自分はことさら偏向せる思想を持っているわけではないが、いわゆる国家主義者ではあります。すなわちアメリカ化する日本の実情をつねづね憂えております。以上、了解か」

「へえ。主義としてハンバーガーは食べたことがなかった、と。それはそれで相当に偏向していると思いますけど」

「あー、うま。正しくはタテマエですな。ホンネを言うと、コメが大好物なのです。なにしろコメの飯というのは、食ったとたんに力が出ますからな。まあ、そういう実感は娑婆の人にはわからんでしょう。自衛官は朝から晩まで体を動かしておりますから、ほかの食い物は腹持ちが悪くてダメ。それにしても、うまいものですなあ。何だか今まで損してたみたいな気がする」

三個を平らげて胃袋が落ち着いたところで、大友はこのさき長い付き合いになるであろう樋口慎太郎を、まじまじと見つめた。

いかにも膂力《りょりょく》に欠くる感じのする男である。しかしなぜか役人の権高《けんだか》がない。口元にいつも微笑をたたえているのは、自衛隊ではとんと見かけぬ表情だから珍しくもあるが、こうして娑婆の風の中で見れば好感が持てる。

先ほどの矢島理事とのやりとりから察するに、このしなやかな人当たりとはうらはらな苦労をなめてきたのかもしれなかった。いや、この人当たりのよさゆえに、というところだろうか。

この男とならばうまくやってゆける、と大友は確信した。自衛隊という閉鎖社会では、人の選り好みが禁忌だった。好き嫌いや相性のよしあしではなく、誰とでもうまく付き合わねばならなかった。

「樋口主査はおいくつになられますか」

「もうすぐ五十六ですが」

「では、同い齢ということで、今後は堅い口の利き方はやめよう。了解か」

「いいね。そうしよう」

ほっと肩の力が抜けた。何ごともなければ少くとも四年間は顔をつき合わせて暮らすのである。たがいの性格や環境はおいおいわかればよい。

そこで大友はバカでかいコーラを牛飲し、思いついたままを口にした。

「慎ちゃんでよいか」

ハ？　と樋口慎太郎は一瞬真顔になり、それから自衛隊にはありえぬ、ケラケラという妙に民間的な笑い方をした。思いつきにしてもいささか不器用であったと、大友は反省した。

「いいよ、それで。別れた女房もそう呼んでたし。ところで、そっちは何て呼べばいいんだ」

大友は暗澹《あんたん》となった。女房と別れたにしろ、はなからいないよりはマシである。

「俺は離婚歴がないかわり、結婚歴もない。隊内では通称で呼ぶ習慣はなし、ハテ困った」

樋口はまたケラケラと笑った。あんがい癇《かん》に障る。この笑い方にも慣れなければなるまい。戦友に対しては寛容さが大切である。

寛容が肝要、という高度なオヤジギャグが胸にうかんで、大友は苦笑した。

「じゃ、ツトムくんっての、どうよ」

と、樋口が笑いながら言った。

「その昔、山口さんちのツトム君、とかいう童謡があった。このごろ少し変よ、と続くのだ。当時は宴会の席でずいぶんバカにされたから、その呼び名にはあまりいい印象がない」

ケラケラ、と樋口は笑った。だんだんイヤなやつに思えてきた。寛容が肝要だ。

「だとすると、ベンかな」

「クソはなかろう」

「いや、考えすぎだよベンさん。慎ちゃんとベンさんでいいじゃないか」

「その昔、ベン・ケーシーというテレビ番組があったな。当時わが家にはテレビがなかったので、村長の家で見せてもらった。あの時点では医者になろうと誓っていたんだがなあ。よし、それでいい」

ほっぺたの落ちるほどうまいフライド・ポテトを食いながら、自分はどうしてこんなことを言い出したのだろうと大友は考えた。たがいの呼び方など、どうだってよいはずである。

思いあぐねるうちに、樋口が答えを出してくれた。

「どうやらこの職場は、ずいぶんいいかげんなところらしい。おたがい身を粉にして働いてきたんだから、めいっぱい甘ったれていいんじゃないのか。主査なんて呼び方はむしろ欺瞞《ぎまん》だろう。ベンさん、慎ちゃん、なるほど名案だな」

三十何年も一筋に歩み続けてきた道を、突然回れ右して進まなければならなくなった。さてどういう仕事が待ち受けているのか、頭も体もカチカチになるくらい身構えていたのは樋口も同様であったらしい。

「俺は誤解していたようだ。いやな、慎ちゃんは財務省出身だというから、あらかじめこの職場のことはよく知っていると思っていた。その点、俺は上官の恩情でむりやりここに押しこんでもらったのだ、とな」

ところが次第に、この男も同様にとまどっていることがわかってきたのである。何だ俺と似たものじゃないか、と思ったとたんから気も楽になり、親近感が湧いた。

「何もせずにブラブラしてりゃいい、というふうに聞こえたけど、本当かね」

と、樋口はやはり合点がゆかぬふうに、脂じみた眼鏡の奥から大友に問いかけた。

「慎ちゃんのわからんことは俺にもわからんよ。天下りというのは、そういうものなんじゃないのか」

口に出してからふと、大友はこれまでさして気に留めていなかった「天下り」なるものの実態について考えた。

自衛官は定年が早い。「曹」と呼ばれる下士官のうち三曹と二曹は五十三歳、一曹と曹長は五十四歳、「幹部」と称される将校は階級により五十四歳から五十六歳、世間なみの六十歳定年は

「将」または「将補」というほんのひとつまみの将軍だけである。体力が能力そのものの軍人なのだから、これは仕方がない。

しかし定年が早いということは、その分だけ再就職の斡旋《あっせん》もしなければならない。ただでさえつぶしのきかぬ軍人の、五十三歳以上が毎月続々と定年を迎えるのだから、この就職援護活動――広義でいう「天下り」はなまなかのものではないはずだ。

ましてやこのせちがらい世の中である。自衛官が安給料に甘んじていた昔ならともかく、一般公務員なみの待遇に改善された今日では、いよいよ難しい。装備品や生活備品の納入業者が、その引受先になるのは当然である。

しかし、何とかなっている。退職自衛官が路頭に迷っているという話は絶えてない。

「俺たちは、つぶしがきかんからなあ」

思いあぐねて、大友は独りごちた。

「それはベンさん、僕ら役人だって同じだよ。君らのほうが体力があるだけ使い途《みち》はあるだろう」

「いや、このごろしみじみ思うのだが、体はあんがい減るものだぞ。いっけん体力があるように見えても、実は使い減りしている。五十を過ぎればみんなボロボロだ」

「ほう、そういうものかね――しかし役人はプライドが高いし、マニュアル通りの仕事しかできないし、そもそも営利を考えられないからな。まるで使いものにならない」

大友は得心した。つまりそうした使いものにならぬ膨大な天下りを、どうにかこうにか一般企業が養って、その見返りとして何らかの利益を得ている、というのが社会の実態なのであろう。

はてさてそこまで思い至れば、いわゆる官民の癒着だの公務員の節度だのというものが、まったくちがうかたちに見えてくる。

あまたの定年退職者の中から、この職場に自分を推挙してくれた統合幕僚長の如才ない笑顔が瞼《まぶた》にうかんだ。

(やー、大友さん、変わりませんなあ)

閣下はよほどご多忙だったのであろう。直々にかけられたお声はそれだけだった。

大友勉はへコんだ。権藤陸将の恩情は有難いが、要するに自分は終わったということだ。つぶしがきかず、実は消耗しきっている五十五歳の老将校を、タダメシの食えるとっておきの再就職先に押しこんで下さった。

「あれ、どうしたの、ベンさん」

我に返って頭を上げ、大友はおそらく自分と同じ思いでいるであろうくたびれた役人の顔を、まじまじと見つめた。

こいつも、終わっている。

7

立花葵は苛立った。

新人研修は例年の行事だが、こんなに手のかかるオッサンたちは初めてだ。

「でーすーかーらー、はっきり言ってそんなふうに真剣に考えていただかなくていいんですよ。代位弁済者リスト、すなわち債務者リストの中から、ときどきテキトーに電話を入れてですね、返済をする意志があるのかないのか、あるんだったらその手続き、ないんだったら債権放棄の書類を作成して、私のところに持ってきて下さい。ただそれだけ。ノルマも何もありません！」

全然わかってない。要するに何もしなくていいから、定年まではここで遊んでいろ、と言っているのである。

これまでの新入職員はひとりの例外もなく、ああだのこうだのという質問はしなかった。全国中小企業振興会神田分室の業務内容を、ただちに理解したのである。

（もしやこの人たち、終わってない？）

立花女史は素朴な疑念を抱いた。

むしろ第一印象からすると、今年の二人は常になく消耗しているように見えたのだが。

「もういっぺん言います。いいですか、お二人のデスクの上にあるパソコンには、過去の代位弁済者、つまり債務者の氏名と、わかる限りの連絡先が入力されています。その中からテキトーに電話を入れるなり、訪問するなりしてですね―」

「ちょっと待ってくれよ」

と、元財務官僚が手を挙げた。

「ハイ、慎ちゃん、どうぞ」

もう樋口主査なんて呼ぶのもバカバカしい。とっさの呼びかけが気に入ったらしく、慎ちゃんはにっこりと笑って言った。

「交渉の余地なんてないだろう。リストをザッと見たところ、どの案件もとっくに金銭消費貸借の時効を過ぎている。返さなくていい借金を返すバカがいるかね」

「ハイハイ、もっともなご質問ですこと。答えは簡単。法的に有効な案件は本部の顧客管理部が担当しているので、リストの中には含まれていません」

「わからないなあ……つまり、時効を迎えて返済する法的根拠のなくなった債権を、何らかの方法で取り立てるのが業務ということだね。すると、いわゆる道義的責任というものを根拠にして回収の努力をするわけか」

「努力はしなくていいです。トラブルの種になりますから」

立花女史は広い室内をイライラと歩き回りながら、しきりに髪の根を指先で揉んだ。本人は気付いていないが、ストレスを感じたときの彼女の癖である。

「ちょっと待った！」

元自衛官は声がデカい。まるで拳銃でも向けられたように、立花女史は立ちすくんだ。

「あの、ツトムさん――」

「その呼び方はやめてほしい。俺は山口さんちのツトム君ではないし、このごろ少し変でもない。ベンさん、と呼んでくれ」

「では、ベンさん。あなたの声は廊下まで丸聞こえですからね。もう少しボリウムを下げて」

「了解した……では、あらためて……。君はテキトーにやれだの努力はするなだのと言うが、そのあたりが根本的に理解できないのだ。たいそうな給料を頂戴していながら、努力もせずテキトーに仕事をするというのは、余りにも不誠実ではなかろうか」

「だーかーらー、何から何まで説明させるなよ、まったく。あのね、ものすごく露骨な言い方をしますと、この神田分室には仕事なんてないんです」

「え……わからん」

「そりゃタテマエとしての仕事はありますよ。私もみなさんも、以前の職場と同じだけのお給料はもらってるんですから。そのタテマエというのは、不良債権の処理です。早い話が返済の意志がない債務者から、その意志をはっきり確認して損金に繰りこむ。もし万が一、道義的責任を感じて返済するというのでしたら、その手続きに入る。でも積極的にそこまでする必要はないんです。揉めない程度、トラブルにならない程度、すなわち万にひとつも考えなくっていいの」

まだわかっていない。要するにこの二人には、老獪《ろうかい》さが不足しているのだ。

財務省の実務官僚と自衛隊の高級幹部。ノンキャリアとしてはそこそこの出世だろうから、バカなはずはない。この職場がどういう性格であるのか、頭では理解しているのだが、納得できないというところだろう。

背を向けると、尻のあたりにいやらしい視線を感じた。こいつら、やっぱり終わってない、と立花女史は思い直した。

人事の決定権は担当理事たる矢島純彦が握っている。各官庁から殺到する転職希望者の中から、この二人を選び出したのも矢島理事ひとりの意志だった。

財務省銀行局長のポストから天下った矢島は、十人の理事の中では別格である。理事長以下の執行部も矢島の傀儡《かいらい》に過ぎないと噂されていた。本来なら理事長の椅子に天下るはずの貫禄が、本人の希望でヒラ理事に甘んじているのである。

矢島は口数が少ないが、秘書兼庶務係の責任上、立花女史は樋口慎太郎と大友勉の選抜理由を訊ねた。

樋口君は長いこと僕の忠実な部下だった、と矢島は言った。その「忠実な部下」という言葉の裏には、さまざまのドラマが隠されているにちがいなかった。

統合幕僚長とは昵懇《じっこん》の仲なのでね、と矢島は言った。その「昵懇の仲」にも暗く深い意味があるように思えた。

つまり、これ以上はアンタッチャブルだよ、と矢島は言ったのだ。

振り返ると、樋口が大友のかたわらに寄り添って、パソコンの操作を教えていた。きょうびは自衛隊でも必需品であろうに、どうやら大友は見てくればかりか中身まで前世代であるらしい。

「リストは資料室で閲覧しても同じです。だったらネットの楽しみ方でも教えてさし上げたらいかが。よっぽどヒマつぶしにはなりましてよ。みなさんにとっては、それがパソコンの正しい使い方です」

この二人のオッサンが、いったいどのような人生を経てここまでたどり着いたかは知らない。だが、けっして悪人には見えぬ彼らにとって、このどうしようもない職場がパラダイスでありますようにと、立花女史は祈った。たとえそれが、権力の用意した合理的な天国であっても、だ。どうかこのまま終わってほしい。今まで何があったにせよ、これこそがハッピー・リタイアメントだと信じて。このうえ望むべくもない、幸福な定年じゃないの。

「では、五時になったらお帰り下さい。明日はお二人の歓迎会があります」

廊下に出ると携帯電話が鳴った。着信表示を見て、立花女史は溜息をついた。無視したいが職務上そうもゆくまい。

〈アーちゃん〉

まるで孫をあやすような老人の声が聞こえた。どうしてこいつは、いくつになっても終わらないのだろう。

「業務中です」

〈あ、そう。まだ研修中かね〉

「いえ。研修はただいま終わりました」

〈だったらいいじゃないか。いつものホテルに部屋をとってある〉

「業務中です」

〈つれないねえ、アーちゃん。それじゃ、担当理事の命令だ。至急来てくれたまえ〉

長い昼食をようやくおえたのだろうか、ヒマを持て余した古株の参事たちが廊下の先から歩いてきた。団体の加齢臭をやり過ごしてから、立花女史は携帯電話に向かって声を絞った。

「業務中の私用電話はご遠慮下さい。このごろ度を越してらっしゃいますよ。業務終了後はただちに伺います。何号室ですか」

矢島純彦は不機嫌そうにルームナンバーを告げ、勝手に電話を切った。またスイートルームだ。いくらＪＡＭＳの天皇と呼ばれる人物でも、こういう経費の使い方は道に外れている。

四年前の銀行統合のときには、寝物語に伝えた内部情報が矢島の武器に変わった。主力銀行の頭取秘書のもたらした機密が、銀行局長の勲章にすり変わった。

愛情のかけらもない男と続いているのは、今の職場を失いたくないからではない。陰謀に加担してしまった怖れが、今では何の意味も理由もない関係の軛《くびき》になっていた。

あんな男はこの世から消えてなくなればいいと思う。だが、矢島純彦という怪物は終わらない。

立花葵は髪の根を両手で摑んだ。

私にとってのここは、パラダイスなんかじゃないわ。

8

東京のパノラマを三百六十度に俯瞰《ふかん》する高層ビルのペントハウスに、土星の輪っかでもきっぱり見えるくらいの望遠鏡を据えて、人々の営みを精密に観察してみよう。

けっしてバレようのない、万が一バレたところで誰も文句のつけようがない、現代のピーピング・トムである。

午後五時のチャイムが鳴ると、大都会の空気はいっぺんに弛緩する。昔ほど一律ではないにしろ、少くとも各官庁とそれに準ずる機関、および一般企業の事務職のあらかたの時間割はいわゆる「九時五時」である。

つまり基本はコレであるから、午後五時になれば東京全体の空気が、ホッと息でもつくように弛《ゆる》む。

こうした定時労働の悪《あ》しき慣習が始まったのは、さほど昔ではあるまい。古代ローマの奴隷だって、まさか一日の三分の一を働きづめに働きはしなかったであろう。

ナポレオン時代に確立された近代軍制が市民社会の基準となったか、あるいは産業革命のもたらした生産性を維持するためにそうせざるをえなくなったか、いずれにせよさほど昔の話ではない。

だから近代軍制とも産業革命とも無縁であったわが国では、ほんの百四十年前まで定時労働という概念がなかった。

夜が明ければ適当に起き出して、ダラダラと出勤する。時計などという不粋な道具は誰も持っておらず、だいたいの目安は太陽の位置であった。すなわち日常生活に厳密な定刻がないから遅刻もなかった。しかも「八《や》つ下《さが》り」という言葉がある通り、午後二時か三時には仕事をおえた。

そうした過ぎにし佳日に思いをいたせば、定時労働を義務づけられた現代人の生活は、およそ人間的ではあるまい。

たとえば、「努力をせず、テキトーにやる」ことが心得とされているＪＡＭＳ神田分室の職員たちですら、この非人間的社会習慣だけは遵守しているのである。

午後五時の時報を待ち受けていたように、古ぼけたビルの非常階段から、背広姿のオッサンたちがゾロゾロと降りてきた。少し間を置いた最後尾に、二人の新入職員が続く。宮仕えが長かったせいで、このあたりの分はわきまえているらしい。

二人は神田駅と大手町駅に向かう人の流れに乗ろうとはせず、むしろなるたけ人ごみを避けるように路地へと折れた。どちらが言い出すでもなく、「軽く一杯」ということになったらしい。

ふしぎなことに、意思決定をみたあとの二人は、あれこれ迷う様子もなくまるであらかじめ承知していたかのように、JRの高架下に店を開く居酒屋に入った。値段と肴と居心地のよさとを一瞬で嗅ぎ分ける、オヤジの勘が働いたものと思われる。

ところで、勤め帰りに「軽く一杯」というこの習慣は、わが国固有のものであるらしい。朝から八時間も机を並べていた職場の同僚と、いったい何の理由があって一杯やらねばならないのだろう。

思うにこれは、「八つ下り」という特殊な時間割の記憶によるのではあるまいか。午後二時か三時に仕事をおえれば、帰宅したところで夕食までは間がありすぎる。女房殿に家事を言いつかるかもしれぬ。ならば同僚と帰りがけに一杯やって時間を潰すのは、当然の手順である。西洋文明を受け入れてから百四十年、九時五時の過酷な労働が定着しても、この「軽く一杯」の習慣だけは今も生きているのである。

望遠鏡の視野を転ずる。

職員たちが帰ってからおよそ二十分後、秘書兼庶務係の女性が非常階段を下ってゆく。年齢は不詳であるけれど、このごろその曖昧なお齢ごろに、俗にいう「いい女」が集中しているのも事実である。

人間が総じて低年齢化した結果、若い女性は性的魅力を失い、多少はお肌が衰えても内実を伴う三十代四十代、いや五十代の美貌が復権した。彼女はその典型例と言える。

黒いドレスの裾を翻して、颯爽と歩む。一見シンプルであるが、よく見るとゴージャスである。ピンヒールの歩みにはいささかの無理もなく、大股のカツカツという足音が聞こえてくるかのようである。衒《てら》いもせず、かと言って謙《へりくだ》りもせず、この美意識と歩き方を自然に体得してこそ、世の男どもの目を奪う。

こうした魅力を言葉で表現するのはなかなか難しいが、たとえば「小股の切れ上がった女」などという古典的形容が、最もふさわしいであろう。

外濠通りに出て、タクシーを止める。挙措の逐一があくまで優雅である。同じ魅力的な齢ごろでも、経済学を背負った主婦はこうはいかない。週末に通う会員制エステや高級スポーツジムの支払いに較べたら、タクシー代なんて物の数にも入らないとする経済感覚がなければ、これほどさりげなく、なおかつ貴族的ビヘービアを感じさせつつ、流しのタクシーに手を挙げることはできまい。

彼女はどこに行くのであろう。タクシーは交通渋滞を強引に押し分けて進む。あの走りようからすると、乗客がせかしているとも思える。規制緩和政策によって世の中は需給のバランスを失った。必要以上に多いものは立場を貶《おとし》められる。タクシー・ドライバーは政策の犠牲となった。にもかかわらず、彼らを雇用するタクシー会社は割を食った様子もなく、一年三百六十五日「ドライバー募集」の広告を出し続けているのはどうしたことであろうか。

タクシーはやがて五ツ星とおぼしき外資系ホテルの車寄せに乗り入れた。あれこれ無理を言ったなら過分のチップをはずむのが貴族的ビヘービアであろうに、乗客は釣銭の十円玉までむしり取った。あまつさえレシートも要求した。それでもドライバーは平身低頭し、客は愛想のひとつも返さない。

資本主義社会においては、金銭を大量に消費する人間ほど敬意を払われる。その理屈はまあわからんでもないが、たまさか需給のアンバランスによって生じた消費関係に、こうしたお愛想と不愛想を見るのはつらい。

今さら信じ難い話ではあるが、タクシーが不足していた高度経済成長期には、拝んで頼んでしかも相乗り、そのうえメーター料金なんてクソくらえの言い値であった。乗客はみな平身低頭しており、ドライバーは愛想のひとつもなかったのである。

彼女は颯爽とホテルのファサードに消えた。従業員たちの笑顔に対しても、てんで愛想がない。たしかにいい女ではあるけれど、いやな女である。

ピーピング・トムのように目が潰れてしまったら困るので、これから先を覗き見るのはやめておこうか。

「ところで立花君――」

まるで突き飛ばすように体を離したあと、矢島純彦は早くも帰り仕度を始めた。

「はい、何でしょう」

枕に顔を埋《うず》めたまま、立花葵もビジネス・トークに返って答えた。

「あの二人の件だがね。君もすでに気付いているとは思うが、これまでの職員とは少々毛色がちがうので、十分に注意を払ってくれたまえ」

そんなことは百も承知している。それよりも、イッたとたんまるで憑き物でも落ちたみたいに、ガラリと人格が変わるってどういうこと？　何も今に始まったわけじゃないけど。

「たしかに扱いづらいですね。ＪＡＭＳ分室の存在理由が、どうにも理解できない様子です」

「まあ、年齢のせいもあるだろう。これまでの入職者と較べて、四つ五つの齢の差は大きいよ」

「そこですね、問題は。どうしてあの二人だけ特例が認められたのか、さしつかえなければお聞かせ願えますか」

矢島は下着姿で窓辺の椅子に腰をおろし、ほんの少し考えるふうをした。たとえほんの少しでも、この男がとまどいを見せるのは珍しい。

「一度しか言わないから、しっかり肝に銘じてくれたまえ」

気を持たせるなって。まったくこいつの物言いは、いちいち恩着せがましい。教えてやるんだ、聞かせてやるんだ、食わせてやるんだ、飲ませてやるんだ。果ては抱いてやるんだ。何から何まで、あれこれしてやるんだの連続。愚民思想のかたまりね。

はいはい、聞かせていただきますとも。あなたに何をしてもらったとは思わないけれど、おかげさまでたいそうなお給料を頂戴してますから。

「まず、大友勉だが――」

「わかりやすいほうですね」

受け答えに他意はなかったのだが、矢島は一瞬イヤな顔をした。

「自衛隊のトップからの推薦があった。統合幕僚長の権藤陸将とは、彼が調達実施本部にいたころからの長い付き合いでね」

「長い付き合い、ですか。なるほど」

この相槌にもまったく他意はないのだが、やはりイヤな視線を向けられた。矢島は神経質な男だ。

「どうやらあの大友というやつは、自衛隊の中でも鼻つまみ者だったらしい」

「たとえば、お偉方の弱味を握っているとか」

「いや――そういう単純な話ではない。このごろの幹部自衛官は総じて官僚化しているのだが、あいつだけは徹頭徹尾の軍人かたぎでね。まったく社会性に欠けるらしい」

「それって、悪いことなのでしょうか。軍人が軍人らしいのは、役人らしいよりずっといいでしょう」

「理屈はその通りだがね。昨今の自衛隊では、そういう軍人タイプは出世しないらしいが、たまたま能力のある彼は二等陸佐という階級まで進んだ。二佐の定年は五十五だから、むろんそれなりの再就職先が用意されるのだが、天下りなどまっぴらごめんだと駄々をこねて上司を困らせたそうだ」

「だったら勝手にさせりゃいいじゃないですか。そういうヘソ曲がりを、どうしてJAMSが面倒見なければならないんですか」

「内情はよく知らんよ」

と、矢島は缶ビールを開けて、乾いた唇を湿らせた。

「つまりこういうことだと思う。大友は性格こそぶきっちょだが、あんがいクレヴァーな人間らしい。現憲法下における自衛隊の存在は、解釈の限界を超えていると論じて憚《はばか》らなかったし、海外派兵のたびに意見具申書を提出していたそうだ。そういう人物を野に放って、反戦団体やマスコミに利用されたのではたまったものではない。そこで直属上官にあたる師団長が、防衛大の先輩である権藤陸将に、どうしたものかと相談を持ちかけたらしい。するとたまたま、権藤さんが若い時分に大友と同じ部隊にいたとわかった。知らぬ仲じゃないとなれば話は早い。権藤さんは究極のトップダウンを行使して、JAMSに天下りしろと命じたのだろう。日ごろから旭川の駐屯地で顔をつき合わせている師団長の説得には応じられないが、全自衛官の最高位たる統合幕僚長からの話なら断りようもあるまい。ましてや旧知の仲ならばね。まあ、だいたいそうした経緯をたどって、大友勉は君の世話になることとなった」

「よくわかりました」

ベッドから身を起こして、立花葵は髪をかき上げた。このごろ気になり始めたシラガは、たぶん若ジラガではないと思う。しかし立花葵は美的信念に基いて、長い髪を漆黒の色に染めている。

「でも、どうしてJAMSなんでしょうか。そういう人物なら、一般企業に再就職させて忙しい仕事をさせたほうがよろしかったのでは？」

「権藤さんはJAMS分室の利用方法を知っている。何年かにひとりは退職自衛官を受け入れているからね」

十人の職員のうち、古参の参事職のひとりが自衛隊の出身であったことを、立花葵は今さらながら思いついた。つまり今さら思いつくぐらい、その参事はほかの役所から天下ってきた職員と異なる性格ではなかったのだ。根っから官僚的な自衛官だったというわけである。

「ああ、永田参事も自衛隊でしたわね」

「そう。彼は手がかからんねえ。だから今回も権藤さんから依頼があったときには、できれば防大卒のキャリア組にしてほしいと言ったのだが」

「そのようにしてほしかったですね、私も」

「権藤さんはJAMS分室の正しい利用法を知っていた、というわけだ。君の質問に答えようか。JAMS分室の職員は一般社会と接触する機会が少い。皆無と言ってもいいくらいだ。大友勉がどのような思想を持っていようと、論じ合う相手は同室のもうひとりしかおるまい。権藤陸将はそうした天下り先の性格を知悉《ちしつ》していた。大友はあらゆるメディアから隔離され、そして次第に怠惰と閑暇の中で思想を忘れる。めでたしめでたしだ」

口にこそ出さなかったが立花葵は、「キッタネー！」と胸の中で叫んだ。男という生き物は何だってやることなすことこうなんだろう。自分も相当に汚れているとは思うが、こういう権謀術数を知るたびに吐き気がする。要するに男はみな小心者で、行為のすべては保身なのだ。

「では、同室のもうひとりについてお聞かせ下さいますか」

矢島純彦は老獪な獣の目で、じっと立花葵を見つめた。

「それは、君。今さら口にするまでもあるまい」

むろん見当はついている。だが矢島がどう説明するのか、興味を持っただけである。

「矢島理事に長く仕えた、論功行賞と考えましょうか」

語りたがらぬ矢島に向けて、刃物でも抜くように立花葵は言った。

「その通りだよ。ほかには何の理由もない」

ここで多少は恥じらいを見せ、苦笑でもうかべるのなら勘弁してやるつもりだった。だが、

「文句あるか」とばかりの無表情が我慢ならなかった。

「秘密を知りつくしている部下が、かつての職場にいるというのはさぞご不安でしょうね」

「言葉には気を付けたまえ」

と、矢島は叱りつけるように言った。

「発言には十分な配慮をしているつもりです。大友主査に対するあなたの前言が、樋口主査の場合にも援用できるのかどうか、確認しました」

「わからん。どういう意味だね」

「大友主査は怠惰と閑暇の中で思想を忘れる。ならば樋口主査も同様の環境の中で、記憶を失う。ちがいますか」

「おいおい、まさか記憶まではなくすまいよ」

「たしかに。しかし記憶は容易に変形します。現今の環境によって、悪い記憶はなかったことにもなりますし、良い記憶ですら憎悪に変わる場合もあります。まあＪＡＭＳ分室の環境ならば、悪い記憶を蒸し返す気も起こらなくなるでしょう。つまり、記憶は消去されるも同然です」

「考えすぎだよ、立花君。樋口慎太郎は僕が怖れるほどの人間ではない。よくやってくれた、ごくろうさん――ただそれだけだよ」

よく言うわ。官僚の不正事件が起こるたびに、あすはわが身かと血の気を失っているくせに。今回の採用だって、次々と表沙汰になる官界スキャンダルに怯えて、急遽決定したにちがいない。ま、あの樋口という男が怖れるほどの人間じゃないことに異論はないけれど。

「立花君。もしや君――」

矢島は猛禽類を思わせるきついまなざしで、立花葵を睨みつけた。

「僕を脅しているわけではあるまいね」

そんなつもりはさらさらなかった。男女の関係を武器にするほど、自分は卑しい人間ではない。

「たとえもしやでも、そうお考えになったとしたら心外です。ストーカーならばともかく、こうした関係を長いこと合意の上で続けているのですから、どちらに非があるわけでもありません。

ご安心下さい」

矢島は安心したように身仕度をすませると、「じゃあね」の一言だけを残して帰ってしまった。

愛しているとはどうしても思えない。むろん、愛されているとも思わない。では肉体の要求におたがいが従順なだけかというと、やはりどちらもそれほどは若くあるまい。

一種の安全保障であろうと、立花葵はこのごろになって考えるようになった。自分はJAMS分室と担当理事の秘密を知りすぎており、同時にエリート銀行員のころをはるかに上回る年収を約束されている。しかも職員たちと同様、仕事らしい仕事はなきに等しい。

つまり矢島は立花葵を目の届く場所に置いておかねばならず、立花葵は矢島に切り捨てられてはならなかった。そうした意味で、二人の関係は相互の安全保障を確認する儀式だった。

むしろ愛情が欠落している分だけ、この関係は巷に溢れる不倫な男女よりも、よほど安定していると思う。矢島が残る四年で任期を満了し、定年を迎えれば自動的にこの関係も解消されるはずである。

問題はその四年間が、自分の人生にとって意味のある、重要な時間にちがいないということだった。その予測には自信があった。つまり人生における四年間の重要度において、六十を過ぎている矢島と四十なかばの立花葵では大きなちがいがある。つまりその点について考えるならば、この関係は対等の保障条件に則《のっと》ってはおらず、明らかに矢島が優位に立った不平等条約であると言えた。

立花葵の明晰な思考は、いつもその一点で壁につき当たる。たぶん企業における早期依願退職者の心理は、これに近いだろうと思う。平穏無事に時が過ぎることは好もしいにしろ、もしその平安のうちに人生の可能性までが空費されるとしたら、取り返しはつかない。

これが当たり前の男女関係であるなら、「汐どき」の一言で断ずることができよう。しかし恋愛感情はなく、肉体的欲望がことさらあるわけでもなかった。「汐どき」にふさわしい要件が見当たらない。

これまでは自分の若さを過信して先送りしてきた問題だが、そろそろ真剣に考えねばならない、と立花葵は思った。

やはり「汐どき」ではあるまい。安全保障条約の不延長を通告し、理解を求めなければならない。もし不同意だというのなら、条約の一方的破棄である。

はたして職場と年収とを担保したまま、男女の関係だけを断つことができるだろうか。退職されるよりは安全だと、考えてくれるならばいい。しかし報復手段として、辞職を迫るとも思える。

シャワーを浴びよう。

生まれ育った国の醜悪な部分ばかりが、体じゅうにまとわりついているような気がしてならなかった。

シャワーブースには老臭がこもっていた。立花葵はタオルで口を押さえながら、ねっとりとした異臭を熱い湯で洗い流した。

これは戦争だ。けっしてあわてず、かつすみやかに、乾坤一擲《けんこんいってき》の作戦を立てなければならない。あの怪物を相手に、最大の戦果を上げる作戦を練らなければ。

それにしても、同じ男でもいろいろ種類はあるものだと、立花葵は苦笑した。

あの二人のオッサン、あんがい意気投合したようだけれど、今ごろはどこかの居酒屋で一杯やっているのだろうか。

安酒を酌みながら愚痴を言い合う姿がありありとうかぶと、苦笑がたちまち哄笑《こうしょう》に変わった。

ああ、おっかしい。あの二人、よっぽどのバカだわ。お利口さんたちの取り越し苦労でJAMSにやってきたことが、どれくらいラッキーなのかも、たぶんわかっていない。

9

新入職員の歓迎会は、二日目の午後四時から催された。

会場は前日にプロモーション・フィルムが映写された大会議室である。つまり平日の勤務時間中から、全職員こぞっての酒盛りが始まった。

それも、ビールと乾き物でチャッチャッとすますというなら、まだかわいい。一流ホテルから制服のボーイと白衣のコックもろとも、豪華なケータリングがやってきた。

シャンデリアが輝く広い部屋の中央に、純白のクロスを掛けた大円卓が据えられ、JAMS分室の定員は担当理事と秘書兼庶務係を除けば十名であるはずなのに、会場はなぜかそれに数倍する老人たちで溢れている。

「何だよ、こいつら……」

樋口慎太郎はビールで唇を湿らせながら、かたわらの大友勉に囁《ささや》きかけた。

「OBだろう。ほかには考えようがない」

答えは聞こえよがしの大声だった。近くで談笑していた老人たちが、胡乱な視線を大友に向けた。

まるで秘密結社だ。毎年二人が退職するとして十年で二十人、か。それに現職の十人を加えれば参会者の数になる。

定年前に、選ばれてこの極楽に招かれた幸運な男たち。天下った理由はそれぞれであろうが、数年間を怠惰と閑暇に満ちたパラダイスでぼんやりと過ごし、二度目の退職金を受け取ってリタイアする。そういう幸福な時間を何年も共有すれば、OBの絆もこのように強くなる、というわけだ。

少くともこの空気は、新入職員の歓迎会などではない。そういう名目で彼らが年に一度旧交を温める、同窓会にちがいなかった。

「やあ、久しぶり」

肩を叩かれて、樋口は振り返った。偉そうに顎をしゃくってビールを注《つ》ぎ足す男の顔には見覚えがあった。名前は思い出せない。

「僕はおととしまでここにいたんだがね。そうか、君が来たのか。いや、よかったよかった」

おかげさまで、と樋口慎太郎は頭を下げた。円卓の向こう側には、矢島純彦を取り囲む人垣ができていた。

「ともえの大合併、大変だったろう」

「それは、まあ」

その件についての発言は、役所の内部でも禁忌だった。樋口は男から顔をそむけてビールを飲んだ。

「僕はその前段階のときだよ」

思い出した。大手都市銀行の三行が合併して「ともえホールディングス」が誕生したのは四年前だが、さらにその数年前に、ともえの母体となる銀行が中堅銀行を吸収合併するという一幕があった。男を役所の中で見かけたのはそのころだったと思う。

出世を望まぬ、また望んだところで叶うはずもないノンキャリアを、手足に使うのは矢島の流儀である。一仕事おわれば、その手足は切り捨てればいい。かわりはいくらでもいる。

「何年の入省だね」

「四十九年です」

男は自分の入省年度と較べるように指を折り、「ほう」と酒臭い息をついた。

「幸せなやつだなあ。ここでずいぶんゆっくりできるじゃないか。僕なんか、一年半しかいられなかった。それでもまあ、矢島さんには感謝しているがね」

樋口は人垣の中の矢島に目を向けた。何ともマメな人間だ。年に一度、使い捨てた手足を呼び集めて、労に報いるふりをすることも忘れない。

「やはり私も感謝するべきでしょうか」

意味がわからん、というふうに男は少し間を置いて答えた。

「そりゃ君、当たり前だろう。定年まで役所にしがみついていて、何かいいことでもあるかね。どうやら君は、この幸運がまだピンときていないようだな。ま、じきにわかるだろうけど」

男は樋口の肩をひとつ叩いて、隣の談笑の輪に加わった。

どうしても名前が思い出せなかった。もっとも、ノンキャリの黒衣《くろご》に名前など必要ないのだが。

「よう、元気そうだな」

胴間声に振り返り、大友勉は姿勢を正した。腰をわずかに倒す「十度の敬礼」が周囲の失笑を買った。

永田陸将補。いちいち面倒くさいが昔でいうなら陸軍少将。むろんその階級はものすごくエライ。どのくらいエライかというと、たとえば彼が駐屯地の衛門を通過するときは、専用車のフロントガラスに将旗を貼りつけ、警衛隊は栄誉礼のラッパを吹鳴《すいめい》して捧げ銃をしなければならない。

ただし、防衛大学校出身のエリートたちの中では、格別に出世したというわけではなかった。大友の原隊である旭川連隊の連隊長から、将補となって第十一師団の副師団長。そこまではまあ順調だったが、陸将にはなれずにどこかの補給処長に左遷されて、定年を待たずに退官したと聞いている。

その永田陸将補が、なぜここにいるのだ。

「ええと、名前、何と言ったっけ」

「オオトモ・ツトムであります」

相変わらずの無礼者である。昔から部下の敬礼に対して、ぞんざいな答礼を返すので有名だった。

「ああ、大友一佐」

「二佐、であります。衛門一佐ではありますが、そういうオマケは好きではありません」

「あ、そうだったか。君はとっくに一佐に昇進していたとばかり思っていたが」

「はっ。長いこと二佐であったがために、先日めでたく定年となりました」

「あのな、大友君――」

と、永田は大友の袖を引いて、小声でたしなめた。

「もう少しソフトに話したまえ。声もデカい。ことにそのアリマス調はやめなさい。きょうびそういう物言いをするのは、自衛隊の中でも君ぐらいのものだぞ」

「はっ、悪くありました」

「そうじゃないって。はい、気をつけます」

「ハ、ハイ。気をつけます」

永田の背広の襟には、ＪＡＭＳのアルファベットを象《かたど》ったバッチが付いていた。

「もしや、こちらに？」

「永田参事、と呼びたまえ。いやね、話せば長くなるが」

と言いながら、たいそう簡単に永田は経緯を説明した。

「一年前に権藤先輩から打診されてな。陸将に上がって師団長になるか、依願退職してここに来るか、と。そりゃ、師団長は世界中の軍人の等しい夢だよ。一万人の指揮官だからな。しかも師団は十三個しかないんだ。そこで考えに考え、悩みに悩んだ末、後進に道を譲ることとした。以上、報告おわり」

こいつが考えたり悩んだりしたはずはない。渡りに舟とばかりに飛びついたのだろう。師団長になるか、という打診とやらも怪しい。誰がどう考えたところで、永田は一個師団を率いる将器ではなかった。

「ああ、権藤統幕長からのお勧めでしたか」

「お勧め？」

と、永田は不愉快そうに唇を歪めた。

「誤解のないよう言っておくが、権藤さんは私の肩を叩いたわけではない。ぜひ陸将になって七師団か十一師団の師団長になってほしいのだが、後進に道を譲るというのならこういう受け入れ先がある、とおっしゃった。あくまで提案だ」

要するに肩を叩かれたのである。エリート将校の体面にこだわれば、そういう言い方になろうか。

幹部自衛官の人生は、あんがい年功序列ではない。「指揮幕僚課程」だの「幹部高級課程」だのという、昔でいうなら陸軍大学に相当する選抜試験が待ち受けており、それら狭き門を次々と突破していかなければ、「将軍」の夢は叶わない。つまりほとんどの将校は、そうした選抜試験に敗れた結果、年功序列の原則に従って一佐か二佐で定年を迎えることになる。

大友勉もかつて、無理と知りつつ挑戦だけはした。だからそこまでのシステムはわかるのだが、チャンスをものにしたごく一部のエリートがそののちどういう人生を歩むのかは、想像を超えていた。なにしろ全世界共通の陸軍軍人の華である「師団長」のポストは、わが国においては十三しかないのである。

陸将にも師団長にもなれなかったとはいえ、サバイバル・ゲームの最終ラウンドまで勝ち上がった永田には、意地も面子《メンツ》もあるにちがいなかった。

しかし、そうした防衛大学校出身のエリートに較べれば、大友勉は苦労の分だけ大人であった。そこで、なるたけ永田の面子を潰さぬように訊ねた。

「もしや、自分をここに推薦して下さったのは――」

永田は一瞬、ハア？　と間抜けな顔を向けた。そしてじきに、あからさまな嘘をついた。

「ま、恩を売るつもりはないがね。本年度も自衛隊からの採用枠が一名と聞けば、知った人間を推薦したいのは人情というものだ。そこで統幕長を訪ねて懇談した結果、君はどうだろうという話になった。あ、いかんいかん。けっして口にするまいと思っていたのに、ついつい恩着せがましいことを言ってしまった。忘れてくれたまえ、ええと――」

「オオトモ・ツトムであります」

「ああ、そうそう。大友一佐ね」

「二佐、であります」

嘘がたちまちバレた永田は、意味不明の笑顔で大友の肩を叩き、そそくさと人ごみに紛れてしまった。

腐っている、と大友勉は思った。

どう考えても、永田の人生は退官と同時にあらかた終わったはずである。JAMS分室は優雅な余生に過ぎまい。この期に及んで、なぜ思いつきの嘘をついてまで他人に恩を着せようと図るのだろうか。

つまるところ、ここは権威主義者たちの、いや正しくは権威の喪失を受容することのできぬかつての権威主義者たちの、巣窟なのであろう。

そこまで考えると、大友の脳裏に見てきたような場面が思いうかんだ。

自衛隊から一名の採用と聞いて、ヒマを持て余している永田は勇躍防衛省に向かった。しかし権藤統幕長を訪ねたはよいものの、権威の頂点をきわめた先輩はすこぶる忙しい。

やー、永田さん、変わりませんなあ、と一声かけたまま、応接室を素通りしてしまう。しばらくして別のドアから姿を現した統幕長は、再び「やー、永田さん。やっぱり変わりませんなあ」と言いながら、またどこかへ行ってしまう。茶を啜りながら待つうちに、見るだにへなちょこの若い副官がやってきて、「本日のご用件は?」などと訊く。

そこで永田は遅蒔《おそま》きながら、自分が制服を着ておらず、陸将補の階級章も付けておらず、幕僚も副官も、当番の伝令すらも従えてはいないことを知るのである。

市ヶ谷台上に聳《そび》え立つ防衛省の高層ビルディングには、同じ大学を卒業した軍人たちが無数の蟻のように動き回っているが、自分はそのうちのひとりではなく、外部からの訪問客に過ぎなかった。

永田はへなちょこの後輩に来意を説明する気にもなれず、ＪＡＭＳのパンフレットと、たぶん矢島理事から権藤陸将あての親書をテーブルに置いて去る。

午後五時に課業終了のラッパが鳴り響く。国旗降下。そのひととき、市ヶ谷台上をはじめ日本中の駐屯地や基地のすべての動きは止まる。執務中の武官文官はみな立ち上がって、見えざる国旗に向かって正対する。移動中のジープやカーゴはその場で停止する。歩行者は立ち止まって気を付けをし、食事中の者は箸を置いて背筋を伸ばし、警衛隊は捧げ銃の最敬礼をする。この瞬間に聞こえる音は、しめやかなラッパだけであり、この瞬間に動くものはしずしずと降下する日の丸だけである。

この儀式が終わると、人々はまた何ごともなかったように動き始める。一日の激務をおえた権藤閣下は、太い息をついて来客用のソファに沈み、忘れ物のように置かれた卓上の封筒を手にする。

ああ、そういえばさっき、去年の春に退官した永田将補を見たような気がしたが。そうか、これを届けにきたのか。なになに、全国中小企業振興会に本年も採用枠を一名か。矢島理事とは昵懇の仲でもあるし、この回答は私がしなければならんなあ。

権藤陸将は黙考する。いやたぶん、半分は眠っている。夢うつつのうちに、定年までの幸福な時間を与えるにふさわしい自衛官のおもかげが、ひとつひとつ去来する。

矢島さんの説くところによると、何だかものすごくラクチンな職場らしい。だったら俺がまっさきに行きたいけど、まさかそうもできまい。ええと、あいつはダメ。こいつはまだ使える。公平さを欠いてはならぬ。

ええと、ええと――あっ、これこれ。俺がまだ候補生のとき、配属された部隊で全世界共通、ことにわが国においては帝国陸軍以来の伝統たるイジメに遭っていたとき、いつもかばってくれた三等陸曹。その後、大学の通信教育を履修して一般幹部候補生となり、二等陸佐まで進んだ克己労苦の人、大友勉。これでどうよ。

報恩である。美談である。しかも公平な人事である。なにしろやつは、階級にふさわしい居場所もなく、「師団司令部付」という制度上はありえぬ無任所にぶら下がっているらしい。これで決定――。

10

一年で最もユーウツな一日といえば、まずクリスマス・イブ。その次がきょうね。

ともかくクタクタ。どうしてオヤジっていうのは、こんなにも人を疲れさせるのだろう。

　立花葵は宴《うたげ》の果てた大会議室の椅子にへたりこんで、足枷《あしかせ》のようなハイヒールをポイポイと脱ぎ捨てた。「中じめ」のアナウンスをしたとたん、三十何人ものオヤジたちは飲みちらし食いちらしたまま、まるで矢島をお御輿に担ぐようにして、アッという間に消えてしまった。ホテルから出向いてきたボーイたちが、てきぱきと後片付けを始めていた。だが、まさか掃除まではしてくれない。彼らが帰ったあと、クリーナーをかけて調度を元通りに並べるのは、庶務係の仕事である。

「ったく、もう！」

　立花葵はヒステリックに叫んで、若いボーイたちを驚愕させた。

　何が「ったく、もう」なのかは、彼女自身よくはわからない。不平不満がいつしかその口癖になった。

　去年の暮のボーナスで発作的に買ったミニ・ケリーの蓋を開けて、煙草を取り出す。好みの銘柄は今どきタール8ミリ、ニコチン0・7ミリ、JTの至宝「ピース・インフィニティ」である。

　黒いドレスの裾をひらめかせて素足の膝を組み、いかにもマイノリティの面目躍如という感じで、立花女史は煙を吐き出した。

「あっ、立花さん。タバコを喫《す》うのか！」

まったく、何ていう大声。べつにアヘンを喫ってるわけじゃないわよ。

「あら、いけなくって？」

壁のタペストリーの柄だとばかり思っていたのは、会議室に取り残された大友勉だった。

「あのね、ベンさん。私、とってもイライラしてるの。鎮静剤だと思って下さらない」

副流煙を怖れて後ずさりながら、大友は気の毒そうに立花女史を見つめていた。

変わり者だけれど、この人には権威のかけらも感じない。それどころか、とてもやさしい人に思える。

「まあ、立花さんも大変だな。わけのわからんオヤジたちの中の、紅一点なのだから」

「紅一点？　もうそうは赤くないですけどね」

「いや、そのようなことは……。あなたは十分に魅力的です、ハイ」

ふつうこういうセリフは、笑いながら口にするものだが、大友は至って真顔だった。リップサービスではないと思うと、立花女史のストレスはいくらか和らいだ。

「あーあ、それじゃこっちも一服」

ダグラス・マッカーサーの胸像だとばかり思っていたのは、窓辺に佇む樋口慎太郎だった。

ポケットからおもむろに取り出したパッケージの白さを、立花女史は見逃さなかった。意志薄弱の証明、「マイルドセブン・ワン」。タール1ミリ、ニコチン0・1ミリ、この究極の成分を煙草と称するならば、蝶々もトンボも鳥のうちであろう。やめるにやめられず、かといって肺癌も脳卒中も心臓病も怖いという、日本男児の風上にも置けぬオヤジの象徴である。

まあ、煙草の話などどうでもいい。このオッサン二人は再就職二日目にして、自分たちがこれから身を置く職場の実態を、ようやく知ったらしい。

「どしたの、慎ちゃん。ベッコベコにヘコんじゃったみたいね」

やはりこの二人は、今までの新規採用者とはかなりちがう。喜々として夜の街にくり出そうとはせず、タテマエとはいえ本日の主役でありながら、置き去りにされてしまった。おそらく彼らが同行を拒否したのではあるまい。ほかの参会者たちが彼らに異物を感じて、誘おうとしなかったのだ。

くわえ煙草の灰が落ちるのも気付かずに、立花葵は考えた。

ひとめ見て、自分も彼らに異物感を抱いた。だがその感覚は、ＪＡＭＳ分室の、この固有の空気の中でのみの違和感なのである。ひとたびビルの外に出れば、彼らに異物を感ずる人は誰もいまい。つまり、実は常識的な人が非常識な世界に紛れこんだ。

ミスキャスト。いかなる経緯があったにせよ、これは怖ろしいことだ。たとえば筋書きの知れ切った常打ちの芝居に、ある晩突然、振りもセリフも出番も知らぬ大部屋役者が引き出されたようなものである。二人はわけがわからぬまま、舞台の端にぼんやりと佇んでいる。

だとすると、自分はこれからずっと彼らから目を離さず、プロンプターの役割を果たさねばならないのだろうか。

「ったく、もう……」

口癖が尻すぼみになってしまった。しかし煙を吐きつくして頭を抱えこむ立花女史を気にも留めず、二人のオッサンはどちらが言い出すでも誰に言われるでもなく、セッセと掃除を始めたのだった。

「いいわよ。それ、私の仕事だから」

背広を脱いだ大友勉が、大型クリーナーを引きずっている。男やもめが長いらしいが、なるほど掃除は手慣れている。

樋口慎太郎はワイシャツの袖をたくし上げて、バケツの中の雑巾を濯《すす》ぎ、椅子やテーブルを拭き始めた。この男は根っからのきれい好き、掃除は家事ではなく趣味と見た。

何だ、こいつら。

「あー、オヤジっくせえ」

と、絨毯の畑を耕すように手を動かしながら、オヤジにちがいない大友が言う。

「矢島さんは気配りのない人だからなあ。立花さんも大変だろう、何から何まで」

樋口の言葉に、べつだんの他意はあるまい。ごもっともである。矢島に限らず、JAMS分室の男どもは、しばしば胸や尻をなめ回す視線のほかには、自分に対する気配りのかけらもない。

やっぱりミスキャスト。さあ、どうする。こいつらのプロンプターを続けるなんて、それこそ身が持たない。

そのときまったくふいに、まるで稲妻のような光が立花葵の頭を貫いた。

「ねえ、仕事しましょうか」

え、と異口同音に言って、二人は立花女史を見つめた。

大友の手にしたクリーナーは不機嫌な唸り声を立てており、樋口の握った雑巾からは水が滴っていた。

「仕事よ。三人で仕事しようよ。時間はたっぷりあるわ」

11

たそがれの池の面に、花筏《はないかだ》がたゆとうている。

耳を澄ませば由比ヶ浜の遥けき潮騒が、山の音にまさった。

離れの杉戸が開き、銀鼠《ぎんねず》の紬《つむぎ》を着流した姿が渡り廊下に歩み出たときには、すわ脱稿かと編集者は色めき立ったのだが、声をかけるでも目を合わせるでもなく、先生は下駄をつっかけて庭に下りてしまった。

陶《すえ》に腰をかけ、腕組みをする先生の表情はいつになく憔悴している。まさか「お原稿は」とも言えず、庭向きの小座敷に朝から座りっぱなしの編集者は、しばらくその様子を遠目に見守るほかはなかった。

ややあって、先生は白髪まじりの豊かな髪をかき上げながら、肩ごしに振り返った。

「待たせてすまんね。明日の夕方にもういちどご足労ねがえるかな」

たしかきのうの今ごろも、そっくり同じセリフを聞いたような気がするのだが、むろん「でも」も「しかし」も禁句である。こういうときにはけっして声にも出さず色にも表さずに、困り果てた空気だけを放つのがベテラン編集者というものであった。

「はい、かしこまりました。それでは明日の夕方に、あらためておじゃまいたします」

そう言って頭を下げても、そそくさと退散してはならない。一分か二分、無言で先生の後ろ姿を睨みつけて残心を示すのである。齢なりにしたたかな女性編集者は、きのうより少し余分にその時間を持った。

筑波《つくば》卓也《たくや》先生は本邦文壇の重鎮である。きょうび原稿用紙に万年筆で小説を書いているだけでも珍しいのに、北鎌倉の屋敷にはパソコンどころかファクシミリすらなかった。ために編集者は、原稿の受け渡しのためにいちいち横須賀線で通うという、いよいよきょうび珍しい仕事を強いられていた。早い話が、このまま大正時代にワープしても何ら不自然はない、小説家と編集者の関係である。

筑波先生が大正時代の作家とちがうところといえば、作品の上梓にあたって検印を捺さぬことぐらいであろう。なにしろ原稿料は現金で届け、巨額の印税だって小切手を編集者がみずから手渡すのである。そのかわり銀座を飲み歩いたりカラオケに通ったりする習慣はないので、手間と経費を秤《はかり》に掛ければ、むしろ面倒のない作家であると言えた。

聞くところによると、筑波先生は今から二十年ほど前に、突如として彗星のごとく出現したらしい。年齢から逆算すると四十を過ぎての遅咲きであったことになるが、デビューの経緯については諸説紛々として定まるところがなく、謎だらけであった。

経歴も本名も、いまだ非公開である。文壇パーティにはいっさい姿を見せず、日本ペンクラブや日本文藝家協会などの団体にも所属していない。のみならず、講演、対談、グラビア登場、文学賞選考委員等々、作家という職業に付帯する執筆以外の仕事はけっして引き受けなかった。

鶴のごとき痩身長軀と気難しげな表情。「筑波卓也」という、小説家以外にはありえぬ名前。ほかにも先生にまつわるすべての属性は、その存在をまるで企まれたように神秘的なものにしていた。

「ところで……」

筑波先生は遥けき潮騒に耳を傾けながら、いやたぶんそういうフリをしながら、実にさりげなく言った。

「今月の原稿料はどうなっておるかね」

「はい。先ほど奥様にお渡しいたしました」

「消費税五パーセントも、ちゃんと加算してあるだろうね」

「もちろんでございます」

「今後、消費税が上がるようなことになっても、そのあたりはきちんと頼むよ」

筑波先生を囲繞する神秘のベールと、こと銭金に関するセコさとのギャップはどうしたわけであろうと、編集者は悩んだ。

「かしこまりました。何かご不明の点がございましたら、わたくしにお申し付け下さいませ。先日のようにいきなり経理部にお越しになられますと、先生の作家的神秘性が傷つきますので。ひとつ、よしなに」

いつか言わねばならぬと機会を窺っていたことも、うまく言えた。筑波先生が経理部に殴り込んだのは、今年の確定申告の折であった。

「では、これにて失礼させていただきます」

編集者は山の音に耳を澄ませる先生の背中に向かって平伏し、屋敷を辞去した。

玄関の式台から檜皮葺《ひわだぶき》の門まで、着物のよく似合う奥様が送って下さった。杉林の中の苔むした石段の下から振り返ると、美しい人はまるで季節をたがえたあじさいのように、ひっそりと佇んでいた。


先生は苦悩している。

べつだん筆が進まぬわけではない。その気になればいくらだって書けるのだが、執筆どころではない悩みを、このところ抱えているのである。

きょうは丸一日、原稿を書くふりをして書斎にこもり、過去二十年にわたるデータを綿密に分析したのだが、結論は出なかった。

編集者を見送ったのであろう、とたんに別人のごとく俗っぽくなった妻が、着物の裾を端折《はしょ》ってパタパタと廊下を歩いてきた。

池のほとりの陶に座って頭を抱えていた先生は、その足音で我に返った。悩んでいる場合ではない。今こそおのれの才能を信じなければ。

「やっぱり今からでも遅くはない。ドルを買うべきだ」

とたんに妻が反論した。

「ちがうってば。アメリカに景気好転の要素があるもんですか。誰が大統領になろうと、サブプライム問題を解決することなんてできるわけないわよ」

「いや、オバマには何か秘策があるはずだ」

「んなはずないじゃないの。景気だけを考えるのなら、ヒラリーのほうがずっとマシだったわ。第一、大統領になれるかどうかだってまだ怪しいものよ。もう少し様子を見ましょ」

先生は再び頭を抱えた。妻が経済に明るいとは思えないが、女の勘はバカにできない。女傑ウオッカがぶっちぎった去る年のダービーを、先生はありありと思い出したのだった。ウオッカも偉かったが、その単勝をさしたる根拠もなく山ほど買った女房はもっと偉かった。

「様子見、か……たしかにそうかもしれんなあ」

一ドル＝九十円台の安値に突入したとき、たまたま原稿の締切がたてこんでいたのは身の不運であった。今が買いだとは思ったのだが、余りに急な話であったからまだ下がるような気もした。編集者を置き去りにしてシティバンクに走るのも気が引けた。

そうこうするうちにドルは反撥した。今からでも遅くはないのか、それともすでに機を失ったのか、その判定は難しい。

筑波先生は決心した。適正レートは一ドル＝百二十円だとは思うけれど、サブプライムやイラク問題や原油高騰といった多くの苦悩を抱えるアメリカ経済の未来は余りに不透明だった。

根がセコいうえに、四十を過ぎるまでいいことなんてひとつもなかった筑波先生は、ギャンブルを好まない。バブル崩壊時の惨状は記憶に新しいので、株にも手は出さない。そのかわり為替投資で財産をじりじりと増やし続けていた。

遅蒔きながらの作家デビューはむしろ幸運だったと、このごろしみじみ思う。もう十年早かったとしたら、おそらくバブルの幻想に踊らされて、原稿料も印税もそれこそあぶくのように消えていたはずである。

世間が空前の好景気に沸いていた当時、先生はひとりだけクスブっていた。若くして起こした会社を三十代なかばで潰し、女房子供を抱えて逃げ回る毎日だった。

貧乏ヒマなし、とは言うけれど、実は貧乏はヒマなのである。金がなければ何もできないのだから当たり前だ。そこでヒマに飽かせて小説なるものを書いたところ、これがすこぶる面白かった。おそるおそる女房子供に読ませたら、やはり面白がった。

あんた、商才は全然ないけど、もしかしたら文才はあるかもしれないわよ、という妻の言葉に励まされて、原稿を出版社に持ちこんだ。世の中そんなに甘くねえよなあ、とは思っていたのだが、編集者は一読して仰天し、話はとんとん拍子に運んだのであった。

それからの二十数年の間にいったい何が起きたのか、当の先生にもよくはわからない。気が付けば六畳一間のアパートではなく、北鎌倉の宏壮なお屋敷の離れで原稿を書いていた。夢のような記憶をたどると、たしかそれはバブル流れの超贅沢物件であったように思う。要するにバブル崩壊のまっ只中で、先生ひとりが奇跡的にバブっていたのであった。いわば究極の逆バブルであり、四十二の厄当たりとも言えた。

その後も先生はマイノリティの底力をいかんなく発揮して、景気低迷とはうらはらに稼ぎまくった。かつては不幸肥《ぶと》りをしていた妻もおよそ十五キロの減量に成功し、茶室の床に花なんぞ生けているさまを見れば、とうてい同一人物とは思えない。

また極貧生活のさなか、「暴走族にだけはなるなよ」と叱り続けていた倅は、眉毛が生え揃ったなと思う間に東大を卒業して外交官になった。ガングロであった娘は、色白になったなと思う間に医大を出て、今はアメリカに留学中である。

二十数年の間にいったい何が起こったのか、書斎にこもりきりの先生にはよくわからないのだが、結果はそういうことであった。

筆を擱《お》いて我に返ったときにふと、かつての貧しい時代に思いをいたす。三十代なかばで不渡りを飛ばしたときには、相当の負債を背負ったはずだが、ない袖は振れぬのだから仕方がない。そのうち借金はみなうやむやになってしまった。

「筑波卓也」という、本名とは似ても似つかぬペンネームを用い、テレビ出演はむろんのこと講演会やグラビア撮影までをいっさい拒み続けてきたのは、過去が暴かれるのを怖れたからである。ところがどうしたわけか、そうした世を忍ぶ姿が小説家の神秘性を演出してしまった。芸能人と文化人の境界がなくなった昨今、読者は作品の質とはさほど関係なく、筑波卓也を畏敬した。

つまり、世相のもたらした壮大な誤解の結果、先生は還暦を過ぎた今、かくあるのであった。

むろんそのあたりは本人が最もよく知っている。経緯はどうであれ、今はこのうえ願うべくもない後半生をたどっているのであり、そりゃ時効をとっくに過ぎた借金とか数々の不義理とか、まったく気にならぬかといえば嘘になるが、その分は面白い小説で世間様にお返ししているのだと思うことにしていた。

夕陽が山の端に沈み、遥けき潮騒がいっそうとよもすころ、先生はいまわしい記憶から放たれて立ち上がった。

「先生、ご来客でございます」

女中が廊下に傅《かしず》いて名刺を差し出した。

「こんな時間に何だね。誰であろうが取り次ぐ必要はない」

「でも、先生のご本名をお名差しになりましたので、個人的なお知り合いかと思いまして」

「本名、だと？」

このところ老眼が進んで、名刺の文字はまったく見えなかった。先生は奥座敷に入り、附書院《つけしょいん》に置かれた老眼鏡を手に取った。

「どうせ表札を見て、あてずっぽうを言っているセールスマンだろう」

本名など忘れてしまいたいのである。しかし役所からの郵便物や税金の督促状を受け取る都合もあるから、俎《まないた》のように立派な「筑波」の表札に並べて、本物のカマボコ板にマジックインキで、「金尾」と書いて貼りつけてあった。

だにしても、不審ではある。個人的な知り合いは誰だろうがイヤだ。税務署員だったらもっとイヤだ。

いずれにせよ本名の「金尾為太郎」を名差しにするというのは、ロクな話ではあるまい。心を鎮めて、先生は老眼鏡をかけた。

「ああっ！」

とたんに先生は悲鳴を上げ、飛び上がったはずみで鴨居に頭をぶつけて昏倒した。女中はうろたえ、茶室から妻が走り出てきた。

「どうなさったの、あなた！　心筋梗塞かしら、それともクモ膜下」

それのほうがよっぽどマシだと先生は思った。気を取り直してあぐらをかき、まこと信じ難い名刺を老眼鏡もろとも妻に差し出した。

「ああ、よかった。あんまり驚かさないで下さいまし。ええと、何ですって。全国中小企業振興会神田分室整理部、主査、樋口慎太郎。何よこれ。どこかで聞いたような気もするけど……ああっ！」

妻は名刺を握りしめたまま、まるで夫の戦死公報でも受けたかのようにバッタリと打ち伏した。

「しっかりしろ。よく考えてみたらそれほどビックリする話ではない。どんな借金だってとっくに時効なんだ」

息を吹き返した妻は先生の膝に泣き崩れた。

「私、こんな人の顔も見たくない。あのころのことなんて、思い出すのもいやよ。面倒なやりとりはやめてちょうだい。何やかや言うのなら、欲しがるだけのお金を渡して帰っていただいて。お願いよ、あなた」

見てはならぬものを見てしまったというように、女中は青ざめて立ちすくんでいた。

「お松さん、家内を頼んだよ。私が応対する。茶は出さんでよろしい」

先生は妻の手を女中に托すと、意を決して玄関に向かった。たそがれの回廊が忘れていた過去に続いていた。足袋《たび》のあしうらで一歩を踏みしめながら、筑波先生は心なしか遠ざかってゆく山の音や潮騒を、懸命に聞こうとした。

12

「――と、いうわけで」

樋口慎太郎はテーブルの上に置かれた「虎屋」の手提げ袋に思わせぶりな視線を向けた。

「羊羹《ようかん》かよ」

大友勉がものすごく単純な、冗談か本心かもよくわからないくらいの予測を口にすると、室内の空気はどんよりと濁った。

午前十時のJAMS分室は静まり返っている。職員たちの主たる業務である囲碁将棋が、佳境に入る時刻だった。

「虎屋といえば羊羹だけどな。中身は貸付元本と利息だそうだ。どういう計算かは知らんが」

立花葵と大友はとっさに躍りかかり、たちまち左右から紙袋を引き裂いた。

「まさか！」

「マッカーサー！」

こんなときでも珠玉のオヤジギャグをかます大友は、ひとかどの人物と言えた。

「これ、マジなの、慎ちゃん。ひの、ふの、みい。いつ、むう、なな、やあ、ここのつ、とおで一千万。ひえー、一千万！」

「マジも何も、ご覧の通りさ。きのうは家に持って帰ったけど、落ち着かないったらありゃしなかった」

帯封つきの百万円×十個の札束を前にして、樋口はなるたけ簡潔に経緯を語った。

ＪＡＭＳが「金尾為太郎」なる人物に債務保証を付けたのは、二十八年前のことであった。指定金融機関がその保証を根拠として、運転資金二百万、設備資金二百万、計四百万円の融資を実行した。すなわち、ＪＡＭＳ――全国中小企業振興会の業務である、「新規事業者に対する債務保証」である。今日的にわかりやすくいうなら、担保も保証もないが将来有望なベンチャー・ビジネスに対して、ＪＡＭＳが保証人に立ったのであった。

ところが、この金尾為太郎君は契約通りＪＡＭＳに対して保証料を支払い、順調に「服飾雑貨販売・金尾商会」を発展させるかと思いきや、半年後には早くも返済が滞ってＪＡＭＳが代位弁済を履行した。つまり金尾君に代わって、ＪＡＭＳが銀行に金を返したのである。

この時点で金尾君の債権者はＪＡＭＳとなったわけだが、むろん銀行に金を返せぬ人間がＪＡＭＳに返せるはずはなかった。ほどなく金尾為太郎は不渡手形を飛ばし、所在不明となった。

保証債権の時効は五年である。ただし、その間に債務者の所在を確認し、請求を行えば時効は中断される。社会に身を置く人間が、五年間も所在不明であることは簡単なようで実は難しい。現住所に住民票がなければ、子供が就学できず、健康保険も使えないからである。つまり、所在不明の債務者を見つけ出すことは、現実にはさほど難しくはない。

その「さほど難しくないこと」をきちんとやらなかっただけである。かくして二十八年の歳月が流れた。誰がどう考えたところで、完全なる時効成立であった。

保証人に借金の肩代わりをさせて逃げるような悪党は、もしかしたら大金持ちになるのではないか――これはそもそも、立花葵が唱えた仮説である。この黒衣の囁きがヒントになって、過去数年間の多額納税者リストと未処理の債務者リストを照合してみたところ、いきなり「金尾為太郎」なる人物がヒットしたのであった。

そこで昨日、北鎌倉の現住所を訪ねてみた。むろん債権を回収しようなどという大それた考えはさらさらなかった。いわば暗い興味である。

檜皮葺の門には、「筑波」という俎のような表札に並べて、本物のカマボコ板に「金尾」の名が記されていた。

応対に現れた本人の顔をひとめ見て、樋口慎太郎は息を呑んだ。まちがいない。これはあのベストセラー作家、「筑波卓也」である。

何を隠そう、樋口慎太郎は熱狂的ともいえる愛読者であった。かれこれ二十年にわたって、筑波卓也の著作物は洩れなく読んでいる。

話はものの五分で終わった。応接間に樋口を招き入れるなり、筑波卓也こと金尾為太郎は声をひそめてこう言った。

「面倒な話はいっさいやめてほしい。私も法律を楯にとるつもりは毛頭ない。道義的責任においても借金は返すから、古い書類はここに置いて行ってくれ。それでいいだろう」

まったく一方的にそれだけを言って、金尾為太郎は席をはずした。トイレにでも行ったとしか思えぬくらいの短い不在であった。じきに戻ってきた金尾は虎屋の手提げ袋をテーブルに置くと、「細かい計算はあなたに任せる。書類を置いて帰ってくれたまえ」と邪慳に言った。

現ナマを赤ん坊のように抱いて帰る道すがら、樋口は立花女史の仮説について考え続けた。

借金を踏み倒して逃げるようなやつは、やっぱり大金持ちになるのではないのか。

資本主義の原則に従って安全かつ有利な蓄財の方法を考えれば、それは利息の蓄積に尽きるのだが、もうひとつの方法があるのではなかろうか。借りた金を返さぬことである。度を越せば詐欺罪だが、ほとんどの場合その方法は、金尾為太郎がいみじくも口にした「道義的責任」の範囲を出ないのではあるまいか。

一千万円という収入が偶然の拾い物であるのか、あるいは必然の対価であるのか、樋口は一夜をまんじりともせずに考えたのだった。

包み隠さずにそこまでを語りおえると、樋口慎太郎は目の前の二人に向かって訊ねた。

「さて、この結果は必然か偶然か。どう思うかね、諸君」

大友勉と立花葵は、ほとんど考えもせずに声を合わせた。

「必然よ」

「必然さ」

GHQの指令に基いて設立されたJAMSが、六十年の歴史の間に育てた事業はたしかに枚挙にいとまあるまい。しかしそれはあくまで表向きの歴史である。JAMSには天下り役人の受け皿としての使命があり、徹底的に労働意欲を欠いた彼らの仕事ぶりは、したたかな人間たちに利用され続けてきた。すなわちこの一千万は、珍しく労働意欲を抱いたJAMS職員が手にした、必然の結果だった。

ところで、さしあたっての問題は、この一千万円をどう処理するかである。

大手柄にはちがいない。しかし新入職員が入職早々にこんな結果を出したら、ほかの参事や主査たちに迷惑がかかる。いやそれ以前に、「機密費」に変わって矢島理事の懐に入ることは目に見えていた。

「ねえ。私を信じてくれる？」

長い沈黙のあとで、立花女史が言った。樋口と大友はとっさに答えられずに、まったく年齢不詳だがそれなりに魅惑的な微笑を見つめた。この世に信ずるに足るものなど何ひとつないことを、二人のオッサンは知悉している。それでも、もういっぺんだけ信じてみようかと思わせるほどの、邪心を感じさせぬ、なおかつ艶《あで》やかな微笑だった。

歓迎会がはねたあと、二人に向かって囁いた同じセリフを、立花葵は少し力強く、もういちどくり返した。

「三人で仕事しようよ。時間はたっぷりあるわ」

13

「ニック・オノ」こと小野寺光一は、きょうも夜明けとともにさわやかこのうえなく目覚めた。

彼は生来、まどろみという快楽を知らない。人の三倍くらい働くだけ働いて、ベッドに倒れこんだとたん即死的に眠り、黎明が兆すとともにパッチリと覚醒するのである。

ただちに起床すると、まずキッチンに走って一リットルのミネラル・ウォーターを牛飲する。銘柄はかのルルドの泉と成分が酷似しているといわれる「日田《ひた》天領水」、およびモンドセレクションにおいて金賞を受賞し続けている、つまりビックリするほどうまい「龍泉洞の水」の二種類ブレンドである。

これら極めつきの銘水は、東京ではなかなか入手しづらい。しかしニック・オノにとって不可能はなかった。彼の経営するステーキと焼肉の専門店「にくにくニック」は全国に百四十店舗を数え、むろん大分にも盛岡にも出店しているからである。

ニック・オノは一リットルの水を、たしかに牛か馬としか思えぬ勢いで飲み乾《ほ》したあと、おもむろにトイレへと向かう。そして正しく一リットルの放尿をする。

代謝がすこぶるよろしい健康体であることはたしかだが、問題はその順序であろう。ふつう五十八歳のオヤジは夜中に尿意を催す。しかし彼は起床後にトイレに駆けこむどころか、一リットルの水を飲み乾すだけの余裕がある。それも日本男児の古式ゆかしい作法に則り、仁王立ちで左手を腰に当て、一気に飲み乾したあとはゲップと屁を同時にカマすほどの余裕であった。しかるのちのトイレであるから、その順序だけでも彼は端倪《たんげい》すべからざる人物と言えた。

ダイナミックな放尿ののちは、シャワーブースで体を洗う。このごろギャグのキレが悪くなったのは致し方ないにしても、依然として小便のキレはよかった。

鍛え上げられた体にはいまだ贅肉のかけらもない。彼は巨大外食チェーン「にくにくニック」創業者の面目にかけて、三食牛肉を食い続けながらこの肉体を維持していた。

バスローブをまとってバルコニーに出る。いや、ベイエリアにそそり立つ高層マンションのペントハウスのそれは、バルコニーでもテラスでもなく、空中庭園と言ったほうが正しい。

ニック・オノの最も尊敬すべき点は、三食つごう二キログラムの牛肉を食い続けながら贅肉を蓄えぬことではなく、信義を尊び礼節をわきまえた日本精神をけっして忘れぬことである。たとえば、空中庭園でバスローブを脱ぎ捨てた彼は、意外にもフリチンではない。「フリチン」の語源が「振りチン」か「フリーチン」か、そんなことはどうでもいいけれど、ともかく彼はいつの間に身仕度をしたものやら、純白の褌《ふんどし》をきりりと締めているのであった。

そして裂帛《れっぱく》の気合もろとも、一千回の素振りが始まる。

「チェーストウ！」

一撃必殺の薩摩示現流である。

「チェース！」

妻子は郷里の鹿児島に残している。晩婚であったせいで妻とは齢が離れており、きょうび珍しい五人の子供は全員が中学生であった。計算が合わないのは、五人のうちの四人が双子の年子だからである。

「チェース！」

要するにニック・オノの人生は波瀾万丈であり、本人がすこぶるまじめに努力しているにもかかわらず、思いがけぬことばかりが起こるのであった。

「チ、チ、チェース！」

気合が乱れた。かつて波瀾万丈であった人生は、この十年ほど順風満帆である。よってその間に事業は急成長したのだが、余りに苦労が多かったせいで、しばしば悪い想像が襲いかかってくる。

「チ、チ、チ、チェース！」

連想とは怖ろしいものだ。ニック・オノはその資産の多くを、ＪＰモルガン・チェースに預託している。「にくにくニック」の米国現地法人「ＮＩＣＫ・ＪＡＰ」が順調に成長した結果、日本国内の資産をアメリカに移動させることに成功したのである。

経営破綻したリーマン・ブラザーズとＪＰモルガン・チェースは、格がちがうと思う。しかしリーマンの総資産六千三百九十億ドルと、ＪＰモルガン・チェースの一兆五千億ドルとの間に、どれくらいの格差があるかというと、数字が余りにもデカすぎて判断のしようはなかった。

テレビのニュースを見ながら、突然の破綻によって職を失ったリーマンのリーマンはかわいそうだと思った。しかし、キレの悪いひとりギャグに気付いて苦笑している場合ではなかった。格はちがうと思うのだけれど、一億ドルの資産を預託しているJPモルガン・チェースは大丈夫なのだろうか。

「チェース、トゥー！」

気合も新たに木刀をふるってから、みずから発したその声が「CHASE TOO！」と聞こえて、ニック・オノは鳥肌立った。


外食産業の怪物「ニック・オノ」こと小野寺光一の半生について、詳細を知る人は少い。いや、今やまったくの謎と言ってよかろう。

事業の基礎を築いた部下たちは、急成長とともに順次その規模にふさわしい人材と交替したからである。非情な現実だが、人間が企業とともに成長するはずはない。

むろん若い女房にも、双子の年子を含む五人の子供らにも、おのれの苦労を語りはしない。ゆえに傑物たる者の宿命と言ってしまえばそれまでだが、ニックは孤独だった。

夜中に尿意を催すことはないが、貧しい時代の夢にうなされて目覚めることしばしばである。

かつては月々数万円の返済も滞って、銀行に頭を下げ続けた。従業員の給料を工面するために走り回り、手形の決済日が迫れば夜も眠れなかった。そしてしまいにはとうとう不渡りを飛ばし、手元の金だけを握って国外に脱出した。

それは三十年も昔の話なのだが、時の流れやその後の大成功が記憶を消し去ることはなかった。忘れられぬ記憶——すなわち癒えぬ傷である。

彼は今もときおり、大まじめに考えることがある。三十手前のたった百万円の不渡手形を今から買い戻せるのなら、一億ドルでも惜しくはない、と。

二十代のベンチャー・ビジネスマンは、一敗地にまみれてアメリカ大陸を放浪した。観光ビザが切れても、当時のアメリカ合衆国は不法滞在者に寛大だった。いや、不法滞在という考え方がなかったと言ってもいいくらいだった。一年に一度か二度、カナダかメキシコに出国すれば何の問題もなかった。

そうした放浪者の定石として、彼はレストランの皿洗いや掃除夫を稼業にした。ロスアンゼルスから始まった旅が一段落したのは、中部ネブラスカ州のノースプラットである。そのあたりは合衆国でも有数の肉牛の産地で、彼は皿洗いよりはいくらかマシな精肉工場に職を得たのだった。

工員の給料は皿洗いとさほど変わらない。だが有難いことに、工場の食堂では毎日無料でステーキを食べることができた。ロス以来、三度の食事といえばハンバーガーかホットドッグであった彼にとって、ステーキは夢そのものであった。

言葉には不自由していたが、ひとつの職場に落ち着くことのできぬ原因はそれではないと、そのとき知った。南部や中部には英語をうまくしゃべれぬヒスパニック系の越境者が多く、彼らはみなそれなりの低所得に甘んじながらも定職についていた。

まず名前を考えなけりゃ、と教えてくれたのは、メキシコから流れてきた同じ身の上の工員である。「コーイチ・オノデーラ」という名前は英語の発音にまったくなじまない。ともかくアメリカ人が呼びやすい名を考えろ、と彼は言った。

毎日食べてもけっして飽きることのないステーキを頬張りながら、とっさに思いついた。「ニック・オノ」。これでいい。

その日から彼は、誰彼かまわずカタコトの英語で、「マイネームイズ、ニック・オノ。オーケー？」と自己紹介を続けた。

効果はてきめんであった。そもそもアメリカ人もヒスパニックも、日本人に較べれば遥かにフレンドリーな人種である。ただしその友好の輪の中に入るためには、そこそこの自己アピールが必須条件であった。英語力などはむしろどうでもよかった。彼らが翌日から、「ヘイ、ニック。調子はどうだい」と呼びかけることができればよかったのである。

折しも高性能の日本車や日本製の電気製品が、アメリカ社会に浸透し始めたころであった。技術的な名声は日本人のイメージを変えた。ジャパニーズは知的な人種であると考えられ始めていた。

ニック・オノは勤勉だった。そして工場内の誰から見ても、勤勉さと誠実さはすなわち日本人的であった。一年後に彼は製造ラインの責任者に抜擢され、二年後には工場の主要なクライアントである日本の商社との交渉を一任されるセールス・マネージャーに昇進した。

年俸十万ドルは彼の年齢とキャリアを考えれば破格の待遇だった。だが、まさかそれで人生を納得するニックではない。彼にはリベンジという野望があった。

セールス・マネージャーとして勤務する間に、彼は米国産牛の流通形態を完全に把握した。そしてスコットランド原産のアバディーン・アンガス種の肉牛が、世界一の美味であるという確信も持った。

日本には国産牛肉に対する信仰が根強い。しかし日本産特有のいわゆる霜降り肉は、日本固有の調理法であるスキヤキには最適だが、食感、カロリー、価格等すべての点において、牛肉本来の食べ方であるステーキには適さないと彼は考えた。

最もうまいステーキは、肉と脂肪とがきっぱりと分かたれた、嚙むほどに味わい深いアンガス種の黒毛牛にちがいなかった。しかも日本産の牛肉に較べれば遥かに低カロリーで、なおかつ低価格である。

こうして四年ぶりに帰国した彼は、アメリカ産アンガス牛を使用したステーキと焼肉の専門店「にくにくニック」第一号店を、東京郊外の国道246号線沿いにオープンした。

ステーキと焼肉を抱き合わせてメニューにするという、このアイデアはニクかった。両者は同じ牛肉でありながら、世代別の好みがはっきりとしていたからである。ステーキと焼肉をともにメイン・メニューに据えることで、世代を超えた顧客とファミリー客の動員に成功した。

「安くておいしいにくにくニック、みんなでニコニコにくにくニック」

このわずか十五秒のスポット・コマーシャルが、テレビ、ラジオの電波にばらまかれたころ、「にくにくニック」は本格的な大ブレイクの時代を迎えた。

やがて積年の悲願であった「にくにくニック・鹿児島天文館店」のオープンに伴い、故郷に錦《にしき》を飾った。大志を抱いて上京してから、実に二十年ぶりの帰郷であった。そのとき空港に出迎えてくれた「準ミス桜島」に一目惚れをし、その場で抱きしめ、その夜のうちに押し倒した。かくして「準ミス桜島」は彼の妻となり、以後三年の間に双子の年子を含む五人の子を産んだ。

鹿児島といえば、何たって黒豚であり、薩摩地鶏である。苦戦を強いられるかと思いきや、アンガス黒毛牛は大ヒットした。長い肉食文化の伝統を誇る鹿児島県民は、肉の味を知っていたのである。

「にくにくニック」は驀進《ばくしん》した。不景気なんぞくそくらえであった。米国産牛の騒動の折はさすがにあわてたが、「オージーもいけるぜ!」という全国キャンペーンを展開した結果、原価が下がった分だけ利益は増した。

ニック・オノはまさしく神憑《かみがか》りであった。三十歳まではいいことなどひとつもなかったクスブリであったけれど、三十五歳からは悪いことなどひとつもなくなった。


「チェーストー!」

けっして「CHASE TOO!」ではなく、正しい気合をこめて千本目の素振りをおえると、ニックは蹲踞《そんきょ》して木刀を収めた。

妄想は断ち切った。リーマンのリーマンは気の毒だが、やはりJPモルガン・チェースは格がちがう。商売はパワーゲームである。何たってデカいもの勝ちだと、ニックは朝陽に染まるベイエリアを見はるかしながら得心した。

携帯電話が鳴った。夜明けの着信は鹿児島の女房からと決まっている。

「モシモシ。ハヨゴワンナー・オマンサー。サシカブイノデンワジャッドン・ヒッタマガッタデゴアンソー」

「ンニャ。ヨメゴノコエバキイテ・ヒッタマガルヤドンシガアットカ。ジャッドン・コゲンハヨカラナンゴッ」

日本語ではあるが、翻訳を要する。

「もしもし。おはようございます、あなた。久しぶりの電話だから、びっくりしたでしょうね」

「いや。妻の声を聞いてびっくりする夫などいるものかね。それにしても、こんなに朝早くから何ごとかな」

と、こういう会話なのだが、標準語というものはまことに味気なく、語り手の個性を奪うことおびただしい。方言でのやりとりは意味こそ不明でも、この非常の時刻にあえて電話をする女房の企み、またその企みをとっさに躱す夫のしたたかさが、肌で感じられる。

以下、方言考証はたいそう手間がかかるので、対話の趣旨を要約する。

女房が言うには、昨日鹿児島の留守宅に突然の来訪者があった。きちんと背広を着た様子のよい紳士で、差し出した名刺には「全国中小企業振興会神田分室整理部　主査　大友勉」とあった。

夫の住民票は鹿児島にあり、個人所得の申告も鹿児島で行っているので、事情を知らぬ来訪者も珍しくはなかった。もっとも夫は公明正大、顧みて天に恥ずる行いなんてこれっぽっちもない人物であるから、妻はかくかくしかじかと不在の理由を説明することにしている。

大友勉なる来訪者は、「小野寺光一」がかの外食王「ニック・オノ」であると知ったとたん、桜島が爆発してもそうまで驚くまいと思われるほど驚いた。そこで女房は、きっと幼なじみかよほど旧《ふる》い知人だろうと考えて、東京の住所を教えたのであった。

「チョッシモタ。ソンヤッイワンコッジャイガ！」

ニックは叫んだ。標準語に直訳すると、「しまった。それは余計だぞ！」であるが、やはり薩摩的ニュアンスからははずれてしまう。すなわち男尊女卑の風土ではあるが、いかなるエラーでも責任は男にある、という薩摩隼人と薩摩おごじょの正しい関係が、方言には盛りこまれているのである。したがって正確な標準語訳は、「しまった。だがおまえは気にするな。それは余計なことだったが責任を感ずる必要はない。悪いのは私だ」とでもなるのではなかろうか。実に面倒くさい。

電話を切ったあと、ニックは暗い気分になった。

どれほどの成功を収めても、悪い記憶を消し去ることはできない。すなわち永遠に癒えぬ傷である。「全国中小企業振興会」は、かつて自分に債務保証をつけてくれた、善意の機関であった。事業に失敗してアメリカへと逃げたあと、自分に代わって借金の返済をしてくれたのは明らかだった。

そんな話はとうに時効である。しかしニックは、「チョッシモタ。ソンヤッイワンコッジャイガ！」と思わず口にした自分が許せなかった。

借りた金を返すのは道理である。返せぬのなら仕方ないが、返さぬのは卑怯だと思った。たとえ法が返さずともよいと言ったとしても、そうした法に先んずる礼をわきまえねば、自分は事業家とは呼べまい。

「チェーストー！」

ニック・オノはいまわしい過去に向かって、もういちど剣をふるった。

大友勉なる男が自宅マンションを訪れたのは、その日の夕刻である。

ペントハウスから望む東京湾は、鴇色《ときいろ》の鏡を横たえたように凪いでいた。

「私にとりましても実に不本意な仕事ではありますが、いつまでも未処理のままにしておくわけには参りません。ご面倒でも社長のご意思を伺わせていただきます」

きのう鹿児島を訪ねた人物にはちがいないが、桜島どころか富士山が爆発しても驚くまいと思えるほど、男は落ち着き払っていた。

「私の意思、とは？」

「むろん、返済する意思のことです」

「三十年前の話だよ」

「承知の上です。法的には返済の義務はありません。そのように主張なさるのでしたら、未弁済のまま時効ということで、債権放棄の処理をいたしますが」

「ちょっと待ってくれ」

ニックは天を仰いだ。人を相手とせず、天を相手とせよ。尊敬する西郷隆盛の言葉が彼を苦しめた。

大友が鞄の中から封筒を取り出した。まるでタイムマシンのように、三十年前に取り交わした書類がテーブルに並べられた。

三百万円の申込みに対して、銀行は二百万円の融資を決定した。二十代の若者に無担保で融資をする根拠は、全国中小企業振興会――JAMSの保証があったればこそである。

しかしニックは、その二百万円を正当な設備投資や運転資金には使わなかった。すべては右から左へと高利の金融業者に吸い取られ、結局一文の返済もせぬままJAMSに肩代わりをさせてしまった。そして不渡りを飛ばし、アメリカへと逃げた。

「金は、返す」

自分ではない誰かが、唇を借りてそう言ったような気がした。ニックは黄ばんだ書類を検めた。年利七・〇パーセント。高金利の時代である。特約事項として、遅延損害金は年利十八・二五パーセントと記されていた。

ニック・オノは電卓をはじいた。元本二百万円の十八・二五パーセントに三十年を掛ける。

「1295」という数字が現れた。

「おそろしく簡単な計算だが、これでいいだろうか」

「たしかに、おそろしく簡単な計算ですな」

「そちらが算出した数字があれば従うが」

「いいえ。社長のご意思が変わっては、それこそ元も子もありません。よろしければその計算で」

何と肝の据わった男だろうとニックは思った。銀行員にも借金取りにも見えない。社会的な能力の欠落を、目に見えぬ矜恃《きょうじ》で平然と補おうとする、まるで十一月十一日のヴェテランズ・デーに胸を張って行進するアメリカの退役軍人のような男だった。

「で、支払いの方法は？」

「社長のご希望はいかがでしょうか」

「そりゃ君、さっさとすませたいよ。こっちも気が変わらんうちに」

「小切手をいただければ、書類はここでお返しいたします」

「銀行を通したくないね。まるで使途不明金だし、税理士に訊ねられたら説明が面倒だ。それくらいの現金ならあるから――」

大友が不敵な苦笑をうかべた。ニックは失言を改めねばならなかった。

「いや、私にとっても大金だよ。けっしてそちらの善意と私の不始末を、簡単に考えているわけではない。ご存じの通りの日銭商いだから、現金を動かすことが多いだけだ。気を悪くせんでくれ」

「ご好意に感謝します」

笑顔をとざし、大友は冷ややかな声で言った。

あらかじめ用意していた金を、そうと気付かれぬよう金庫から取り出してテーブルに並べた。

「一千三百万。少ないが五万は君の手間にしてくれ」

「まさか。そうもいきません」

大友は帯封から抜き出した五万に、領収証を添えて差し出した。

領収書。小野寺光一殿。

一金一千二百九十五万円也
債務弁済金として約定に従い、右記金額正に領収しました。

まちがいはない。立派な領収証には全国中小企業振興会の角印と、取扱担当者の印もきちんと捺されている。

退室するとき、不本意な仕事をしているにちがいない男は感情をまったく表さずにじっとニックを見つめ、それから背を伸ばしたまま腰だけを折って、まるで兵隊のような挨拶をした。

「社長はご立派です。ありがとうございました」

男が去ってしまうと、けっして癒やされなかった傷のひとつが嘘のように消えたことを、ニック・オノははっきりと感じた。

空中庭園に出て、ベイエリアに灯り始めたイルミネーションを見つめながら、ニックは携帯電話機を手に取った。

「モシモシ。アタイハドジャイコジャイ・オハンノカオガミタクナッタ。ミヨニツノヒコーキデヒンモドッデ・コドンラニモマッチョイイウトケ」

「ンダモシタン。オマンサードゲンシタトナ。オヤットサー・ハヨオカエリ。アタイモコドンラモマッチャゲモス」

お台場の空に真赤な満月が昇った。夫ならば父ならば、この先も苦労はけっして語るまいと誓うと、ニックはわけもなく男泣きに泣いた。

「トウキョウハマンマルノツッドンガデトル。カゴンマハドゲンジャ」

「トッパーバアイウテ。カゴンマノツッドンモマンマルジャ」

「エエツッドンジャナー」

「ホンノコテ・エエツッドンジャー」

あの男は帰りぎわに、ありがとうございますと頭を下げたが、それはこっちのセリフだったとニックは思った。

14

樋口慎太郎が軽井沢の駅頭に立ったのは、九月初めとはいえ肌寒いほどの秋風が立つ午後である。

まず、様変わりした風景に仰天した。しかし考えてみれば、以前この避暑地を訪れたのは、三十歳プータローのバカ息子も、大学の英文科を出て英会話スクールに入り直したバカ娘も、いまだ穢《けが》れなき少年少女であった昔なのだから、景色ぐらい変わったってちっともふしぎはないのである。

記憶はおぼろだが、はしゃぎ回る子供らは愛らしく、妻を生涯の伴侶だと信じていた。よもやそのわずか二十年後に、何の迷いもなく父であり夫である自分を捨て、あろうことか貯金を山分けしてそれぞれが勝手な人生を歩み出すなど、夢にも思わなかった。

しかしまあ、あののどかな高原の避暑地に新幹線が通り、東京駅から一時間足らずで到着することだって夢にも思わなかったのだから、人の心の変わりようなど、やっぱりふしぎでも何でもあるまい。

つたない記憶によると、かつての軽井沢駅は古調で趣き深い木造駅舎であった。むろん今は昔日を偲ぶよすがもない、デラックスな高架駅である。

エスカレーターを降りると、一階は歩道橋の影に包まれた車寄せになっていた。ここもやはり、かつてのおもかげは何ひとつなかった。

つねづね思うのだが、どうして新幹線の駅というのは、日本中どこへ行っても同じ印象を受けるのだろう。合理性を追求すれば同じような形になる、という理屈はわからんでもないが、旅人にとって最も不合理なものはローカリズムの欠落にちがいない。

と、そんなことを考えながら、なにげなく駅頭を見渡した樋口の目に、紛《まご》うかたなき旧駅舎が飛びこんできた。一瞬、まぼろしかと思ったがそうではなかった。ロータリーの端に、保存したというよりも壊し忘れたか押しのけられたかという感じで、木造の旧駅舎が佇んでいた。

樋口慎太郎はハッとして目をそむけた。悪いものを見たと思った。

妻や子がいったい何を考えていたのか、樋口にはいまだに理解できない。多忙にかまけて家庭を顧みなかったことはたしかだから、妻子の愛情を期待はしないが、これまで食わせた育てたという実績に鑑《かんが》みて、多少の愛着ぐらいは抱いてくれてもよさそうなものである。せめてあの古い駅舎のように、形だけでも保存してほしかったと思う。

樋口は客待ちのタクシーに乗った。

「ええと、歌風山荘って、わかりますかね。歌に風の山荘で、歌風山荘」

みなまで聞かずに運転手は、

「ああ、上條歌子先生のお宅ですね」

と答えた。

軽井沢のタクシーは別荘の所在地をすべて記憶しているのかと思ったが、しばらく車を走らせるうちに、やはり上條歌子が格別の著名人であるとわかった。沿道から見渡しただけでも、別荘は無数に存在するからである。

樋口は上條歌子の名前ぐらいは聞いたことがあったが、いったい何者であるかは知らなかった。世事に疎い大友勉は、その名前すら聞き覚えがないと言った。しかし立花葵に訊ねると、答えるより先にやおらガッツポーズを決めた。何だかわからんがむやみに興奮したのである。

セレブ・マダムのオピニオン・リーダー。

立花葵はそう解説したが、いよいよわけがわからん。余りにも抽象的な肩書きであった。わかるように説明してくれ、と言うと、立花葵はまるで馬か犬にでも言い聞かせるような感じで、詳しいことは知らないほうがいいのよ、ともかく行くだけ行ったァんさい、いつもと同じように、と言った。

この数ヶ月の戦果は赫々《かっかく》たるものだが、なにしろどれもこれも、とっくの昔に時効を過ぎている債権であるから、本人に面と向かってみるまでは現在の社会的立場などまるでわからない。しかしどうやら、その行きあたりばったりが、好結果をもたらしているように思える。

たとえば、樋口の初戦果であった「金尾為太郎」が、実は今をときめく大ベストセラー作家「筑波卓也」であるとあらかじめ知っていたら、はなから腰が引けてしまって債権回収どころではなかったはずである。

あるいは大友の殊勲である「小野寺光一事案」が、今や世界中に支店網を張りめぐらす外食産業の雄、「ニック・オノ」その人にまつわる債権であったなどと、どうして予測できよう。

そもそもこの作戦の基本精神は「ダメモト」で、成功例よりも門前払いの失敗例のほうが遥かにまさってはいるが、大口の成功例の共通点は、「まさかの大成功者」と決まっていた。実に人生とはわからんものである。

セレブ・マダムのオピニオン・リーダー、上條歌子。

まるで想像がつかない。

「お客さん、もしかしてテレビ局の方ですか」

ルームミラーを覗きながら、ドライバーが言った。

「いや。どうして?」

「そりゃ失礼しました。いえね、上條先生のお宅に男の人がひとりでおいでになるのは珍しいもので。ほら、先生はよくテレビにご出演なすってらっしゃるでしょう。たしかレギュラー番組を持ってらしたな。教育テレビだったと思うけど、『歌子の庭』っていうの。軽井沢のお宅にもよく中継が入るんですよ」

なるべく事前知識はないほうがいい。だがドライバーの饒舌《じょうぜつ》は止まらなかった。

「うちの女房も大ファンでしてね。いちど歌風山荘におじゃましたいって言うんですけど、あすこは上流社会のサロンみたいなものだから、地元のおばちゃんなんて散歩がてらに遠くから覗くのがせいぜいですわ。それにしても、上條先生ってめっぽうな美人ですねえ。六十を過ぎてるって、ほんとですか。うちの女房より一回りも上なんだけど、まったく信じられませんよ。せいぜい四十なかばの女盛りってところです」

タクシーは国道を右折して、線路を跨ぐループ橋を渡った。すると風景はたちまち、異界に沈むような深い森に変わった。

「別荘地の値打ちなら旧軽か三笠。でもあのあたりは、人が多くってねえ。夏場はやかましくてかなわんから、このごろじゃせっかくの別荘を夏休み中は閉めておく方もいらっしゃるんですよ。その点、この南ヶ丘だの南原だのっていうあたりは、一番ですねえ。静かで森も深くて、観光客はめったに来ませんから。セレブ・マダムのあこがれの庭は、やっぱりここいらでなくちゃ」

車窓を過ぎゆく樅《もみ》の木の森を眺めながら、樋口慎太郎は苦笑した。言えるものならこう言ってやりたい。

でもねえ、あなた。その女は今から三十年前に、四百万の借金を踏み倒して夜逃げしたんですよ――。

「軽井沢で薔薇を咲かせるのは、さぞ難しゅうございましょうに、歌子先生の魔法にかかれば、まあ、こんなにもお美しゅう」

「あら、奥様。魔法などとおっしゃったら、ご無礼でございましてよ。海抜千メートルの厳しい気候と、浅間山の噴き出した火山灰のこの土地で、これほど美しい薔薇を咲かせるのはガーデナーとしての実力でございますことよ」

「それにつけても、歌子先生ご自身が、まるで大輪のジョスリン・ローズのようでらっしゃいますわ」

「わたくしは、そうとは思いませんことよ。歌子先生は何といっても純白のマチルダ。それとも愛くるしい、ベラ・ワイスかしら」

上條歌子の行くところ、貴婦人たちの讃辞は絶えない。

しかし森の中の三千余坪の庭を、彼女ら自称「お弟子さん」たちとそぞろ歩きながら、歌子の心中は穏やかではなかった。

彼女らと過ごすことにしているこの水曜の午後が、まず気鬱《きうつ》なのである。旧宮家のお血筋だの大会社の社長夫人だの、声楽家だの大臣令嬢だのお家元だの、いずれ劣らぬ貴顕の女たちが周囲を固めていればこそ、「セレブ・マダムのオピニオン・リーダー」と呼ばれるようになったのだから、いくらうっとうしくてもムゲに扱うわけにはいかなかった。

それでも歯の浮くようなお世辞を聞いていると、大声で「バカヤロー!」と叫びたい衝動にかられることしばしばであった。そうしたとき、歌子は衝動をグッとこらえて微笑をうかべる。すると取り巻きたちは、その微笑が「バカヤロー！」の化身だとも知らず、「東西の芸術文化を体現した人の慎ましやかなほほえみ」であると勝手に解釈して、よりいっそうの讃辞を送るのであった。

てめえで言うのも何だが、美人は得だ、と歌子はしみじみ思う。

四十五歳ぐらいにしか見えない六十二歳というのは、本物の四十五歳よりもずっと偉いに決まっていた。その偉さといったら、何をしゃべろうが何をしようが、その一言一句、一挙一動がまるで神仏か預言者のように尊敬されるのである。

「ご覧あそばせ。何とはない切り株に、みっしりと苔が。どうやらこれは、天然のしわざに見せかけた歌子先生のお手前のようですわ。そうでございましょう、先生。白状なさいまし」

歌子は答えずに、慎ましやかな微笑をうかべた。

んなわけねえだろ。切り株をほっぽらかしときゃ、苔が生えるに決まってるじゃないの。

「ほおら、図星でございましてよ」

「あら、奥様。こちらの一位《いちい》の木には、先ほどの通り雨を宿した蜘蛛の網が。午下りの陽射しにきらきらと輝いて、ああこれもきっと、歌子先生が企まれたものにちがいございません。ねね、そうでございましょう、歌子先生」

そりゃ、ただのクモの巣。ほかのものに見えるあんたらの目のほうがおかしい。

しかし歌子は、やはり慎ましやかに、たとえば薄型液晶テレビのかたわらに佇む感じで、にっこりとほほえむのである。すると周囲からは、感動の溜息が洩れるのであった。

こうして歌子先生とその自称お弟子さんたちは、お召やらドレスやらの裾が濡れるのもいとわずに広大な森の中の庭をそぞろ歩き、浅間石の暖炉を据えたリビングでお紅茶を飲み、焼き物の話とかお能の批評とか、パリの思い出とか珍しい草花の話題とか、要するにものすごく世俗を超越した会話を、長いことかわすのであった。

その間にも歌子はめったに口をきかず、ただ仏像のようにほほえみ続けるのである。よほどの自信がなければ声にはしない。崇め奉られる自分などよりも、生まれついてそうした話題の中にいる彼女らのほうが、実はずっと詳しいと知っているからである。

たとえ質問をされてもめったな答えはせず、「わたくし、わかりませんの」と呟けばよい。お弟子さんたちは敬愛するオピニオン・リーダーのひとことを、けっして無知とも謙譲とも取らない。「そのようなことはご自分でお考えなさい」、もしくは「わたくしがあえて答えるほどのことではありますまい」というふうに聞くのである。

やや俯きかげんになって、小鳥の囀《さえず》りに耳を傾けているふりをしながら、歌子は心ひそかに、こいつらさっさと帰らねえかな、きょうはそれどころじゃないんだけど、と考えていた。

しかしそのちょっとしたしぐさにさえ人々は、ああ歌子先生はきっと、先日お亡くなりになったターシャ・テューダーのお庭とこの歌風山荘のお庭のちがいについて、お心を悩まし、みずからを至らぬものとお責めになっておいでになるのだわ、などと考えるのであった。

実のところ歌子には、ターシャ・テューダーが死のうが生きようが、そんなことはどうでもよいのである。

三十年近くも催促のこなかった借金取りが、どうして今ごろふいに現れるのだろう。「全国中小企業振興会」という債権者の名前すら、そうと聞いてとっさに思い出せなかったくらいの昔話だった。

朝の九時に、電話があった。たいそう安心のできる事務的な女性の声で、こんな説明をされた。

上條歌子様、ご本人様でらっしゃいますね。突然お騒がせして申しわけございません。わたくしどもは、全国中小企業振興会と申しまして、上條様もご記憶なさってらっしゃると存じますが、そちら様のお借入れ金の代位弁済をいたしましたものでございます。あ、いえ、そうは申しましてもとうに請求権を失っております事案でございますから、どうかご安心下さいませ。

そこで少々お願いがあるのですが。わたくしどもは監督官庁から、不良債権を処理するよう指導を受けておりまして、つきましては債務者ご本人と面談して債務返済の意思の有無を確認し、わたくしどもの担当者が債権放棄の書類を作成するという手続きが必要なのでございます。ぜひご理解を賜りたく、お願い申し上げます。

ああそれから、今さらこんなことを申し上げるのも甚だ恐縮ではございますが、借りたものはお返しするという有難いご返事をいただけますのでしたら、わたくしどもにとりましては、またわたくしどものお取引先である金融機関や中小企業経営者のみなさまといたしましても、こうしたご時世でもございますので幸甚に存ずる次第でございます。

もちろん、そうして下さいとお頼みできる法的な根拠を、わたくしどもは持ち合わせません。上条様のご善意を賜れるものなら、という程度のお願いでございますから、もしお気に障りましたらご放念下さいませ。では、早急に担当者を伺わせますので、どうかよしなにお取り計らい下さい——。

きょうの気鬱の原因は、実はそれなのである。

不良債権処理は緊急を要しているので、さしつかえがなければ本日中に解決したい、という。ちょっとクサい話だな、と思ったが、いずれにせよ一方的な電話だけでは正体が捉《つか》めない。それで歌子は、午後三時に軽井沢の自宅までご足労下されば、と答えた。

水曜日でさえなければ、はねつけた話だと思う。しかし歌子は、きょうに限っては午後三時の来訪者を切望したのだった。そうでもなければ暇を持て余しているマダムたちは日の暮れるまで居座り、へたをすれば夕食のテーブルを何人かと囲むはめにもなりかねなかった。

三十年の間に、地獄から極楽に這い上がってきた歌子にとって、怖いものなどはなかった。むしろそういう手のこんだ詐欺話ならば、退屈しのぎに実見してみたいという気がした。あるいは時効を過ぎた間抜けな借金取りが、かくかくしかじかと泣きを入れるのならば、借りた金を返すくらいやぶさかではない。

金なら腐るほどある。このごろの不景気では銀行も信用できないので、現金は金庫の中だの押し入れだの、冷蔵庫の中だの床下だの、それこそ収納場所を忘れてしまうくらいあちこちに匿《かく》してあるのだが、つい先日、忘れていた札束を押し入れの天袋から偶然発見したら、本当に腐っていたのでびっくりした。

軽井沢の湿気は厄介である。

「実はここだけの話なんですけどね――」

木洩れ陽の道を走りながら、ドライバーは少し険を含んだ声で言った。

ここだけの話を行きずりの客にするはずなどないから、ぜひとも言いたい聞かせたい話なのだろう。

「私ァ地元の人間だからよく知ってるんだが、あの上條歌子さんっていうのは、なかなかの女なんですよ」

「なかなか、とは」

「あ、ご親戚とか、そういうんじゃないですよね」

「仕事がらみだから、何か情報があったら聞いておきたいな」

「なら、かまわねえか。あのね、私がまだはたち前のころの話なんだけど、今の歌風山荘というお屋敷はね、もとはお公家さんの、何とかいう伯爵の別荘だったんです。私の死んだ父親が、庭仕事なんかで出入りしてたんで、御前《ごぜん》様もよく存じ上げてましてね。あの歌子さんてのは、どうも御前様のコレだったみたいで」

ドライバーはハンドルを握ったまま、左手の小指を立てた。

「齢は孫とじいさんぐらい離れていたから、そういうことはどうだかわかりませんよ。だけど、まさか下働きの女に三千坪はあろうかという別荘をくれてやるはずはないやね。あのね、軽井沢ってふしぎなところなんです。みなさんずっとお住まいなわけじゃなくて、ときどきおいでになるだけだから、ご近所といったってそうそうお付き合いはないんですよ。だからおたがいのプライバシィなんて知らないんです。それを知っているのは、別荘や庭の手入れを仰せつかっている地元の人間だけ。私の父親は、庭を造らせりゃ名人と言われてましてね。なにせ軽井沢の自然を知りつくしてましたから。特殊な土地なんですよ、ここは。海抜が千メートルもある高原なのに、妙に湿気が多くって、おまけに地面は火山灰ですからね。ここに立派な庭をこしらえるのは、よその人間じゃだめなんです。あの歌子さんに庭仕事を一から教えたのは、私の父親なんですよ。いや、だからどうだってわけじゃないんですけど、まあ世の中には、他人の褌で相撲を取って、しまいには横綱になっちまう人もいるんだなあって、それだけのことです」

他人の褌、とは言い得て妙である。どういう人生を送ってきたのかは知らないが、上條歌子という女は三十何年か前に四百万の借金を踏み倒し、庭師から芸を学び、老貴族から三千坪の別荘を譲り受けて、「セレブ・マダムのオピニオン・リーダー」とやらになったことだけはわかった。

「誰にも言いっこなしですよ、お客さん。胸のつかえをね、こう、ちょこっと吐き出しただけなんですから」

やがてタクシーは、静まり返った森のほとりの、苔むした門柱の前で止まった。

玄関の呼鈴を押すと入れちがいに、様子のいい奥様たちが聞き慣れぬ会話をかわしながら、どやどやと屋敷から出てきた。

「歌子先生、何やらお疲れのご様子でしたわねえ」

「お美しくても、やはりお齢ですもの。わたくしたちも、今少しお気遣いして差し上げなければいけませんわね」

「まあそれにしても、この不確かな季節によくこれだけのお庭をお造りになられますわ。魔法ですわよ、まるで」

「あ、タクシーが。お近くの方、相乗りいたしませんこと」

「宅は歩けますので、ごきげんよう」

「では遠慮なく。ごきげんよう、みなさまどうぞ」

「ごきげんよう」

誰ひとりとして、樋口には目もくれなかった。


べつだん怪しげには見えぬ、白髪頭の五十男である。

だが、悪党は好人物に見えるという世の中の原則を、知らぬ歌子ではない。たとえば自分をオピニオン・リーダーの地位まで押し上げてくれた自称お弟子さんたちは、どう見たってみんなイヤなやつなのだが、その実は世間の悪意などこれっぽっちも信じない、天使ばかりである。それにひきかえ、鏡に向き合うたびに、てめえのツラのお人好しさかげんにはウットリとする。

バレーコート大のリビングルームで、男から名刺を受け取ったあと、歌子はただちにキッチンに入って電話を入れた。

名刺の電話番号などあてにならない。「104」に問い合わせて、「全国中小企業振興会本部」に所在の確認をしたのである。

「あいにくでございますが、樋口の勤務先は神田分室の整理部でございますので、そちらにおかけ直し下さい。電話番号は——」

本部のオペレーターは名刺にある電話番号を告げた。これで男が、怪しくも何ともない、見た通りの好人物であるとわかった。たとえば、出世のかなわぬまま不良債権処理の部署に回され、人生の裏側を覗き歩くような仕事に余生を費している男。

「散らかしっぱなしで申しわけございません。独り暮らしのものですから」

ティーカップを置くとき、刺さるほどの視線を感じた。何の疑念もない、ただ美しいものに見とれる男の視線である。

男は紅茶には手を付けようとせず、不良債権処理に奔走していること、むろん返済の義務はないこと、しかしもし道義的な責任を果たして下さるのなら有難い、というような説明をした。

歌子はほほえんだ。男の話は少しも不快ではなかった。同じ時効を過ぎた案件にせよ、少くともこの男は週刊誌の記者でも刑事でもない。

「わたくし、責任をとらせていただきとう存じます」

午後の光が無数の帯を解き落とす庭を見やりながら、歌子は静かな声で言った。男は答えずに、紅茶をひとくち啜った。

「そのかわり、もうお許し下さいまし」

男に向かってではなく、三十年にわたって戦い続けたひといろの緑に向かって歌子は言った。

庭の涯ての、樅と赤松の木の間《こま》がくれに、軽井沢ではけっしてほかに見ることのできぬ奇跡の花園が輝いていた。

「お許し下さいますね」

もういちど言うと、男は黙ったまま、しかしはっきりと肯いてくれた。

歌子は長い庭仕事でそこだけが老いてしまった掌に、ぽとぽとと涙を落とした。許しを得られるのならば、家じゅうのお金を残らず差し出してもかまわない。

身寄りのない老貴族の体は、薔薇のこやしになった。

若い愛人の掌に抗《あらが》おうともせず、ロッキングチェアに揺られたまま老いた頸《くび》を花茎のようにしおたれた御前様は、薔薇に生まれ変わることを欲していたのかもしれない。

もしそうでなければ、陽も満足に射さぬ森の、粗い火山灰の土の上に、こんなにも美しい花の咲き誇るはずはないのだから。

15

「……ま、そちらさんに不義理をいたしましてからの三十年いうたら、そないなことになりますのんや。まったく、言いわけにもならしませんなあ。しょもない愚痴を聞かせてしもて、すんません」

三十年の苦労をほんの五分で語りおえると、男はいっそう肩をすぼめ、膝を揃えて、「すんません」と何度もくり返した。

大友勉は男の暮らしぶりを見渡した。北向きの六畳間が広く感じられるほどの貧しい生活である。突然の訪問だったのだから、この清潔さは男の持って生まれた気性なのだろう。

「いや、ですから先ほども申し上げました通り、お金を返せというわけではありません。あくまで時効を過ぎた債権の事務的な処理という意味でありますからして、ハンコをついて下さるだけでよろしいのです。どうぞ頭をお上げ下さい」

お願いします、と大友も頭を下げた。同年配の男の誠実さが、だんだんつらくなってきた。

「そやかて、わざわざ東京からおいで下さったのやさかい、ハンコと番茶で知らんぷりなどできますかいな。余裕があれば千円でも二千円でもお返しせなならんのやけど、長患いのおふくろを送りましたら、線香も買えんよな有様でしてな。すんません、どうか堪忍して下さい」

大友は目のやり場に困って、ちゃぶ台の上に置いた古い書類を見つめた。

安井清。何だか名前まで貧相だ。

京都市内の信用組合からの借入金が焦げついて、ＪＡＭＳが代位弁済をした。二十七年前の話である。

しかし気の毒なことに、借り入れの名義は本人ではない。つまり安井は連帯保証人なのである。借入金額が六百万円と、他の事例に較べて大きいのも、保証人を立てたからなのだろう。

ＪＡＭＳそのものが、無担保無保証人の中小企業に対する保証機関なのだから、こうした例は少い。だがあえて保証人を立てれば借入れがしやすいのはむろんである。

名義人は岳父、つまり当時の妻の父親で、安井はその義父が経営する金型工場に勤めていた。保証人になれと言われて、拒否できる立場ではなかった。

工場は借入金をほとんど未返済のまま倒産し、債務は安井の肩にのしかかった。むろん連帯保証人は借入人に対する請求権を持つが、ほどなくその義父も亡くなり、妻とも離婚したというのではどうしようもない。

しかし律義なことには、それからしばらくの間、安井は月々一万円の返済を続けていた。もっとも、契約当時の金利が年利七パーセント、債務不履行に課せられる損害金が年利十八・二五パーセントであるから、借入残高は減るどころかどんどん増え続けた。

こんな不合理があってよいものか、とも思うのだが、金の貸し借りというのは何があろうとチャラにしてはならぬので、合理性などてんで関係なく書類上の続行をするのである。

たとえば安井清が懸命に年間十二万円の返済を続けたところで、書類上は年間百万円ぐらいの借金が増える。その累積が未払いの元本に組みこまれて複利計算となれば、まさにエンドレス・ゲームで、要するに今後一生、死ぬまで毎月一万円ずつ払いなさい、という話であった。

そんなことは百も承知で、数年間にわたり返済を続けた安井は、むしろ律義者であると大友は思った。

「おふくろは――」

と、安井は窓際の卓に置かれた骨箱を振り返って、声を詰まらせた。

「淀の競馬場で働きながら、俺を高校に通わしてくれましてん。これからは機械の時代やさけ言うて、工業高校に行かしてくれましたんや。若いうちは投票所で馬券売って、齢がいってからはスタンドの掃除をして、脳溢血で倒れたのはコースの草むしりしている最中やったんです。ちょうど今ごろの季節やったかな。今週は女王杯やさかい、雑草一本残したらあかん、日本一の女馬を決める大レースやさけ、せいだい気張って草むしりせなならん言うて出かけて行きました」

もう聞きたくはない。だがおそらく、この律義者がそんな愚痴をこぼすのは今が初めてなのだろう。聞いてやるのも仕事のうちだと大友は思った。

「ほんまのこと言いますとな、月々一万の返済は、おふくろがしてましてん。そないなことしても焼け石に水やさけやめときて、何度も言いましたんやけど、借りた金は返さなあかん言うて聞かしまへんのや。わし、親不孝ですわ。おふくろの誠意を引き継ぐことができなかった。そうせなならんとは思てましたんやけど、そないな金を返すぐらいやったら、寝たきりのおふくろに何かうまいものでも食わしたろ思うのが、人情やおへんか。返済が滞ってしまいましたのは、そないなわけですねん。すんません、堪忍して下さい」

大友は詫び続ける安井の白髪頭から目をそらして、アパートの窓ごしに展《ひら》ける秋景色を見つめた。

JAMSからの借金を踏み倒したまま、その後めでたく高額所得者となった例は関西に多かった。今回の出張は二件の事案が目的だったが、ともに取りつく島もなかった。

一件目の債務者はあろうことか四条通の目抜きで金融業を営んでおり、「時効ならしゃあないわな。あんたら、甘いわ」と追い返された。

二件目の訪問先は岡崎界隈の豪邸で、これも返済どころか逆に説教をされた。学校や病院や、各種団体の理事を星の数ほど務めているというしたたかな老人は言った。「よろしおすか。この世で金を儲ける方法はふたつしかおへんのんや。ひとつは金を貸して利息を取ること、もひとつは金を借りて返さんこと。それが資本主義いうもんどっせ」——目からウロコの説教であった。

しかしそもそもダメモトの仕事であるから、けんもほろろに追い返されたところでべつに腹も立たない。明日は嵐山の紅葉でも見物して帰ろうと、ホテルで鞄の中の書類を整理していたところ、「現住所確認済」の事案がもう一件あったことに気付いた。

四条の金貸しも岡崎の理事も、むろん債権放棄を確認するハンコはついてくれた。それだけでも不良債権の整理には役立つのだから、出張した甲斐はある。ならばついでにこれも整理して帰ろうと考えただけで、まさか郊外の安アパートに住む債務者に、それ以上の期待をしたわけではなかった。

名刺を差し出したとたん、安井清は気の毒なくらいに顔色を変えた。昨日の二件が余りにも鉄面皮であったから、何だかこっちが悪いことをしているような気分になって、大友はあれやこれやと言いわけのような説明を始めたのだった。

たぶん人生でいいことなんてひとつもなかった安井の耳には、大友のそんな説明も責め苦に聞こえたのだろう。

「ところで、お仕事はなさってらっしゃるのですか」

ようやく白髪頭を上げた安井に向かって、大友は気がかりを訊ねた。

「まあ、してるようなしてへんような。伏見の工場に雇うてもろてるのやけど、正社員やないさかい今は自宅待機ですわ。このところの円高で、ラインの半分は閉めてますさかい」

安井は追いつめられていた。ほんの思いつきで訪ねてしまったことを、大友は今さらながら悔やんだ。

債権放棄の書類にハンコは捺してもらった。だがなぜかそれだけで立ち去ることが、大友にはできなかった。

「厄介なやつだとお思いでしょうが、もう少しお時間をいただけますか。ではちょっと失礼」

大友はそそくさとアパートを出ると、近くのコンビニに飛びこんでビールとつまみを山ほど買った。むろん理由なき酒盛りが目的ではなかった。ATMでおろした十万円を封筒に入れた。

アパートに戻ると、安井はまるで叱られた子供のように、相変わらずちゃぶ台を前にしてかしこまっていた。

「いやあ、こちらのご事情も知らずにつまらん話を蒸し返しまして、申しわけありません。どうです、いやなことは忘れて一杯」

大友はカッカッカッと意味不明の豪傑笑いをして、思い出したように母親の骨箱の前に座った。さりげないそぶりというのは、なかなか難しいものである。

「実は自分も先日、おふくろに死なれましてね。迷惑ばかりかけて孝行のひとつもできなかったものですから、何だか他人事に思えません。なんまんだぶ、なんまんだぶ」

手を合わせると、見知らぬ母の写真が実のおふくろのように思えてきた。先日亡くしたわけではない。記憶にもとどまらぬくらい遠い昔に、母は死んでしまった。北国の生家には写真ぐらい残っているだろうけれど、ふるさとはすっかり縁遠くなってしまっていた。

コンビニで買ってきた線香を立て、ビールを仏前に据え、大友勉はそっと骨箱の底に香典を挟んだ。

十月十九日。淀の秋空は雲ひとつなく晴れ渡っている。

生まれて初めて競馬場のスタンドに立ったとき、おかあちゃんはあんがい幸せ者やったな、と安井清は思った。

穴場で馬券を売っとったころには、自分の金ではないにしろ毎週何百万もの札を数えとったのやし、こないに広い空の下の、こないにまっさおな芝生の上で倒れたのやから。

病院のベッドで、口もようきけへん、体も動かされへんようになっても悲しげでなかったのは、きっと倒れてからもずっと、こないな気持ちのええ風の中にいたからやろ。

安井は人ごみの中で背伸びをして、緑ひといろのコースを見渡した。おかあちゃんが倒れたのはホームストレッチやったと、競馬会の人が言っていた。それはたぶん、ゴール前の直線のことやろと思う。

果ても見えんほど長くて、幅かて百メートルもありそうなこのホームストレッチのどこかで、おかあちゃんは草をむしりながら気が遠くなったのやろ。

今週は女王杯やさかい、雑草一本残したらあかん、日本一の女馬を決める大レースやさけ、せいだい気張って草むしりせなならん言うて、あの朝も早よから出かけて行きよった。

「一番人気のトールポピーが三・六倍。二番人気のレジネッタでも四倍や。何やら戦国もようやなあ」

かたわらの老人が語りかけるでもなく独りごつでもなく、新聞を眺めながら呟いた。

「あの、すんまへん。きょうは女王杯ですやろか」

老人は眼鏡をかしげて、胡乱げに安井を睨んだ。

「エリザベス女王杯ならまだ先やで。きょうは秋華賞や」

「はあ、秋華賞ですか。スポーツ新聞の一面にでかでかと書いてあるさけ、てっきり日本一の女馬を決める女王杯やと思て来てしもたんですけど。何や、そうやったんか」

「おかしな人やなあ。競馬場に来て損したよなこと言うてはる。そやけどな、三歳牝馬《ひんば》のナンバーワンを決めるのんは、昔は女王杯やったけど今はこの秋華賞やで。ええと、ユタカのユキチャン、これはないやろな。アンカツのオディールはどうや。あかん、考えれば考えるほどわからなくなってもうた」

これどないですやろ、と安井はベテランらしい老人に手の中の馬券を見せた。

まったくのあてずっぽうである。見よう見まねでマークシートをこすり、正体不明の十万円を発券機に放りこんだ。

「なになに、頭がブラックエンブレム。あかんわ。まず無理やろな」

ブラックエンブレムという名前が気に入った。何となく、いいことなんてひとつもなかった自分の人生に、ぴったりの名前だと思ったのだ。

「やっぱりだめですかいな」

「けったいなお人やなあ。わあ、考えもせんと、ようこないにぎょうさん買わはったな。頭がブラックエンブレムで、ヒモが①だの⑮だの⑩だの、人気のケツから選んで買うてるようなものやないか。万々が一この馬券がきたら、あんた大金持ちやで」

大金持ち、という言葉が妙に新鮮に聞こえて、安井はハハッと声を上げて笑った。

「どうせ俺の金やないんです」

「何や、それ。会社の金やなぞと言うなや」

「そやない、そやない。よく知らへん人からもろた金やさかい、持っとるのが気色悪てかなわんのです」

「いよいよけったいな人や。ま、他人の事情などどうでもよろし」

ゆえなき香典に気付いたのは、翌《あく》る朝だった。

あわてて屑箱の中から男の名刺を掘り出し、「全国中小企業振興会神田分室」に電話を入れたが、土曜日は休みである。

それからあれやこれやと考えた。いくら何でも、借金帳消しの書類にハンコをついたお礼ではあるまい。やはりあの、人の好《よ》さそうな男が個人的に置いていった善意なのであろう。

安井は言わでもの愚痴をこぼしたおのれを恥じた。ありがたいと思うよりもまず、とうとう見知らぬ人から金をめぐんでもらうようになった人生が、情けなくてならなかった。

そこで、一夜をまんじりともせず悩み抜いた末に、思いついたのである。受け取りたくもなく返すこともできぬ善意ならば、あてずっぽうの馬券に変えてしまおう、と。そうすれば当たり馬券を持っている人に等しく還元されるのだから、捨てるよりはましだと思った。母が倒れた京都競馬場を訪ねて馬券を買えば、供養にもなるだろう。

「成績はどないですか」

安井は老人に訊ねた。

「まあ、勝ってる言うたら嘘になるわな。せやけどこの齢までずっと続けとるのやさけ、道楽のうちやろね。勝ったり負けたりは人生とおんなしや。勝ち続けはつまらへん。負け続けは身が持たへん。勝ったり負けたりがおもろいのんや」

博奕《ばくち》は打たへんけど、負け続けの人生やったなと安井は思った。これまでは何とか凌《しの》いできたが、五十もなかばとなっては「身が持たへん」も実感である。

安井は秋空を見上げた。コースに横たわった母が見たであろう、あの日と同じまっさおな空だった。

ふと、この善意の金を煙に変えたならば、首でもくくろうかと思った。さして悩むでもなく肚《き》を定めるでもなく、行きずりの縄のれんでもくぐるようにそんなことを考えた。悩まずに考えたというのはつまり、そうするということだ。

「おっちゃん。俺な、負けっぱなしのよな気がするのやけど」

「へボやな。ほしたら怪我せえへんうちにやめとき」

「いや、馬券買うたのはきょうが初めてや。人生が負けっぱなしや思う」

「面倒くさいやっちゃ。そら思い過ごしやろ。ええこともあったはずやで。禍福はあざなえる縄のごとしいうてな、世の中そうそう不公平にはでけとらんはずや」

「さよか。でもなあ、そやけどやっぱりええことなかったわ」

「これからあるんとちゃうか。たとえばやな、そのブラックエンブレムが頭の三連単がきよったら、百万円も付けるやろ」

「百万ぽっちで釣り合うもんか」

「アホやな。百万の配当いうたら、百円で百万や。あんた、ぎょうさん買うとるやないの」

老眼鏡をはずすと、老人はやさしげな視線を安井に向けた。

「あんた、何やら思いつめてはるよやな。こないなところで説教も何やけど、世の中はそれほど不公平やないで。この齢のじじいが言うのやから、まちがいやない。一所懸命に生きとる人間を、お天道様は見捨てへん」

淀の空高くファンファーレが響き渡った。スタンドを埋めつくす大観衆と一緒になって、安井も手拍子を打った。場内放送が始まった。

お待たせいたしました。本日のメインレース第十三回秋華賞。芝二千メートル、三歳オープン牝馬十八頭によるフルゲートでまもなく発走します。

自分はもう、半分死んでいるのだろうと安井は思った。そうでなければ、レースも見ずにただきょろきょろと、おふくろの姿を捜しているはずはなかった。

大友さん、堪忍して下さい。俺な、きょうはおかあちゃんと一緒に帰ります。有り金はたいて何かうまいものでも食うて、それでしまいや。正直いうと、大友さんの情けが、俺はつろうてならんかった。もうこれで何もかもしまいにしてしまいたいくらい、つろうてならんかった。人の情けがつらいなんぞと、ほんまにいやな人生やったな。見知らぬおっさんまで俺を励ましてくれはるのやけど、それがまたつろうてかなわへん。せやけど、やっぱり世の中は不公平やと俺は思う。幸と不幸は、ちいともかわりばんこになぞ来ィへんかった。悪いことだらけやった。せやから大友さん、堪忍して下さい。俺は俺なりに一所懸命やってきたつもりなんやけど、お天道様に見捨てられました。堪忍しておくりゃす。

レースは終わったらしい。馬の群が目の前を通り過ぎ、地響きが伝わったのはわかったのだが、歓声はじきに不穏などよめきに変わった。

「ブラックエンブレムや。あんた、取ったんとちゃうか」

老人が震える声で耳打ちをした。満場のスタンドが静まり返ってしまうほどの意外な結末であったことを、安井は何となく悟った。つまりベテランのファンならば、大声で「取ったろう」とは言えぬくらいの大穴にちがいない。

「ようわからへんのやけど、当たってますか」

と、安井は馬券を見せた。

老人はちらりと目を泳がせたなり、いっそう声を絞って囁いた。

「早よポケットにしまえ。けっして騒ぐんやないで。大変な馬券や」

「祝儀を渡しますさかい、引きかえに行っておくれやす。俺、何もわからへん」

「アホ抜かせ。いくらになるんかはわからへんけど、たぶん命のかかるほどの大金やど。そないなやつにかかずりあってられるかい」

老人は喫煙場所でもないのに、煙草に火をつけて気を鎮めるふうをした。人ごみが崩れてゆく。

「祝儀、もろて下さい。俺、あんまり金は欲しくないさかい」

老人は抜けるほど青い淀の空を見上げて、「ええもん見せてもろたわ」と言った。

「わしの言うた通りや。あんたの人生なぞ何も知らへんけどな、世の中が公平にでけとるいうのんはようわかった。ご苦労さんやったな、おめでとう」

やがてターフビジョンに配当金が映し出されると、何万人もの溜息がひとつの声になった。

「ええと、一、十、百、千、万、百万と九千八百円ですかいな」

「そやない。一千とんで九十八万二千二十円や」

「ええっ、そないな金ですか。どないしよう」

「まったく、わけのわからへんやっちゃな。ええか、馬券は出すなや。もしわしの見まちがえでなければ、あんたはその④-①-⑮の三連単をやな、二千円持ってはるはずや。こら、出すな。まちがいないで」

「そ、それ、いくらになるんですか」

「一千とんで九十八万二千二十円の二十倍や。馬券がいくら売れたかはわからへんけどな、要するにあんたの総取りみたいなもんやろ。ああいかん、気が遠くなってきた。家帰ってクソして寝よ」

老人が人ごみに紛れて去ってしまうと、安井清はまるで背骨が抜かれてしまったように、その場にへたりこんだ。

はずれ馬券を吹き散らしながら、ホームストレッチを風が渡ってゆく。十万円はみんなで分けてもらうつもりやったのに、みんなが俺に金をくれたんやと安井は思った。

もしそれが考えすぎやとしたら、おかあちゃんが俺に小遣をくれたんやろ。

母が死ぬまで手入れをした緑の芝生が目にしみて、安井清は膝をかかえて蹲《うずくま》ったまま、ほいほいと声を上げて泣いた。


「もしもし、大友さんですか。京都の安井です。先日は香典まで頂戴して、おおきにありがとさんどした。ほんで、俺もいろいろ考えましたんですけど、実はおふくろの遺してくれた内緒の金がありますねん。今さらしょもない話をしてすんまへん。振込口座を教えてくれはりますか」

面倒くさいやつだ。つまり香典など受け取りたくないから返す、というわけなのだろう。

そこで大友は、むろんJAMSの銀行口座ではなく、自分の郵便貯金の口座番号を伝えた。生まれてこのかた、銀行に対してはゆえなき偏見を持っている。現金はすべて郵便局に貯金しており、保険ももちろん郵便局の「簡易保険」であった。

「はいはい、わかりました。手数料は引いて下さい。細かな出費もバカにはならんでしょうから」

そう言って電話を切り、何だ何だと色めきたつ立花葵と樋口慎太郎に、実に面倒くさいのだがことの経緯を語った。

「ちょっと、ベンさん。それってクサいわよ」

「そうだ。どうも話が不自然だな。口座を確認してこいよ」

いよいよ面倒である。誠意をつき返されるのも癪《しゃく》だが、クサいだの不自然だのと言われればバカにされたような気がして、大友はやおらジョギング・ウエアに着替えた。あくまでジョギングのついでに郵便局に立ち寄る、というポーズを取ったのであった。

とりあえず皇居を一周し、全然走り足らんので靖國神社に参拝し、ついでに今はなつかし防衛庁の周囲をぐるりと走って、スッスッハッハッと自衛隊仕込みの呼吸のまま、そこいらの郵便局にゴールインした。

急に停止すると心臓に負担がかかるとみずからを戒めつつ、足踏みをしたままATMのボタンを押した。ちなみに暗証番号はけっして誕生日などではなく、「1208」である。いかなカード詐欺師でも予測はできまい。真珠湾攻撃の日であった。登録するときは一瞬、「0815」も考えたが、やはり敗北の日よりも勝利の日のほうがお金も喜ぶであろうと思った結果、これに決めたのである。しかし唯一の道楽であるキャバレー通いが過ぎて、お金は思いのほか喜んではくれなかった。

「暗証番号よし。残高照会よし。よろしく願います」

いちいち指差称呼してＡＴＭの画面を覗きこんだ。ジョギングの足が止まった。スッスッハッハッの呼吸が乱れた。

「な、何だこれは！　一、十、百、千、万、十万、百万、千万、一億。ええっ、いちおく！」

あわてではならぬ。騒いではならぬ。きょうはこのままアパートに駆け帰って、クソして寝ようと思ったが、足はその場に根が生えたかのように動かなかった。

ふと、幼いころに死に別れた母の顔をありありと思い出して、大友勉は汗まみれの瞼を両手で被った。

どうしてこんなときに、忘れていたおもかげが甦《よみがえ》ったのかはわからない。わからないからこそ、切なくてならなかった。

16

２９８５６４２１８。

二億九千八百五十六万四千二百十八。

これって、暗号じゃないのよね。お金ですよ、お金。もう一声で三億円。慎ちゃんもベンさんも、集金があると言って朝から出かけて行ったから、うまくすればきょうのうちにもジャンボ宝くじなみの大台に乗る。

信じられない。たった八ヵ月の戦果よ。JAMS分室がただの天下り機関で、何ひとつ仕事をしていないのはわかってたけど、その気になればこんなことができるなんて。

ちがうちがう、そうじゃないわ。やっぱり私の目にくるいはなかった。ほかの職員がやろうとしたってダメ。慎ちゃんとベンさんだからできるのよ。

あの年甲斐もない誠実さ。年相応のしたたかさ。現場でどういう交渉をしているのかは知らないけど、相手は何だか申しわけない気持ちになったり、不憫《ふびん》に思えたり、人によっては怖くなったりしてお金を返す。他の職員ではビタ一文、ムリよね。

そうか。あの人たちは役所にいたころ、きっと始末屋だったんだ。キャリア組がとっちらかした仕事の、後片付けばかりさせられていた。相手をなだめたりすかしたり、脅したり、泣きを入れたりして。そういう悲しきノンキャリアの、これが実力っていうわけ。

四月の歓迎会のとき、私はそのことに何となく気付いたのだと思うわ。あの人たちの歓迎会なのに、それぞれ三十秒のスピーチをしただけ。あとは仕事なんて何ひとつしなかったOBと、何ひとつせずに二度目の退職金を待っている職員たちの懇親会。あるいはこういうパラダイスをこしらえてくれた矢島理事を囲む、謝恩の夕べ。

それで、当のご本人たちが会場に取り残されてセッセと掃除を始めたとき、神様が私に囁いてくれた。この二人と仕事をなさい、ってね。

矢島純彦は陰の理事長。この分室は彼の私物。そして私は、完全無欠の彼の人生をいつでもひっくり返せるだけの、醜聞をすべて知っている。

そろそろ汐どきかも。

矢島に辞表を叩きつけて、お金はこっそり三人で山分け。

退職金？――仕事らしい仕事なんて何もしなかったんですから、受け取るわけには参りませんわ。どうぞ理事がご自由になさって下さいな。そのかわり、あなたと私は今後いっさい関係なし。何から何まで関係なし。私が知っていることは、すべて忘れましょう。あなたにとっても、悪い話じゃないと思いますけど。

それで、私と慎ちゃんとベンさんは成田空港でさよなら。短いご縁でしたけど、じゃあね、バーイ！

折しもこの円高ならば、一億円は天下無敵。慎ちゃんはいつかパリで暮らしたいって言っていた。ベンさんは日本から出たことがないらしいけど、ハワイかタヒチがお似合いね。私はどうしようかな。マイアミかアカプルコにでも行って、いい男を探そうか。

どう考えても、ノーリスク。ノーロング。ノープロブレム。

ホホッ、ホホホッ、ホホホホホ――。


「おや、立花さん。ずいぶんご機嫌ですねえ」

白日夢が破られて、立花葵は外資系銀行の取引残高明細書をあわてて握りこんだ。

「きょうはお休みじゃなかったの、ヒナさん」

「休もうと思ったんですけど、病院に行ってお薬いただいたら、もうやることもないしねえ。電話番がいなけりゃ、葵さんがご不浄に立つのも不自由じゃないかしらんと思ったの」

山村ヒナはJAMS分室の嘱託職員である。齢はいったいいくつなのか、見当もつかない。立花葵が入職したときの前任者なのだが、四年前のそのときですら、何でこんなおばあさんがと呆れたほどであった。

庶務係の業務を葵に引き継いだあとも、山村ヒナは嘱託として週に一度か二度は顔を見せた。なにしろJAMS草創期からの職員であるから、知らぬことはない。しかも超人的な記憶力の持ち主である。六十年分の書類が床から天井まで詰まった資料室の、どこに何があるかも正確に知っていた。ただし、つい今しがた食べた昼食は忘れ、二度食いすることもあった。

「よっこらしょ」

と、大儀そうな唸り声を上げて、山村ヒナは古窓に向いた小さなデスクについた。

共犯者とまでは言えないが、多くを知らぬ協力者である。樋口と大友が訪ねた債務者から連絡が入ったときに、たまたま葵まで離席していたとしたら話はややこしくなる。いわばその押さえとして、この半分天国に行っているような老婆に因果を含めて電話番をさせている。

因果は実に簡潔明瞭だ。分室がまったく仕事をしないのもどうかと思うので、新入職員の二人には不良債権の処理をさせることにした。ほかの職員たちの立場もあろうから、なるべく内密に行いたい。本来の仕事をこそやるなんて、変な職場ですけどね。

役人の天下り機関に堕落したJAMS分室を、内心は嘆いている山村ヒナが、喜んで協力してくれたのは当然である。嘱託職員の給与は日給制であるから、願ってもない話だった。

「あら、葵さんの分は買ってこなかったわ。気がきかなくてごめんなさいね」

階下のハンバーガー・ショップで買ってきたコーヒーを、山村ヒナは番茶でも啜るように飲んだ。足腰は達者だが、このごろいっそう背中が丸くなり、一回り小さくなったように思える。

「どっこらしょ。ごめんなさいね。ああ、このほうがらくちん」

大きさも高さも体に余る椅子の上に、ヒナは正座をした。そうしてコーヒーを吹きさます姿は、冬の縁側でひなたぼっこをする母のようだ。

「ヒナさん、ほんとにコーヒーがお好きね」

「ここはずっとコーヒーでしたからねえ。ときどきはお番茶も淹れたけど、私はコーヒーのほうが好き」

「どうしてかしら」

「そりゃあなた、私が入職した時分のお偉いさんは、みんな進駐軍だもの。毎朝出勤すると、まずバケツみたいな寸胴《ずんどう》にコーヒーをドリップするのが私の仕事だったのよ」

「へえ、進駐軍ですかあ」

葵が生まれる、ずっと昔の話だ。驚くというより、捉みどころもないので驚くふりをした。無口な山村ヒナがこのところ饒舌になったのは、齢のせいなのだろう。プライバシィについては、聞いては悪いような気がするので何も知らない。いや、同じ職場の同じ仕事を引き継いだ葵にしてみれば、聞きたくはなかった。この人の姿に自分の未来を予見したからこそ、こんな大胆なことを思いついたのかもしれない。

手のうちに握りこんだ取引残高明細書を、葵はデスクのひき出しに投げ入れた。秘密の金を外資系銀行に隠すというのは、元銀行員の知恵である。不便ではあるけれども証拠となる預金通帳はなく、税務署の目も届かず、万が一のとき捜査の手も及びづらいブラックボックスであると、葵は知っていた。もし破綻すれば預金の保証はないが、そのぶん預金者の秘密保全は確実だった。つまり外資系銀行の東京支店に預金している限り、どこからも詮索される心配はない。

「私ね、マックのコーヒーも淹れたことがあるのよ」

「え、マクドナルド？」

「ちがうわよ。マッカーサー。ダグラス・マッカーサー」

大友のギャグではないが、実にマッサーカーである。山村ヒナは体をいっそうこごめて、振り向きもせずに話を続けた。

「彼が解任されたのは、昭和二十六年ね。私はここに採用されたばかりだったけど、ある朝ジープが止まって、ＭＰが飛びこんできたのよ。ザ・コマンダー・イン・チーフ・カミング！　総司令官閣下のお出まし、気を付け！　ってね」

葵の瞼に、遠い昔のワンシーンが投写された。

プロモーション・フィルムに残されている、けっしてハンバーガー・ショップなどではない一階の大理石フロアである。磨き上げられた窓の向こうに何台ものジープが止まり、武装をした憲兵や兵隊が周囲を固める。回転扉の真鍮のノブを押して、レイバンのサングラスをかけ、コーンパイプをくわえた背の高い老将軍が入ってくる。

ダグラス・マッカーサー。戦後の日本を統治し、財閥解体指令を発するとともに、それに代わる新事業育成のために、〝All Japan M-S Companies Organization〟——通称「JAMS」を設立した神。

「とても七十を過ぎた人には見えなかった。背がこう、すっくりと伸びて、厳しいお顔をしていらした。解任は突然だったから、きっとあわただしくあちこちを訪ねて回ってらしたんでしょう。総司令官がやってくるなんて、誰も知らなかったのよ」

「びっくりしたでしょうね、みなさん」

「そりゃもう。GHQの外人さんたちはみんなまっさおな顔で直立不動、日本人の職員は凍りついてましたよ。私ね、ちょうど朝のコーヒーを運んでいる最中だったんだけど、階段の踊り場で将軍と鉢合わせ」

「うわ、大変」

「でも、誰だかわからなかった。どこかで見た人だな、って思ったぐらい。しわくちゃの帽子の庇《ひさし》にいっぱいモールが付いていて、軍服の襟にも大きな星が光っていたから、とても偉い人だとは思いましたけどね。私、ちっちゃいでしょ。ポットを持って階段をトコトコ降りて行ったら、踊り場で将軍のおなかのあたりにぶつかったの」

「ひえー、うそみたい。で、それでどうしたの」

「そのときマックが何て言ったか。当ててごらんなさい」

ヒナさんはきっとメイドだったのだろう、と葵は思った。とっさに思いうかんだ絵の中の少女は、きょうびのアニメに登場するような、メイドのコスチュームを着ていた。

吹き抜けのステンド・グラスから、朝の光が七色に解き落ちている。大理石の階段の踊り場で、将軍は小さな少女を見下ろしながら何と言ったのだろう。

「クジュー・ハブ・ア・カップ・オブ・カフィー。私の頰を大きな掌でくるんで、マックはとてもていねいな英語で、そうおっしゃったの。にっこりお笑いになってね。もしよろしかったら、僕にコーヒーを一杯いただけますでしょうか、お嬢さん。そのユーモアで、緊張していた空気がほどけたわ。いったいその人が誰なのか、私にはまだわからなかったけれど、すてきなおじさまだなって思った。もしかしたら私、マックに一目惚れしたのかもしれない」

山村ヒナはしわがれた声で、とつとつと語った。

とっさに年齢を算《かぞ》えてみた。昭和二十六年に幼いメイドとして雇われたにしても、七十はとうに越しているはずだ。おととし亡くなった母と、同じ齢ごろだろう。

そう思いつくと、力いっぱい年齢に抗っているようなピンクのジャケットやラメの入ったマフラーが、痛ましく見えてきた。

「ここに、長くいちゃだめよ」

ぽつりとヒナは言った。まさかとは思うが、三人の極秘計画も葵と矢島の関係も、お見通しよとでもいうような口調に聞こえた。

「居心地はいいんですけどね」

弱気を起こしてはなるまいと、葵は朗らかに言い返した。

「そう。とても居心地がいいわね。昔は忙しかったけど、本部が新宿に移転してからはたいそう暇になったわ。ことに矢島さんやあなたがいらしてからは、まるきりちがうものに変わったみたい」

「どう思われますか」

ヒナは歪んだガラスを透かして降り注ぐ冬の陽光を、何だか有難そうに見上げた。

「私はどうとも思いませんよ。ともかくこの齢まで食べさせていただいてるんですから、あれこれ言うのはお門ちがいでしょ。ただね、マックが見たら何ておっしゃるかな、って」

「何ておっしゃるかな」

「そうね。たぶん、大会議室に職員を集めて演説をなすった、あの日と同じことをおっしゃると思うわ。ディス・イズ・ア・グレート・ディール、ドゥー・ワンズ・ベスト！　メイク・オール・パッシブル・エフォート！」

「え？　わからない」

「諸君！　これは偉大なる計画なのだ。努力せよ、ひたすら努力せよ！」

横文字が好きなモダンなおばあちゃん、と思っていたのだが、どうやら山村ヒナは進駐軍じこみの英語を身につけているらしい。

マイアミに飛ぶ前に、少し個人教授をしてもらおうかしら。

「ま、そんな演説を覚えているくらいだから、この有様を喜んじゃいませんよ。口にするのはおこがましいですけどね」

去りゆくマッカーサー将軍の督励に、少女はきっと心を揺り動かされたのだろう。

ディス・イズ・ア・グレート・ディール。ドゥー・ワンズ・ベスト。

いい言葉だ。もしかしたら半世紀以上の時を超えて、将軍が私に贈った言葉なのではないか、と葵は思った。

「そうよ。ドゥー・ワンズ・ベスト」

「頑張ってね、葵さん。こんなところに長くいちゃいけませんよ」

ヒナさんはやっぱりお見通しなのだろうか。少し怖くなって、葵は話題を転じた。

「ということは、ヒナさんは何年お勤めになったのかしら」

「有難いわねえ。職員で五十三年。それから嘱託で四年でしょう」

考えてみれば、ありえぬ話だった。いくら何でもこれほど徹底した終身雇用など、許されるはずはあるまい。しかし山村ヒナには労働力というよりも、大理石の床や漆喰の壁や、赤い絨毯やシャンデリアみたいな調度品に近い印象があって、その存在のふしぎさをあまり深く考えたことが葵にはなかったのだ。

「実はね、葵さん――」

と、ヒナはそのありうべくもないふしぎの、種明かしをした。

「演説のあとで、マックは私の淹れたコーヒーを、とてもおいしいって褒めて下さったの。誰に教わったのかね。はい、父が海外航路の船長でしたから。そうかね、では英語もお父上から。はい、そうです。父はアメリカが大好きでした――」

ヒナは思い出をたどるように、しわがれた声を絞りながら話を続けた。今も応接室に残されている、大きな黒革のソファに腰をおろして、将軍は幼いメイドに訊ねたのだろう。そして少女は銀のトレンチを抱いたまま、悲しい話を悲しまずに答えた。

「お父上はご健在かね。いえ、船ごと徴用されて、船と一緒に沈んでしまいました。オー・マイ・ゴッド、それはご不幸だった。でも閣下、私はこうしてJAMSに雇っていただきましたから、もういいんです。ずっとここで働かせて下さい。ひたすら努力することを約束します」

「ちょっと待ってよ、ヒナさん。マックはその通りにしてくれたってわけ？」

「オブコース！　マックは最高だったわ。その場で決断し、命令を下した。この娘こそがJAMSのシンボルだ。終身雇用せよ。やめたいと言っても、私が許さない。さすがにみなさんビックリなすったわよ。もちろん私もね。ボスのこの命令がいったい冗談なのか本気なのか、わからなかったから」

「マジだった、っていうわけね」

「イエス。マックは居並ぶ職員たちを、まるで閲兵でもするみたいに見渡してから、厳しい顔でもういちどおっしゃったの。アイ・アム・コマンダー・イン・チーフ。ジス・イズ・マイ・コマンド」

ひえーっ、と葵は驚愕した。ダグラス・マッカーサーという人はよく知らないけれど、ものすごくワンマンな印象はある。敗戦後の日本は事実上、占領軍の軍政下にあったのだから、ワンマンだったはずである。軍隊が民主的なわけはない。たぶんそのときも彼は、冗談か本気かと判断しかねる人々に向かって、はっきりと命じたのだ。「私は総司令官だ。そしてこれは、私の命令だ」と。

そのほほえましいエピソードはともかくとしても、だとすると世の中には、考え直さねばならないことがたくさんあるのではなかろうか、と葵は思った。かつてのワンマン経営者が鶴の一声で命令したものが制度となり、長い時間のうちに既成事実となり一種の環境となって、その存在に何の疑いも抱かなくなっていることがたくさんあるはずなのだ。たとえばこの山村ヒナが、ひとりだけ終身雇用されているふしぎな事実にしても、誰もがさしてふしぎとも思わず、一種の環境として看過してきた。そうしたいわば「マッカーサーの遺産」の中で、私たちはいまだに暮らしているのではあるまいか。

「ヒナさん。あなた、JAMSのシンボルだわ」

思いがけぬ真実を摑んだような気がして、葵は呟いた。

「そうよ。私はJAMSそのもの。JAMSは私そのもの。偉そうに言うわけじゃないけど、そういうことになるんじゃないかしらん。だからね、葵さん——」

そこで山村ヒナは、ちんまりと正座した革張りの回転椅子を回し、葵に向き合った。誰かしら目に見えぬ人が椅子の背を押して、そうしたように葵には見えた。

光を背負った老女の顔は艶やかで、皺だらけの唇を隈取《くまど》るルージュも、染め上げたように白い髪も、ピンクのジャケットもラメのマフラーも、けっして齢に抗っているようには見えなかった。やはり目に見えぬ誰かしらの手で、すべてを誂えられたかのようだった。

「だからね、葵さん。あなたはここに長くいちゃだめよ。庶務係の仕事は全部あなたに申し送ったけれど、言い残していたことはそれだけ。ようやっと言えたわ。あなたがマックのコマンドまで私から引き継ぐ必要はありません。いいわね、そろそろ汐どきよ。し、お、ど、き」

何と言い返したらよいものか、声は思いつくはしから咽元《のどもと》で凍りついてしまった。

この人、ちっとも耄碌《もうろく》なんかしていないんだわ。ボケたふりして、実は何から何までお見通し。

「あのう……あのう、ヒナさん……」

「何よ。言いたいことがあったら、言ったァんさい」

デスクの下で震え始めた足を組み直して、葵はおそるおそる提起をした。

「もしよろしかったら、手伝っていただくだけじゃなくって、お仲間にいかが？」

ヒナは赤い唇を少し引きつらせて笑った。すごい余裕。勤続五十七年、究極のノンキャリアの底力を感じさせた。

「いいえ、私はお手伝いだけでけっこう。お金は寄進するほどあるし、年金はまちがえようもないし、あなたのお声がかりで日当もいただけるし。せいぜい高みの見物をさせてもらいます。こんなおばあちゃんにでもできることが何かあったら、遠慮なく言ってちょうだいね。そうよ、葵さん。こんなおばあちゃんだからこそお手伝いできることが、きっとあると思うわ。ホホホ、ホホッホホッホ」

言葉がつげずに、葵もホホホ、ホホホッホッホ、と笑うほかはなかった。

掌は冷や汗でベットリ、血圧もいくらか下がっているみたいだが、これは悪い話ではないのだと葵は自分に言い聞かせた。

ヒナさんは矢島理事が大嫌い。口に出してそう言ったことはないけれど、廊下の先に彼の後ろ姿を見かけただけで、ウンザリと溜息をつく。タダ飯食いの職員たちのことも大嫌い。穢《けがらわ》しいものでも見るみたいな目付きをする。

JAMSを支配し、この神田分室を自己保身の装置に作りかえた矢島は、ヒナさんにとって許しがたい存在なのだろう。

わかる、わかる。とてもよくわかるわ。サルベージ作業で浚《さら》い上げたお金を、矢島のポケットに入れたりしちゃいけない、とヒナさんは言っているのだ。そんなことをするくらいなら、あなたと、あの誠実な二人のオッサンで山分けして、パリだろうがハワイだろうがアカプルコだろうが、高飛びしなさいって言っているようなもの。

「ノープロブレム、よね。ヒナさん」

多くを語る必要はない。この人もあえて訊ねようとはしないのだから。

「もちろん、ノープロブレムよ」

葵は重ねて訊いた。

「ノーリスク、かな」

「それはパーフェクトじゃないわね。でも私がついていれば、ノーリスクと言っていいでしょう」

「もひとつ。ノーロングですか」

発音が悪かったらしい。ヒナさんは少し考えるふうをしてから、外人みたいに垢抜《あかぬ》けた声で答えた。

「No wrong, No bad. それが一等、はっきり言えるわ。安心なさい」

wrong と bad のちがいは何だったろうと、葵は考えた。どっちがどっちかはわからないけれど、たぶん「不正行為ではなく、不道徳でもない」という意味にちがいない。

山村ヒナは紙コップの底のコーヒーを大切な滋養のように啜りおえると、言葉を探そうとする葵のとまどいを、きっぱりと遮ってくれた。

「ノープロブレム。ノーリスク。ノーロング。そればかりじゃなくてよ、葵さん。あなたのなさっていることは、グッド・コンダクト。いえいえ、グッド・ビヘービアです。日本語ではうまく言えないけどね」

正当な行為、いや人間として正しいふるまいをしようとするなら、そういうことになるのですよ、とヒナさんは言っているのだろう。

百人の味方を得たような気がして、葵の気持ちは少し変わった。

「汐どきをもうちょっと延長してもいいでしょうか」

ホホホッ、とヒナは笑った。

「あんがい欲ばりね、あなた。ま、やれるところまでやったァんさい。まだしばらくは大丈夫でしょうから」

葵は黒いドレスの裾を翻して立ち上がった。

グッド・コンダクト！

グッド・ビヘービア！

そうよ、これは汚職でも横領でもない、「善行」なんだわ。

17

矢島純彦は一国の慣習が生んだ怪物である。

長い時間をかけて成熟し、その間にさまざまの困難があったにせよ正しく克復してきた国家ならば、彼は「傑物」と呼ばれていたはずであった。しかしあいにくわが国は、さほど長い時間をかけて成熟したわけではなく、国難を正しく克復してきたとも言い難い。したがってまさか「傑物」とは言えぬが、へんてこな慣習の中で可ならざるなき、「怪物」に成長した。

その怪物ぶりは、彼の砦《とりで》であるＪＡＭＳ分室の理事室にある容姿を、一瞥しただけでも瞭《あきら》かである。

顔がデカい。六十二歳という年齢にしては体もデカい部類だが、顔はさらにデカい。いや正しくは異様にデカいと感ずるほど、その顔からは無敵のオーラが耀《かがよ》い出ているのである。

ふつうこの齢になると、いかにエネルギッシュな男でも多少は脂気が抜け、オーラも耀い出るというより漂う程度に弱まるものだが、彼の場合は依然としてベットベトのテッカテカであった。したがって加齢臭たるやなまなかではなく、廊下ですれちがっただけでも辟易し、運悪くエレベーターに乗り合わせでもしようものなら、誰もが思わず息を詰めた。しかしそうした他者の辟易ぶりすらもおのれに対する敬意の表情と錯誤し、エレベーターの中が静まり返っているのはおのれの威厳のせいだと、彼は信じて疑わない。

怪物とはつまり、そうしたものであった。

ところで、この怪物を生んだ制度とは、いったいどのようなものなのであろうか。

かつてわが国には、二百六十余年に及ぶ平和で幸福な時代があった。その江戸時代の前はどうしようもない内戦の時代であり、その後はさらにどうしようもない戦争の世紀がやってきた。

口で言うのは簡単だが、なにせ二百六十年である。これほど長きにわたって戦をしなかった国家というのは、人類史上に例がない。どこの家でも十何代もの家族が、悲喜こもごもはあったであろうがともかく畳の上で死んだのである。

平和が長く続けば、階級社会が確立する。手柄の立てようはなく、またその必要もないから、おのおのがその生活に甘んじていればよい。人々は生まれ育った環境に安住するので、ヒエラルキーはおのずと強固になってゆく。そうしたいわゆる封建社会が、不公平なものだと決めつけるのは後世の価値観であろう。真の幸福は客観では測れず、個々の幸福感がその実体であるから、無理な夢や希望のはなからない階級社会は、あんがい幸福に満ちていたはずである。

階級制度の確立によって人生は世襲される。殿様の子に生まれれば、いずれ殿様かそれに準ずる人生が約束されており、百姓に生まれればこれもまた同様である。階級間の超越はありえず、階級内においても序列の変更はまずないと言ってよい。すると、おのおのはその生まれついての職分を適当に全うしていればよいわけで、これはどう考えてもヒエラルキーにかかわらずラクチンな人生であろう。

すなわち、「家」と「人」とは同一視される。幸福を実感し続けることができる程度に適当に働き、なるたけ早く家督を倅に譲り、その後はさらに幸福を貪る「隠居」となればよい。

隠居はヒマであるから、碁を打ったり将棋を指したり、草花を作ったり茶をたてたり、あるいは後進の教育やら啓蒙に、邪魔にならぬ程度に携わっていればよいわけで、結果そうとは知らぬ間に豊かな文化を育む。場合によってはヒマで健康な隠居が、日本全国を歩いて航空写真そこのけの精密な地図を作っちまったりするのであった。これもまた、完成された階級制度がもたらした恩恵と言えよう。「家」と「人」が同一であったゆえである。

二百六十年もこうしたけっこうな世の中が続いた末、遅ればせながらの明治維新となった。こんなふうにノンビリしていたら外国の植民地にされてしまうから、富国強兵、殖産興業、早いとこ列強なみに力をつけて、植民地を経営する側に回ろう、というのが明治維新の趣旨であった。ヨーロッパ諸国は産業革命を経て、近代資本主義を確立していた。しかし当時の資本主義は、植民地経営なしでは成立しないと考えられていたのである。

というわけで、あんがい幸福であった旧制度は壊れた。封建制と階級制の否定である。だが制度を変えたところで、慣習は容易に変えられぬ。このあたりが二百六十年にわたる既成事実の重みであった。

たしかに階級間の超越は可能になった。階級内の序列にも、個人の能力という合理的な基準が用いられるようになった。だがそうは言っても、やはり夢や希望は持たぬほうがラクチンなのである。

かくして世襲制は、制度として否定されても慣習として保たれる結果となった。親子代々の職分であればノウハウは豊富であるし、何よりも居心地がよい。ムダな努力をしなくてすむ。そうした人物ははたから見ても何となく信頼感がある。

さらには、もうひとつゆるがせにできぬ慣習があった。いわゆる終身雇用制である。世襲制が慣習的に続くのであれば、その職分に安住する人々の一生を、制度的に保障しなければならない。

ことにかつての支配階層であった武家階級においては、個人の終身雇用どころか「家」の永久雇用が約束されていたので、中途退職だの転職だのというもの自体に、一種の不道徳感がつきまとった。

明治維新後の近代国家となっても、国民の多くはあえて階層を超越しようとはせず、親の職業を世襲するか周辺の仕事を選択し、なおかつ生涯一途に従事することが、個人的には幸福の要諦であり、なおかつ美徳であると信じられた。

その後百四十年の間には、戦争だの災害だの恐慌だのとさまざまの困難はあったのだけれど、世襲と終身雇用という世界に比類なき二大慣習は、さほど変わらずに続いてきた。

早い話が、たかだか百四十年である。それ以前には二百六十余年という歴史があるのだから、慣習を改めるのにはまだ時間が足らぬ。

しかし、だにしても第二次世界大戦における徹底的な敗北によって、国家のかたちはまるで改まったはずなのだから、むろんそのときに慣習の打破があってもよさそうなものだが、戦後の政治を実質的に指導した外国がこれら日本的慣習をてんで理解できなかったせいか、改革の指示は気配すらもなかった。

あらゆるものが急速にアメリカ化していったにもかかわらず、徳川時代の慣習は改まらずに、むしろ暗黙の制度となった。

つまりその制度を宰領する怪物がこの男——矢島純彦なのである。

しばし透明人間となって神田分室の理事室に忍び入り、怪物を間近に観察するとしよう。加齢臭に怯《ひる》んではならない。文化財級の建物の、そのまま映画のロケに使えそうな理事室のインテリアにも気後れしてはならない。

矢島は週に一度か二度、この部屋に出勤する。新宿の新都心にあるＪＡＭＳ本部にも彼のオフィスはあるが、ふだんは必ずそこにいる、というわけでもないらしい。さしあたって実務はなく、しかもオフィスが二つあるということは、どこで何をしていようがかまわぬのである。もっとも、彼がどこで何をしていようと、文句をつける人間はいない。

何だかものすごくヒマそうである。

白いカバーをかけた年代物の回転椅子に身を沈め、念入りに爪を磨いている。鯨のようなデスクの上には英字新聞と経済誌が置かれている。まともな書物を読む習慣はないらしい。

爪磨きにも飽きると、やおら体をかしげて屁をひった。感心するほど低く長い、みごとな屁である。

人間誰しも、年齢とともに垢抜けてくるのは焼香の作法と屁の音である。前者は仏事をこなした分だけ、後者は肛門括約筋が衰えた分だけ、垢抜けてくるものと思われる。

ふつう年寄りの屁は音のわりに臭いがないものだが、この点に限ってはまだまだ若いと言える。垢抜けているのは音だけであった。

加齢臭と混濁したとたん、本人も耐え難くなったとみえて、窓辺に歩み寄るや古調な引き上げ式の窓を開けた。

小春日和《こはるびより》のうららかな陽光が、豊かな白髪を隈取った。

透明人間も退屈なので、またとない機会であるから怪物にインタビューを試みるとしよう。

――あの、矢島理事。ちょっとよろしいでしょうか。

「何だね。ちょっとぐらいならかまわんが、立場上、答えられんこともままあるよ」

――はい、お答えになりづらいことはむろんけっこうです。まず、いわゆる天下りについて、理事のご見解をお聞かせ下さい。

「天下りというのはつまり、高天原《たかまがはら》から八百万《やおよろず》の神々が、この大八島に降臨するという話だね」

——は？

「ジョークだよジョーク。だが天下りの語源はそれだろう。つまり、神様は人間とちがって死なんのだよ。天上の高天原が神様でいっぱいになってしまうから、なるたけ人間界に降りてもらう。わかるかね」

——とってもわかりやすいです。「死なない」というのは、やや不適切な表現だとは思いますけど。

「バカだね、君は。何もわかっとらんじゃないか。では君のためにもう少し平たく言おう。日本の職場は終身雇用が原則だ。しかし一方では、年功序列による累進も一応の原則だ。前者は伝統、後者は近代軍制から発展した社会制度、どちらもおろそかにはできないのだけれど、この二つの原則は論理的に矛盾する」

——ごもっともです。で？

「つまりこの二大原則をともに実行するためには、三角形と四角形が実は同じ形であるという、超幾何学が必要となる」

——あ、わかります、わかります。

「ほんとうにわかっとるのかね？　ちなみに江戸時代の行政システムというのは、幕府でいうなら老中と若年寄というツートップ制で、そのツートップの下にズラッと横一列の行政機構が並んでいた。つまり四角形が二個だな。諸藩の制度もほぼ同様だった」

——だとすると、老中と若年寄は大変ですね。

「いや。そこがうまくできていて、老中も若年寄も定数が五、六人、それらが複数で月番交替するから、さほど大変ではなかったらしい」

——なあるほど。経営責任者の当番制ですか。考えましたね。

「しかも大勢の役人たちは原則として職務を世襲するから、この四角形は実に安定しておったのだ。しかし明治以降は行政機構も民間企業も、欧米流の三角形ピラミッド型の組織に改変された。制度としては可能であっても、慣習はどうする。日本人は世襲制と終身雇用制の常識に則って人生を考え続けてきたのだよ」

——世襲制は今日のような学歴偏重社会ならば、あんがい解決されますね。親がしっかりしていれば、子供にいい教育を授けられます。

「おお、わかっとるじゃないか。そもそも脳ミソの量はみな同じなんだから、環境さえ整っていれば誰だっていい大学に行ける。それに加えてコネ、身びいき、縁故枠、等々を利用すれば、完全世襲ではないにしろそれに近い、いわば階層的な世襲をするのはほとんど可能だ」

——問題は終身雇用制ですね。年功序列の出世とこれは明らかに矛盾します。三角形と四角形が同一であるという、超幾何学です。

「三角形の組織論はナポレオン時代の軍制によって確立した。戦争という具体的な目的に向けて最も有効に機能する組織はこれしかない。産業革命以後の競争社会においては役所も会社も一種の戦闘能力が必要だから、命令が伝達しやすく、かつ各セクションが当面の事案に対応しやすい三角形の組織に改変された。しかし、こと日本に限らず、もともと軍制であるこの三角形を非軍事面に採用するには矛盾があった。役人や会社員は戦死しないのだ」

――けっこう死にますけど。

「ミもフタもないことは言うなよ。軍人は戦争が商売だから、商売のたびにバタバタ死ぬのだ。ことにヨーロッパ諸国は戦争のしっぱなしだったからな。すると、年功序列によって三角形は自然に維持できる。黙ってたってそうなる。広い底辺から頂点に至るまでの間に、軍人はどんどん死んでゆく。死んだやつには勲章をくれてやればいい。組織は維持される」

――そんな矛盾を承知で、どうして民間の会社や官庁が三角形を採用したのでしょう。

「そりゃ君、産業革命以降しばらくの間、少くとも第二次大戦が終わるまで、資本主義社会は膨張し続けていたからな。資本主義とは企業そのものであり、ひいては国家そのものだ。国家が膨張し、企業がともに拡大の一途をたどっていれば、つまり三角形のサイズそのものが大きくなってゆくわけだから、あるいは三角形がたくさん派生してゆくわけだから、人的な問題は何も起きんだろう」

――何だかネズミ講を連想しますけど。

「うん。うまいたとえかもしれん。地球という限定規模を考えれば、資本主義の膨張には物理的な限度がある。ものすごく当たり前の話だが、それに気付いたのはカール・マルクスだけだった。結果として、資本主義の物理的臨界点で第一次世界大戦が起こった。大戦後には今後の資本主義のあり方を世界中が考えねばならなくなったのだが、模索しているその最中にアドルフ・ヒトラーが登場して、実に反動的に、旧態然たる資本主義の概念によって世界制覇を目論んだのだ。そして第二次大戦が勃発した」

——やっぱり、ネズミ講はダメなんですね。ところで、ネズミ講と終身雇用制の関係は？

「僕の話は、脱線しているようでしていないのだよ。三角形の組織が小さい場合、すなわち中小企業である場合は、よりよき雇用条件を求めて自発的に中途退職する者が大勢いる。組合の力も弱いから企業側が退職を勧奨することもできる。ちょっとしたミスにつけこんで、クビを切ることだってできる。つまり、機能しやすく人件費もかからぬ理想的二等辺三角形を、戦死に期待せず人為的に作り出すことが可能だ」

——ごもっともです。やっぱり会社はデカいほどいいんですね。大企業ほど終身雇用率が高くなる。アレ？　でも大きな三角形はその問題をどうやって解決するんでしょうか。

「最も有効な手段は、余剰人員を子会社に出向させることだな。年功序列で上が詰まれば、子会社に横滑りさせればいい。それで本社のピラミッドは維持される。人材が必要になれば呼び戻すこともできる」

——一種のファーム、ですか。

「まあ、子会社というのは必ずしも利益を出す必要がないからな。赤字なら赤字で、本社の税務対策に寄与する場合もある。人事問題の解決が主目的なら、ファームという言い方は正しい」

——わかりました。役所にはそれができないんだ。

「その通り。しかもどんな大企業にもまさる人的規模を持ち、安定度から言っても待遇面からしても、全員が終身雇用を希望する職場が役所なのだ。きれいな三角形を作りたくても、人間が減ってくれない。戦死もせず、中途退職者もなく、子会社に出すこともできぬとなれば、下界に天下ってもらうほかはなかろう」

——下界も困ります。自分たちの人事で手一杯のところに、下から上がってくるばかりではなくて上から下がってこられたのでは。

「そうそう。むろんどこだって歓迎はするまい。だから、たとえばこのＪＡＭＳ分室のような、天下り専用機関がなくてはならないのだ。どこの役所でも、上が詰まったタイミングで話し合いが行われるのだよ。進むか譲るか、残るか出るか、という生々しい話し合いがね」

——え、話し合いなんですか。

「課長級の場合はいわゆる肩叩きだが、局長級ならば話し合いだな。次官の椅子はひとつ、当たり年の同期で持ち回ってもせいぜい二人か三人、それを熱望する出世主義者もいれば、ヒマな職場に天下って退職金を二度三度ともらったほうがいいと考える者もいる。まあ、話し合いといってもさほどシリアスな場面ではないよ。そこまで這い上がってきた連中なら気心も知れているし、突発的な不祥事でもない限り、誰が残って誰が出るかは、既定の了解事項となっているからな」

——矢島さんは財務省に在職中、次官候補の筆頭と言われていましたが、またなぜ？

「そりゃ君、周囲の噂に過ぎんよ。次官になって何か面白いことでもあるかね？　バカな大臣の下で苦労をするだけで、官僚はしょせん官僚に過ぎんだろう。しかしそうした本音はおくびにも出してはならない。あくまで俺は次官をめざしているのだ、官僚のトップになるのだというポーズを取っていなければ、同僚たちをコントロールすることはできないからな」

――ということは、JAMSに天下るのは予定通りだった、と。

「もちろんさ。十年前にはそうと決めていたよ。それからはこの前世紀の遺物を、立派な天下り機関とすることに腐心し、しまいには最も居心地のいい状態にして、みずから天下ったというわけだ。理事長以下、理事は全員私に恩義を感じている。そんなことは百も承知だから、立場はヒラ理事で十分。とりわけ天下り専用のこの神田分室は、私の王国だよ。あらゆる省庁からの天下りを最高の雇用条件で迎え入れているから、醜聞もいざというときにはすべて吸収してくれるし、経費も使い放題、余禄もたくさんある。残る三年間をせっせと蓄財に励んで、オーストラリアに移住しようと考えている。まさに、ハッピー・リタイアメント」

――ワルですねえ。

「ワル？　意味がわからんね。文句があるなら近代資本主義にナポレオンの軍制を持ちこんだ連中に言いたまえ。あるいは二百六十年の太平を壊して、国家を欧米に化身させようとした連中にね。私は三角形と四角形が同一であるという、超幾何学を解いた天才なのだよ。あ、それは言いすぎか。最も忠実に慣例を踏襲した功労者、とでも言っておくか」

――あのね、矢島さん。本来公僕たる役人が、こんないい思いをするのって、不謹慎だとは思われないのですか。

「ハッハッハッ。キミ、女みたいなこと言うなよ」

――女、みたいな、ですか。差別的発言に聞こえますが、その趣旨は？

「私はかつて、二度そういう中傷を受けた。一度目は山村ヒナという嘱託職員のばあさんに言われた。二度目はな、立花葵の閨《ねや》の睦言《むつごと》だ。笑止だよ、笑止。マッカーサーの鶴の一声で一生いい思いをしているばあさんに、どうして説教をされなけりゃならんのだ。立花君にしたところで、相次ぐ銀行合併劇でとっくにリストラされるはずだったのに、私の恩恵に与っていい思いをしてるわけだろう。女だから許したがね、面と向かって私にそんなことを言うやつがいたら、たちまち本部に飛ばしてやる」

――本部に飛ばす、ですか。わあ、すげえセリフだ。子会社だの地方の営業所から本社に戻るのは、ちっとも栄転じゃなくて、左遷というわけですね。

「そうだ。それが私の作った王国の実力だよ。実はこれまでにも、気に食わんやつは何人も本部に飛ばしてやった。三ヵ月と持たんぞ。何しろ天下った役人が実務につかされるのだからな。そもそも天下りは人間ではないから、田畑を耕したり狩や漁はできんのだ。祝詞《のりと》を上げて日がな一日ごろごろしているしか能がない」

――そういう能なしが、役人の本質ですか。

「まあ全部とは言わんがね。営利を目的とせず、さりとて公僕としての自覚もない役人は大勢いる。無目的無自覚ということはつまり、能なしだな。しかし国家は彼らが経営しているのだ。組織を維持するための犠牲となった連中に福音をさずけるのは人情だろう」

――ちがいますねえ。それは人情というより同族意識、いやあなたの王国を作るための手段でしょう。

「何とでも言いたまえ。私はみずから田畑を耕せず、狩や漁の方法も知らぬかわいそうな役人たちを救済しているのだ。みんな感謝しているよ」

——あの、それっていわゆる「愚民思想」じゃないでしょうか。あなたの考えるほど、リタイアした役人はバカばかりじゃないと思いますけど。

「え？　バカばかりじゃないのか」

——何なら「役人」を「国民」と言いかえてもいいですよ。

「ええっ、バカばかりじゃないのか！」

——そんなわけないですって。もういっぺん、足元をよくごらんになったほうがいいと思いますけどね。あなたの部下のうち、田畑を耕したり狩や漁の方法を知っている人は、やっぱりいると思いますよ。

「いいや、バカばかりだ。私は人選にあたって、極力バカを選抜するよう心がけている。いわば日本国民から選りすぐったバカ役人の、さらに厳選したバカが、ＪＡＭＳ神田分室の職員と言っていい。そうした疑問を抱くのなら、どこの部屋にでも行ってやつらを観察したまえ。どいつもこいつも、ハナを垂らしていないのがふしぎなくらいのバカだ」

——わかりました。じゃ、ちょっと見てきます。


透明人間は理事室を出て、静まり返った廊下を歩く。

どの部屋を覗いてみようか。天下り役人のうち、いわゆるキャリア組が「参事」と呼ばれ、ノンキャリア組が「主査」とされているらしい。仕事もしないくせに何となく威圧感のある、つまり彼らのプライドを傷つけぬうまい命名である。

主査・大友勉

主査・樋口慎太郎

ううむ。名前からすると、これはまさかバカではあるまい。二人並べてノーベル賞をいただいても、ふしぎではない気がする。

そっとドアを開ける。昭和の初めから時間を止めている、広く静かな部屋である。アーチ窓から射し入るうららかな光の中で、天下った二柱の神々が眠っていた。

一柱は革張りのソファに身を沈め、もう一柱は長椅子に横たわって、ぐっすりとおやすみになられている。

ああ、やっぱりバカだ。

あろうことかひとりはハナを垂らしており、もうひとりはヨダレを垂らしており、しかも救いがたいことに、往復の鼾《いびき》がみごとにハモっているのであった。

強く弱く、高く低く。執拗に主題をくり返す、たとえばラベルのボレロのごとき、それもクラウディオ・アバドの指揮するロンドン・フィルのような極めつきの名演奏である。

矢島純彦はやはり、天下無敵の怪物なのであろう。

18

てめえの鼾がグワワッと咽に絡みついて、樋口慎太郎は昼寝から覚めた。

退屈な小説を読んでいるうちに眠ってしまったらしい。ふつうの会社ならば役員室なみの立派な応接セットは、ころあいの寝床になり下がっている。

まったくサラリーマンのパラダイスである。参事の個室にも主査の二人部屋にも同様の応接セットがあって、そのくせ来客などはないから、もっぱら碁を打つか読書をするか、さもなくば昼寝をするために使われている。

ことに昼休みのあとの二時間は、日本にあるまじきシエスタとみなされており、腹がくちくなれば一寝入りするのが職員たちの日課であった。

ヨダレを拭いながら腕時計を見る。まだ二時過ぎではないか。夜中の二時ならともかく、午後二時に目覚めて「まだ」と思ってしまうのだから、贅沢のきわみである。

シエスタは静まり返っているので、早く目が覚めると何だか過ちを犯したような気分になる。かと言って、昼寝の寝直しはなかなか難しい。

長椅子では大友勉が、洟《はな》をタラしながら眠りこけていた。昼食から戻ると、この長椅子の専有権をめぐって五回戦のジャンケンをする。しかし大友はなぜかおそろしくジャンケンが強いので、樋口は足を伸ばして昼寝をしたためしがなかった。きょうは珍しく二連勝をしたから長椅子はいただきだと思ったのだが、あろうことかそののち痛恨の三連敗を喫した。

年度初めの四月に着任してからしばらくの間は、いかに極楽とはいえこの時間割になじめず、ひたすらわが身の堕落を嘆いたものであった。おそらく遠からず極楽になじんでしまうであろうと思えば、みすみす矢島純彦の掌中に落ちてしまう自分が情けなかった。

だから「仕事」を始めた。不良債権の回収という、JAMS分室の正当な業務である。結果などはどうでもよかったのだ。矢島の軛から脱し、極楽に甘んじず、仕事をしているという自覚さえ得られればそれでよかった。

しかし思いも寄らぬ展開となった。債権はとうに時効を過ぎて、法的な請求権を失っているにもかかわらず、返済に応ずる者が続出したのである。

わからん。まったくわからん。大友が自信たっぷりに解説するところによると、「そりゃあ慎ちゃん、決まっているではないか。誰にだって良心はあるのだ。法を楯に取って良心を隠しおおせる人間なんて、そうそういないのだよ」ということになるのだが、断定的に言うわりにはてんで説得力を欠いていた。何の根拠もないくせに自信だけをあらわにする、オヤジの主張に過ぎぬ。

また立花葵は、「あるとこにはあるのよねえ」と言下に感心するのだが、これもとうてい説明にはなるまい。労働争議とも学園闘争とも無縁の、哲学なき世代の感想と言える。すなわち深き思惟およびボキャブラリーの徹底的不足によって、あらゆる美的感動を「かわいい♡」のひとことでしか表現できぬ、軽薄な結論がそれである。

良心の存在は信じる。あるところにはある、というのもわからんではない。しかしわが身を債務者になぞらえてみれば、いかに良心が咎めたところで、金がいくら余っていたところで、一千万だの一億だのという大金がなくなるのはイヤだ。誰に何と言われようが、ゼッタイにイヤだ。

それとも、自分のような小市民にはけっして理解のできぬ道理を、人生の成功者たちは持っているのであろうか。ともあれその不可解な現象が続出した結果、もし樋口の計算にまちがいがなければ、わずか八ヵ月の間に回収した現金は三億円にのぼるはずである。

「さ、さんおく！」

今さらその金額のあらたかさに思い至って、樋口はきっぱりと覚醒した。おおむね把握していたのだが、長らく財務省に勤めていたせいで数字には現実味がなかった。

正しい分析を試みれば、月々六万五千円の小遣を女房から頂戴していた身としては、それ以上の金は絵に描いた餅なのであった。だから家族が預金と退職金を山分けして四散したときも、残された五百万円に不公平を感じなかった。

「おい、ベンさん。起きてくれ」

樋口はいぎたなく眠りこける大友を揺り起こした。寝起きのよさは自衛隊仕込み、と自慢しているわりには、なかなか目覚めない。夢うつつで大友は答えた。

「なんだあ。まだ二時ではないか……」

「ちょっと聞いてくれ。三億だぞ、三億。どう計算しても三億円になるんだ」

「ファ、ねむ。そんなもの、とっくに時効だろう」

「え？　いや、三億円事件の話じゃないよ。そうじゃない、そういう古い話じゃなくって、俺たちが回収した債権が三億だ」

「……グー」

「おいこら、寝るな。まじめに聞けって。あの三億はどうなっている」

「グー。そんなのわかっているわい。アオイが貯金しておる。そろそろ山分けして日本ともおさらばだ。アー、ねむ。おたがいいい正月にしような。グー」

「だったらぼちぼち汐どきだろう。昼寝している場合かよ」

「………」

「おい、しっかりしろ」

「あー、そういや申告を忘れていたが、明日一三〇〇《ひとさんまるまる》、大口の集金がある」

「え。大口って、いくらだ」

「五千万で手打ちをした」

「ご、ごせんまん！　ええっ、何だよそれ」

「………」

「おーきーろー。何だよ、その五千万って」

「ファ……。ええと、何だっけか。そうそう、食品輸入会社の社長が、このところの円高でボロ儲けしたんだと。これも三十年前に五百万をめぐんでもらったおかげだって、十倍返しで手打ち。グー。良心だよなあ。日本もまだまだ捨てたもんじゃない。社長が言うには、マイバッハを買おうと思ったんだが、やっぱり良心が咎めるから、そっくり持ってってくれだと。以上、報告終わり。おやすみなさい。グー」

奇怪なアラベスクが樋口慎太郎の視界を被った。

かつてわずかな借金に汲々としていた人間たちが、少からず復権を果たした。人生何が起こるかわからぬのだ。

いや、もしかしたら、平坦な人生を歩む多くの人間とはべつに、あるときは不幸に見舞われるが、やがてその苦労に釣り合うだけの幸運が訪れて、差し引き帳尻が合うという人種がいるのかもしれない。

樋口の知る債務者たちも、人生模様はまちまちであったけれど、口を揃えて「公平だ」と言ったように思う。それはおそらく、波瀾万丈の人生を強いられた彼らの、実感であったのだろう。その公平さを知ればこそ、法的には返済する必要のない金を、返すというよりむしろ神仏に寄進するような気分で、ポンと投げるのではあるまいか。

奇怪なアラベスクはより精緻に、樋口の視野を埋め始めた。

自分が財務省在職中に、一種の記号として捌いていた金は五千万や一億の桁《けた》ではなかった。数千億円、数兆円という金が世の中に浮遊していることは承知している。そう思えば、ほんの思いつきでふるった鶴嘴《つるはし》の先が、たまたま黄金の鉱脈を嚙んだとしても、何らふしぎはあるまい。

だとすると大変なことになった。自分と大友と立花葵とで、掘れるだけの金塊を掘る。それがたとえ矢島の知るところとなっても、止めることはできまい。犯罪として晒け出すためには、矢島純彦という悪の巨魁の正体を曝露しなければならないからである。

つまり矢島の掌中にあると見せて、ひそかに掘れるだけの金塊を掘り、このJAMS分室から堂々と出てゆけばよい。矢島には何もできず、ただこの事実が世に知られぬよう、ひたすら隠蔽《いんぺい》に努めねばならない。そして何が起ころうと、矢島純彦にはこれを表沙汰にせぬだけの実力があることを樋口は知っていた。

もし万が一、矢島が手に負えぬと判断すれば話は最も早い。悪事の限りを尽くして貯えた金を、矢島自身が歯がみしながらJAMS分室の成果として拠出すればいいのだ。

勝った、と樋口は思った。視野を埋めつくしたアラベスクは、ノンキャリアがキャリアに勝利した、めくるめく凱歌の絵模様にちがいなかった。

樋口は廊下に出た。三人にとって極楽となったこの古い建物を出て、世の中の有様をアラベスクごしに見てみたいと思った。

シエスタのさなかのJAMS分室は静まり返っている。通りすがった庶務室のドアを叩いた。立花葵に言っておかねばならぬことがある。

「あら、慎ちゃん。お出かけ？」

相変わらず、いつ見ても年齢不詳の女である。窓際の席には、これもまたいっそう年齢不詳、というより正体不明の老婆がちんまりと座っていた。

「アオイちゃん、ちょっといいか」

「はい、何でしょう。あら、慎ちゃん、何だか顔色がいいけど、血圧が高いんじゃなくって？」

そういえばしばらく血圧を測っていない。いや、そういう問題ではなかった。顔色は興奮のせいであろう。

山村ヒナは椅子の上でその名のごとく、お雛様のように正座をしている。芯が折れた感じで首が倒れているのは、シエスタの習慣に順っているのであろう。もっとも、寝ていても覚めていてもたいしたちがいのない人物である。

樋口がヒナの背中に目を向けると、立花葵は「大丈夫よ」というふうに肯いた。

「まだまだ行けるぞ」

樋口はデスクのうしろに回ると、葵の長い黒髪に屈みこむようにして囁いた。

「もちろん」

これは思いがけぬ答えである。いくら何でもそろそろ手仕舞を考えているだろうと思ったのだが、どうやらこの女の視野にもアラベスクは拡がっていたらしい。

「どうしてそんなことを訊くのかしら」

「切りのいいところでやめておこうと、君が考えるのじゃないかと思ってね」

フフフ、と立花葵は不敵に笑った。

「さすがは元財務官僚。計算はたしかね。でもおあいにくさま。ベンさんの報告によれば明日の午後に五千万の集金があるの。割り切れなくなっちゃった。細かい計算って、面倒でしょ」

つまりこの女も、勝利を確信しているのだ。樋口はふとそのとき、いくどか耳にしたことのある噂に思い当たった。矢島理事と立花葵のひそかな関係である。暇を持て余している職員たちの噂話であるから、真偽のほどは疑わしい。むろん面と向かって問い質せることではないが、もし事実であるとするなら、これほど正当な動機はあるまい。

「ねえ、慎ちゃん」

立花葵は耳元に屈みこむ樋口を振り返った。強めに引かれたルージュが唇の薄さを隠していた。不幸な人生だったのではないかと樋口は思った。

「私ね、矢島さんのことは、あなたよりもよく知っているのよ。男同士の三十年のつきあいよりも、男と女の五年のほうがずっと濃いわ」

この女は勘が鋭い。樋口の胸のうちを一瞬で読み取り、適切な答えを口にした。

樋口は立花葵の赤い唇に、軽く指先を触れた。

「そこまで。懺悔を聞くつもりはない」

アラベスク模様に、お似合いの額縁がぴったりと嵌まったような気がした。あいまいに思えた立花葵の動機が、これではっきりしたのだ。たしかにおっしゃる通り。額縁の素材としては、三十数年の男の忿懣《ふんまん》よりも、五年間の女の憎悪のほうがずっと強固で美しい。

「私に任せてくれるわね」

樋口は肯いた。二人は精密な作業をおえたように距離を取った。

じきに冬がくる。古窓から射し入る午後の光の中で、マッカーサーのメイドだったという噂のある老婆は、痩せた首をかしげて眠っていた。

19

「ねえ、パパ。見て見て、いくら不景気だからってさすがに日本じゃセールはしないけどさ、ロスのアウトレットに行ったら、シャネルの投げ売り。そのうえ一ドル九十円なんて、タダみたーい。んでね、ショーちゃんは買ってやるよって言ったけど、あたしお金持ちだから、自分で買ったんだよ。ついでにショーちゃんには、やっぱタダ同然のグッチのスーツをプレゼント。どう、これ。かわいっしょ」

かねてよりバカだとは思っていたが、どうやらこいつのバカさかげんは相当のものであるらしい。

樋口慎太郎はテーブルの上に披露されたバッグを手に取って、しげしげと眺めた。

「ふうん。タダみたいって言ったって、シャネルは高いんだろう。いくらしたんだ」

「えーとね、えーと、四千五百ドルだったかな」

「……四百五十ドル、じゃないのか」

「何言ってんのよ、パパ。シャネルよ、シャネル」

スッと気が遠くなった。もし計算ちがいでなければ、このバカ娘は四十万円のバッグを「タダみたい」と言ったことになる。

樋口は気を取り直して娘を見た。ちょっと会わぬ間に、バカに磨きがかかったような気がする。いわば、どこに出しても恥ずかしくないバカであった。

「あ、このお肉おいしいね。ローリーズって、ロスにもあったな。こんどショーちゃんと行ってみよっと」

溜池の「ローリーズ」は近ごろ上陸したアメリカン・リブステーキの名店である。広くてゴージャスで、いかにもハリウッド・セレブ御用達といった感じなのだが、チェーン店の共通メニューのせいか、値段はビックリするほど安い。つまり、バカなりにかわいい娘とのたまの逢瀬にはふさわしかろうと、あれこれ思い悩んだ末に選び出した店であった。

おいしいね、と喜んでくれたことが樋口には嬉しかった。

「ところで、そのショーちゃんって、誰だ」

「アレ？　言ってなかったっけ」

「前に聞いたのは、たしかケンちゃんだったと思う。その前はリョースケで、その前はダイちゃん。おまえ、ちょっと回転が早すぎやしないか」

「頭の回転？」

「そうじゃない。カレシの回転だ。いくら何だって、この春から四人目っていうのは節度がなさすぎる」

「でも、ショーちゃんはいい人だよ。けっこうかわいいし、タッパもあるし」

「ケンちゃんもリョースケもダイちゃんも、けっこうかわいくてタッパがあった」

「え、会わせたっけ」

「いや。おまえがそう言っていた。まあ、そんなことはどうでもいい。で、今はそのショーちゃんと付き合っているわけだね。しかし、このシャネルのバッグはともかくとして、男にスーツをプレゼントするのはどうかと思う」

「だって、ショーちゃん、お金ないもん」

きょうというきょうは、父親の務めとしてきちんと説教をしよう。樋口はナイフとフォークを置いて、娘を睨みつけた。ああ、かわいいことはかわいいけれど、やっぱりこいつはバカだ。じっと見ているだけでも、あんまりかわいくって、あんまり情けなくって、涙が出る。

「で、そのショーちゃんはどういう人なんだね。パパはショーちゃんが、ケンちゃんやリョースケやダイちゃんとどこがちがうか、それを聞きたい」

たしかこいつは、一流と言ってもいい私立大学の英文科を出たはずだ。就職せずに英会話スクールに入り直したときは、それなりに何か考えるところがあるのだろうと思っていたのだが、どうやらべつだんの他意はなかったらしい。要は働くつもりがなかっただけなのだ。

「えーと、ちがうところですかあ。貧乏なところ、かな」

「あのな、マナミちゃん。誰だって若いうちは、お金がなくて当たり前なんだよ。簡単に貧乏だなんて言うもんじゃない」

「若くないもん」

「いくつなんだ」

「四十か四十一」

エエッ、と樋口はなかば尻を浮かせた。しかし考えてみれば、このごろのその年代はあんがい若々しい。恋愛が世代的にボーダーレスとなっていることぐらい、知らぬわけではなかった。

「そうか。その齢でお金がないのは、何かわけでもあるのかね」

マサカ、とは思う。しかし悲しきバカ娘は何の見栄もへったくれもなく、そのマサカをあっさりと口にした。

「ショーちゃん、かわいそうなの。お給料はみんな奥さんに上げちゃってね、お小遣を七万円だけもらってるんだって。ひどい話でしょ、それって」

ちっともひどい話ではない。七万円のショーちゃんがかわいそうなら、六万五千円のパパはもっとかわいそうだった、と言いかけたすんでのところで、樋口はあやうく声を呑み下した。

「……まあ、いいや。で、そのショーちゃんとはこの先どうするつもりだ」

「この先、って？」

「いろいろあるだろう。何も知らずにいてゴタゴタされてもだな、パパはどうしようもないよ」

「ゴタゴタなんかしないよ。ご心配なく」

「だから、さきざきのことは考えているのかよ。おまえももう二十五だろう」

「まだ二十四。勝手にサバ読まないで。ともかくご心配なく。ゴタゴタなんてするわけないよ。ちょっとでもヤバいと思ったら別れるから」

ふうむ。バカのくせして妙に明晰な解答である。もしや彼女なりの哲学を持っているのではなかろうかと、樋口はどうしても中学三年生ぐらいで成長を止めているとしか思えぬ娘のバカ面に、一縷《いちる》の光明を見出そうとした。

「では、もう少し立ち入ったことを訊こう。さっきからひょいひょい出ている、ロス、という地名は、アメリカ西海岸のロスアンジェルスのことかね」

「お台場にあったっけ」

「ない。たぶんなかったと思う。ということは、月々七万円のお小遣しかもらっていないショーちゃんは、その旅行費用をどうやって工面したんだね。たしかに恋愛は自由だが、先さんに迷惑をかけるような無理を言ってはいけないよ。四十の男が、おまえみたいな若くてかわいい娘にせがまれれば、つい無理を聞いてしまうものだ。家に内緒の借金なんかさせてはいけない。その無理のお返しにグッチのスーツをプレゼントするなんていうのは、少々考えが浅すぎる」

娘はしばらく押し黙った。バカなりに聞き分けはいい。会うたびごとにこうしてひとつひとつ反省を促してゆけば、そのうちバカも改善されるであろうと樋口は思った。

「バッカじゃないの」

娘はフォークを投げ出して言った。バカにバカよばわりされるのは心外であった。

「おい。親に向かってバカはないだろう」

「だって、バカなんだもん。旅費ぐらいあたしが出したわよ」

「な、なんだと」

とは言ったものの、考えてみればそのほうが理に適《かな》っている。勘定は男が払うものだという道徳を無視すれば、ごく自然の経緯と言えよう。

「そりゃね、ファーストかビジネスを二枚っていったら、いくら何でも予算オーバーしちゃうから、あたしはＪＡＬのビジネスクラス、ショーちゃんにはエコノミーの格安チケットを買ってあげてね、ロスの空港で待ち合わせしたの。それくらいなら自分で払うよって言ってたけど、無理させたらいけないでしょ。だからご心配なく。パパの言うこととくらいちゃんとわかってるわよ」

光明である。この娘をバカと信ずるのはもうやめよう。親の尺度で測ればたしかにバカではあるが、世の中のモラルが徹底して覆ったのだと思えば、むしろバカはこちらなのかもしれない。

リブステーキを嚙みしめながら、樋口は見もせぬ光景をありありと想像した。

ロスアンジェルス空港のロータリーで、娘が恋人を待ちわびている。風は乾いており、カリフォルニアの光が淋しげな肩に降り落ちる。ヘッドホンから流れてくるロックのリズムに拍子を合わせながら、娘はスーツケースを弄び、ときどき腕時計に目をやって、不安げな溜息をつく。

ショーちゃんが来た。とうてい四十男には見えぬ。けっこうかわいくて背も高い。表情には多少良心に恥ずるいろが浮かび、この冒険旅行にとまどう様子はあるが、恋人を見つけたとたん「マナちゃーん」とあどけない大声を上げた。

きっと悪い男ではない。さしたる夢も希望もなく、日々の仕事に追われ人間関係のしがらみにあえぐ、小役人か素町人だ。この手合いなら娘を煩わせるまでもなく、ゴタゴタは起こすまい。

どうした、マナミ。駆け寄って、抱きついて、キスしてやれよ。ここはお台場じゃないんだ。

「あれ、どしたの、パパ」

樋口はつかのまの妄想から目覚めた。

「いや、何でもない。おまえたちは頭がいいなあと思っていた」

「それってイヤミ?」

「そうじゃないさ。しみじみこれでよかったと思う」

「ママやおにいちゃんとも、たまには会ってやってね」

娘はやっぱりバカだが、バカの母とバカの兄は当然この上をゆく。古い比喩を用いれば、いわばウルトラの家族である。たぶん自分はウルトラの父なのだろうと思い至れば、樋口慎太郎はものすごく憂鬱な気分になって、ハリウッド・セレブ御用達の高い天井を見上げた。

ふしぎなことにはその憂鬱な視野の先にも、きらめくアラベスクは拡がっているのである。

20

サッサと食事をすませて、バカ娘を溜池の交叉点に捨てたのは、まだ宵の口と言ってもいい時刻であった。

たまの逢瀬をゆっくり過ごしたいと思うのは人情であったが、語り合うほどに二人が人間の親子ではなく、ウルトラの父と娘のような気がしてきたのである。つまり、胸のランプがピコピコと点灯し始め、もはやこれまでという気分になった。

独り暮らしのマンションに帰ったところで、さしあたりやることもない。このごろのテレビ番組はお笑いタレントとおネエキャラが充満していて、酒の肴にもならなかった。頼みの綱はＢＳ

の洋画だが、何であろうとたぶん二回や三回は観ている。戦艦大和のプラモデルも、きのうの晩にラッカーを塗り上げて完成させてしまった。

ペーブメントに転がる枯葉を踏みながら、あてどもなく歩いているうちに、胸のピコピコがいくらかおさまってきた。とたんにウルトラの父は、ほとんど蛮勇をふるって息子に会う決心をした。「ママやおにいちゃんとも、たまには会ってやってね」という、バカ娘の声が耳に残っていたのである。

家族が解散して以来、倅には会っていない。声も聞いていない。ただし妙に筆マメ、というかメールマメなやつで、月に一度はてんで意味不明の便りを、父親のパソコンに送ってくれていた。

メルアドのほかに、現実の住所も知っている。世田谷区深沢というところは、けっこうな高級住宅地である。

地下鉄の階段を降りかけて、タクシー代を経費で落とそうかと思った。しかし樋口慎太郎は、役所勤めのころから経費の精算については、すこぶる誠実であった。私用を公用と称して請求したためしなど、天地神明に誓ってただの一度もない。

だが待てよ、と樋口は階段の中途で立ち止まった。

分室の経理は庶務係の立花葵が兼務している。経理と言ったって、ヒマとカネを持て余しているオヤジどもの経費処理だけが業務であるから、たいした手間ではなかった。

その立花葵には、三人の稼ぎを預けてある。きょう現在で三億五千万という大金である。これだけ稼いだのだから、都心から世田谷までのタクシー代くらい請求してもバチは当たるまい。そこで樋口は意を決して踵を返し、やっぱり多少の良心の咎めを負いつつも、タクシーに向かって手を挙げたのであった。

車中で考えた。たかだか二千円か三千円のタクシー代が気にかかってならぬのに、どうして三億五千万の着服については何とも思わぬのだろう、と。

「おい、タイキ。いつまでヘソを曲げているつもりだ」

パソコンに向き合ったまま、倅は振り返ろうともしない。足の踏み場もないほど散らかった室内を片付けながら、樋口は泣きたい気持ちで続けた。

「おまえも三十の男なんだから、物ははっきりと言え。そりゃあ、いきなり来たのは悪かったよ。だがケータイは留守電、メールも一方通行じゃ不安にもなるだろう。それにしても、何だこの散らかりようは。相変わらず彼女もいないのか」

答えはない。ヘソを曲げているわけではなく、父に対して何の含むところがあるわけでもなく、要するに没入しているだけであることはわかった。背を向けたまま、指先は楽しげに踊り続けており、ときどき笑い声を上げたり独りごとを呟いたりする。

息子の住まいは邸宅街の桜並木にふさわしい、瀟洒な低層マンションであった。これがいわゆる、デザイナーズ・マンションとかいうやつであろう。シンプルな外観は住まう若者たちの知性を感じさせ、ボロアパートを想像していた樋口は、路上にしばし佇んで胸を撫でおろしたものだった。エントランスのインターホンを押すと、気の抜けた返事とともにオートロックが解除された。突然の来訪にとまどっているのだろうが、ともかく久しぶりに対面できるのだと思えば、まるで見知らぬ恋人の家を訪ねたような気分になった。

だがしかし――何だ、この荒れようは。ワンルームの室内は、まるでテロに遭ったコンビニではないか。

「この様子じゃ、おふくろも来てないようだな。実は今しがたまでマナミと一緒だったんだ。ははあ、そうか。さてはマナミから連絡があったな。自分にお呼びがかからなかったから、それでふてくされてるんだろう。いやや、すまんすまん。みんな独立したんだから、会うのもべつべつのほうがよかろうと思っただけだよ。おい、タイキ。聞いてるのか」

依然として答えはない。倅は別世界に飛んでいるのである。

それにしても、ちょっと見ぬ間に大きくなったものだ。まるで壁のような背中を見る限り、およそ百三十キロというところであろう。

「あのな、タイキ。今どきネット生活にとやかく文句をつけたって始まらんが、こんなふうに宅配ピザとカップラーメンばかり食って、日がな一日パソコンに向き合っていたら体を壊すぞ。たまには散歩をするとか、旅行に出るとか、まあそういう現実がおまえの趣味に適わないというのなら、ネットで知り合った連中とオフ会を催すとか、ともかく外の風に当たりなさい」

いったいどういう説教をしたものやら見当がつかずに、樋口はとりあえず思いついた言葉を並べた。頭の中に浮かんだイメージとしては、戦場で負傷者の応急手当をする衛生兵の気分であった。

「おまえ、三十だろ。昔から三十而立《じりつ》と言ってだな、男は三十になったら志を抱いて立ち上がるものなんだ。まあ、それほどたいそうなことを考えなくてもいいから、ともかくその椅子から立ち上がってくれよ」

倅の巨体が動くたびに、不釣合に小さなスチール椅子が悲鳴を上げる。軋みを聞きながら樋口は、息子の体よりもスチール椅子に気遣い始めた。たぶんネット通販で買われてきたのであろうが、何の因果でこのバカ息子の巨体を支え続けるはめになったのかと思えば、同情を禁じえなかった。

バカ息子?――いや、こいつはバカではなかったはずだ。

もし夢ではなかったとすると、樋口太樹という気宇壮大な名を持ったこの倅は、東大を卒業しているはずであった。むろん東洋大学でも東海大学でも、東京理科大学でも東京農業大学でもない、「東京大学」である。それも、都内屈指の進学校からの文科I類現役合格だったのだから、小役人の父親は狂喜したものであった。

まあそのあたりまでは、「樋口太樹」の名にふさわしかったのである。父親としてはほとんど確信的な未来として、「東京国税局長・樋口太樹」とか、「主計局長・樋口太樹」とか、へたすりゃ「財務省次官・樋口太樹」などという倅の名刺を、ありありと思い浮かべていた。

ところが晴れて入学したとたんから、顔色が怪しくなった。ほんの子供のころからの彼の印象であった怜悧な表情が、まるで風呂場の鏡みたいに曇ったのである。おや、と親が思うまでもなく、ははっ、と母が笑う間もなく、倅は堕落したのであった。

今にして思えば、その変容の種明かしは簡単である。要するに、高校の優等生がこぞって入学した大学で、全員が優等生になるはずはなかった。もっとわかりやすく言うなら、日本記録保持者のアスリートでも、オリンピックに出場すれば予選落ちして当たり前なのであった。

倅の変容は顔色ばかりにとどまらなかった。もともと社交性を欠いていた性格はいっそう暗くなり、自室にこもってパソコンに向き合う時間が長くなった。そうした生活の当然の結果として、みるみる肥えた。

しかしその現実を前にしても、親というのはまったくバカなもので、急激な肥満は社会全体の食生活のせいだと考えるのである。もしそれが正答だとしたら、日本国民全員がデブでなければおかしいのに、倅の責任を認めようとはしなかった。

また一方では、腐っても東大だという幻想にとり憑かれていた。大海の水を飲んでも鰯《いわし》は鰯、泥水飲んでも鯉は鯉だと、小役人の父親は信じていた。しかし、腐っちまえば鰯も鯉も同じ生ゴミなのである。

有能なキャリア官僚の中には、浪人や留年の経験がある者も珍しくなかった。そうした連中はむしろ仕事ができて人望もあり、一年や二年のハンディキャップを乗り越えて出世するのも事実であった。倅もたぶんその手合いであろうと、愚かな親は推測したのである。

かくして、六年がかりで東大を卒業した倅は、入学時のモスキート級ウェイトをスーパーへビー級にまで躍進させて、むろん公務員試験なんてはなから想定外であった。

そうとなっても、なにせ東大法学部なのだから大企業からは引く手あまたであろう、などと高を括っていたのも親バカ幻想で、きょうびの民間企業にとってはスクールネームなんて、ちゃんちゃらおかしいのであった。倅は倅なりに努力はしたようであったが、一流商社や銀行どころか、そこいらの出版社にも採用されなかった。そうした現実をつきつけられて、父親はようやく倅がすでに生ゴミであると知ったのであった。

部屋は何とか片付いた。

「ゴミは分別しておいたから、収集日をまちがえずに出しておけよ」

さすがに倅は、「サンキュー」と一言だけ呟いた。

掃除機をかけようとも思ったが、力尽きてしまった。ワンルームの三分の一ぐらいは、ゴミ袋の山になった。おそらくこの山は消えることなく、ずっとこのままになっているのだろう。

よっこらせ、と思わず声を出して、樋口はあぐらをかいた。空缶を灰皿がわりにして、煙草に火をつけた。

「あれ、やめたんじゃないの」

息子がやっと口をきいてくれた。メールで禁煙の宣言をしていたことを、樋口は思い出した。

「ときどき過ちを犯す」

アメリカの大統領のセリフを借用したつもりだったが、世事に疎い倅には通じなかったらしい。べつの世界で生きているこいつは、もしかしたらアメリカの大統領が代わったことすら知らないのではなかろうか。

禁煙を思い立ったのは、体を労《いたわ》ったからではなかった。JAMSの同室に勤務する人物が、煙を親の仇のように呪っているからである。いちいち会議室まで行って一服つけるうちに、それも次第に億劫になって、今では煙草もライターも持ち歩いているが、喫わなければ喫わないですむほどになった。

「それって、意志が強いんだか弱いんだか、わからないね」

節煙の事情を簡潔に説明すると、息子はしきりに指を動かしたまま振り向きもせずに言った。

「やめようと思えば、いつだってやめられるさ」

そう答えたとたんに、唇が寒くなった。息子に不毛な説教をしたような気がしたのだった。この東大出の三十男は、あらゆる意志を欠いている。強い弱いではなく、社会人として生きるために必要な意志を、ことごとく欠落させている。

意志なき人間。すなわち存在はしても未来の仮想はできない、こいつは完全なゴミになってしまった。

「働かないと、金がなくなるぞ」

「お金は使わないから」

「そうは言ったって、家賃だの食費だの電気代だの、バカにはならんだろう」

「そのくらいは稼いでいるから」

「どうやって？」

「ネット」

「おい、まさか株じゃなかろうな。このご時世にそんなことをやっていたら、たまったもんじゃないぞ」

「まさか。それほどバカじゃないよ」

「だったらどうやって稼いでいるんだ。手が後ろに回るような真似だけは許さんぞ」

「許さん、ときましたか」

息子はそう言ったなり、再びべつの世界に飛んでしまった。目の前には取り込み忘れた蒲団のような、大きくて柔らかい背中があるばかりだった。

バカではないと思う。稼ぎなるものがいったい何であるかは想像もつかないが、向こう側の世界からわずかな生活費を持ち帰ってくるくらいの知恵はあるのだろう。

「ママが会いたがってるよ」

遥かな空のきわみから降り落ちてくるような声で、息子の背中がぽつりと言った。

21

「へー、タイキもマナちゃんも、相変わらずなのねえ。ま、みなさんお元気で何より」

ウルトラの母というより、こいつはウルトラのバカである。

去ること三十数年前、たしかに恋愛をしたという記憶はあるのだが、あのいけな少女が同一人物であるとは、どうしても思えない。

〈突然ですまないが、これから会えないか〉

息子のマンションを出てケータイにメールを入れると、ほんの十秒で返事がきた。

〈ウッソー！　会う会う会う。今どこ？♡♡♡〉

あろうことか、一瞥して赤面するようなデコメ付きであった。

電話をすればよほど話は早かろうに、何となく気恥ずかしいのでしばらくメールをやりとりした。待ち合わせ場所に指定されたのは、いつまでたっても工事中の山手通りに面した、代々木あたりのファミレスである。

すぐ行く今行くたちまち行く、と言いながら、佳子《よしこ》が到着したのはおよそ一時間後であった。多年の実績からすると、いわゆる糟糠の妻と言えなくもないが、それはあくまで客観的評価であると樋口は今も信じている。

すでに日付の変わる時刻であった。工事現場の灯を見るでもなく見やりながら、樋口は別れた妻を待った。

かつて恋人同士であったころも、山手通りのこのあたりは工事をしていたと思う。それどころか、樋口が物心ついてからずっと、工事中ではない山手通りというものは見たためしがないような気がする。

小役人たちがしばしば酒の肴にする、「東京の七不思議」のひとつがここであった。どこを称して七不思議とするのかは忘れた。思いつく限りに並べると、たとえば飯田橋駅前交叉点とか、環状七号線の高円寺陸橋とか、この山手通りの中野坂上から代々木にかけてとか、ともかく永遠に工事中である場所が、都内には七ヵ所あるという。

それらはただの工事ではなく、核シェルターの通用口であるだの、地下に軍事用の道路を張りめぐらしているだのという俗説を聞けば、いわゆる都市伝説というところで落ち着くのだが、ごく自然に考えればひたすら予算を消化するため、ということになるのであろう。確信はあっても都市伝説の先に話を進めぬところが、酒席における小役人たちの見識であった。

しかしきょうばかりは、この七不思議の風景が他人事とは思えなかった。ファミレスの窓ごしに工事現場の光を見つめているうち、自分の人生がやはり何の目的意識もない、ひたすら予算を消化するだけの日々であったような気がしてきたのである。

もしや家族は、ちっともバカではなくむしろ聡明だったのではあるまいか。夫であり父である人の人生が徒労であることに気付き、これ以上その人生に付き合うこと、あるいは同じ轍を踏むことを怖れて、去って行ったのではなかろうか。

夜更けのファミレスに客は少く、がらんとした店内を工事現場のライトが、まるで舞台の書割《かきわり》を照らすように白く染め上げていた。

やっと待人が来た。もしかしたら他人の空似かもしれないが。

「慎ちゃぁーん、待ったァ?」

やはり佳子である。ついに長年の悲願であったダイエットに成功したらしい。倅はちょっと見ぬ間に大きくなっていたが、かつての妻はずいぶん細くなり、美しく若々しく変貌していた。

だにしても、人を一時間も待たせておいて、「待ったァ?」はなかろう。

久しぶりに会おうとするからには、自分だって相応の決心を要したのである。バカ娘とバカ息子の現状に苦悩し、このままではいけないと思いつめ、待たされる間には工事現場の風景にすら哲学をしていたのである。

少くとも、いくらかの身構えはしてきてほしかった。この夜更けにいったい何ごとかとドギマギしながら来るとか、今さら何の用事よと冷ややかな態度をとるとか、あるいは多少の心残りを感じさせるとか、せめてそれらしい哀愁みたいなものを漂わせているとか。

「ねえねえ、私、痩せたでしょ。やっぱりダイエットはお金かけなきゃダメなのよねえ。信じられる？　八ヵ月で十三キロよ。もう、体が軽い軽い。というわけで、せっかく誘ってもらったけど、私、何も食べられないからね。夜の八時以降は水分だけなの。あんたはお食べなさいよ。私のことなんか気にしなくていいから」

気にするつもりなどさらさらないが、誤解されても困るのでありのままを答えた。

「今さっき、マナミと食事をしてきたんだ」

「あ、そう。だったらおなかはいいわね。ちょっとウェイトレスさあん。ハーブティーをひとつと――あんた、何飲む？」

「俺はコーヒーのおかわりでいい」

「眠れなくならない？」

「いや、このごろよく眠れるんだ。すっかり早寝早起きになったから、この時間なら目覚しのコーヒーを飲むくらいでちょうどいい」

佳子は大声で注文をした。相変わらず声のデカい女だ。そのうえトーンが高くて早口で、たぶん寝つきがよくなったのは、この声を聞かなくなったからだろうと樋口は思った。

「へえ、いいとこあるじゃないの。マナちゃんとデートですか」

「ああ。あいつ、どうなってるんだ。働きもしないで男と遊び回っているらしい」

「知ってるわよ。でも、もう大人なんだから、親がどうこう口を挟む話じゃないわ。そんなことよりさあ、私、痩せたでしょ」

「あのなあ、肥ったとか痩せたとか言っている場合じゃないだろう。マナミとメシを食ったあと、タイキのマンションも覗いてきたんだが、君が痩せた分だけあいつは肥えていたぞ」

「あ、そう。つまり肥ったとか痩せたとかいう話ね」

佳子はバッグから煙草を取り出すと、見覚えのないしぐさで火をつけた。かつてはあれほど毛嫌いしていた煙草である。

「あんた、やめたの？」

「いや。ずいぶん減らしたがね」

「私、始めたのよ」

「今どき珍しいな。どういう風の吹き回しなんだ」

樋口も煙草をくわえた。わだかまる煙の中で、妻の姿が遠のいてゆくような気がした。まだ垢抜けぬそぶりで煙草を吹かしながら、佳子はそのとき耳を疑うような言い方をしたのだ。

「へー、タイキもマナちゃんも、相変わらずなのねえ。ま、みなさんお元気で何より」

やっぱりこいつはウルトラの母などではない。ウルトラのバカである。

男は少しずつ変わってゆくが、女は何かの拍子に突然変わるものだと、聞いた覚えがあった。つまりその自然の摂理の標本がこれ、ということであろう。

それからかつての夫婦は、まるで映画の場面でも思い出すくらい無責任に、子供らの歴史を語り合った。何を今さらという気がしないではなかったが、罪のない話題といえばそれしか見当たらないのでは仕方がなかった。

話しながら樋口は、佳子がこれほどまでに変わってしまった原因について考え始めた。

男は少しずつ変わってゆくが、女は何かの拍子に突然変わるのである。その「何かの拍子」が、「離婚した拍子」ではないような気がしてきたのだった。

はたして佳子は、話のついでのようにアッサリと、言うまでもない既知の結果をあらためて報告でもするように、信じ難いことをしゃべり始めた。

「彼ったらね、俺は煙草をやめるつもりはないから、いやだったらおまえも喫えよ、って言うのよ。ずいぶんな言い方よね。でもそこは惚れた女の弱味でさ。なにしろ彼は、私よりか七つも下ですからねえ。バツイチだけどお金持ちだし、スポーツジムの経営者だからムッキムキなのよ。そりゃ私だって本気でダイエットするわ。ご要望とあらば五十で煙草も覚えるわよ。あら……慎ちゃん、どしたの？　もうおねむになっちゃったのかしら。ま、そんなわけですから、タイキもマナちゃんも慎ちゃんも、みなさんお元気で何より」

光と煙の向こうに、三十年の時間が遠ざかってゆく。

何ら目的意識がなく、あてがわれた予算を消化することだけが使命であった工事の、完成した姿がこれなのだ。そう考えれば、この結末には何の矛盾もなかった。

もしひとつだけ反論を許されるとしたら、「僕は君のことをただの一度もおまえと呼んだためしはない」という不満であったが、それすらも口に出せはしなかった。

樋口慎太郎はついに決心した。もう迷うことは何もない。無意味な工事を終わらせ、使い切れぬ金を抱えて新たな人生に踏み出そう。

レシートをつまんで立ち上がり、見ちがえるほど美しくなったかつての妻を見くだして、樋口は言った。

「おまえも、バカじゃなかったな」

捨てゼリフとしてはそれほどスマートではないが、あんがい勇気は必要だった。

22

〇六三〇《まるろくさんまる》。

六畳一間に台所が付いただけの古アパートに、起床ラッパが鳴り響く。

大友勉はガバとはね起きた。通常の起床時刻は〇六〇〇《まるろくまるまる》であるが、自衛隊駐屯地の慣習に則り、十二月一日《いっぴ》からは〇六三〇の冬期時刻となった。

ラッパを吹鳴しているのは、退官記念に師団司令部から贈られた目覚し時計である。除隊式当日の朝、師団長閣下からじきじきに頂戴した。

「大友さん、長い間ごくろうさまでした。つまらんものですが、幹部一同の心づくしです」

両手で抱えるほど大きく、かつ持ち重りのする箱であったから、これはきっと金ピカの師団章を象嵌《ぞうがん》した立派な楯にちがいないと思いこんでいたのだが、開けてみたら本当につまらんものであったので落胆した。

公用以外の外出をめったにしなかった大友は、駐屯地内の売店の品揃えを知悉していた。そのラッパ付き目覚し時計は税込3980円で、しかも売店の棚に少くとも五年かそこいらは、交代の来ぬ歩哨みたいに残置されていた代物であった。

さらには、師団長の言の通りに「幹部一同の心づくし」の品であったとすると、その「心づくし」はおおむね一人あたり百円であった。

まあ、そんなことはどうでもよかろう、と大友は除隊後にユニクロで買ったトレーニングウェア、もとい市中の量販店で買った運動着に着替えて、颯爽と朝の街に駆け出した。

アパートの所在地は京王線の笹塚である。できれば九段の靖國神社の近くに住みたいと思っていたのだが、探してみるとてんで予算超過であった。なにしろ三十七年間にわたり、この上ない職住近接の環境に置かれていたので、通勤距離は大問題であった。

上京にあたり、民間家賃の相場を旭川市内で調査したのがそもそもまちがいであった。それでも京王線の笹塚駅から歩いて十三分の地点に確保したアパートは、何とか五万円未満の家賃であり、神田の勤務先までは徒歩圏内と思えた。

甲州街道を直進すればほぼ十キロ、時速六キロメートルの行軍速度で進めば、途中で靖國神社の参拝をしても二時間以内には到着する。例のまったく判読不可能な交通路線図に頭を悩ますよりも、その結果としてたとえ一分たりとも辛抱たまらぬ満員電車に押しこまれるよりも、ずっと正当な判断であると確信したのであった。

むしろ、東京都民は堕落していると思った。歩くという行為は、あらゆる人間的行為の基本であると信ずるがゆえである。

しかし、大友勉のその信念は徒歩通勤一日目にして挫折した。東京都心の空気は汚染されており、排気ガスを吸いながら二時間を歩くということが、生理的に耐え難かったのである。とりわけ新宿駅南口の高架を過ぎた、長いトンネルの中は最悪の状況であった。排気ガスに免疫性のない大友の肺はたちまち変調をきたし、まるで百キロ行軍で落伍する新隊員のごとく、後続のジープならぬタクシーに拾われたのであった。

その後は致し方なく、電車で通勤することにした。満員電車は耐え難いが、なあに物は考えようで、それはけっして通勤ではなく訓練だと思えばよいのであった。精神と肉体の耐え難きを耐えること、すなわち訓練だからである。しかもこの訓練には、大友勉の人生にほとんど無縁の女性と、何ら他意なく近接し、掌ならばまずかろうけれど手の甲ならば黙認されるという、夢のような余禄があることも知った。

起床ののち、大友はアパートの近辺を走り回る。自衛隊の課業でいうところの、「間稽古《まげいこ》」である。

寸暇を惜しんで訓練をする、という意味であろうか。おそらく世界中の軍隊はどこも同じであろうが、ともかく兵隊は起き抜けに一仕事するよう習慣づけられているのである。

東京もまんざらではない、と大友は走りながらいつも思う。

幹線道路ぞいや盛り場の空気はどうしようもなく汚れているが、脇道に一歩入ればあんがい緑が豊かで、風も澄み渡っている。早朝から散歩している老夫婦、あるいはけなげに走っている若者も多い。

環境が悪ければ悪いなりに、人は緑を大切にし、体を労ったり鍛えたりするらしい。

都合のよいことに、アパートの目の前は遊具を備えた公園になっている。「児童公園」と称しているわりには、そこで遊ぶ児童の姿を見かけたためしはなかった。

その公園に走りこむころには、五十五歳の肉体も適度にほぐれ、軽く汗を流している。

ベンチに両足を乗せて、腕立て伏せを百回。このごろつらくなったのは気のせいだろうか。体重は変わっていないから、やはりどこかに脂肪が付いた分だけ筋肉が減ったのであろう。

間稽古の仕上げは、「自衛隊体力向上運動」である。これはその名の通り、門外不出と思われる体操で、朝晩たゆみなく行っていれば何をせずとも筋肉は維持されると言われている。

日本中の駐屯地や基地で、あるいは護衛艦の甲板で、「自衛隊体力向上運動、ヨーイ、始メッ！」の号令一下、この体操はひそかに励行されているのであった。

実に日本的であることには、この体操は畳一枚の挙動範囲しか必要としない。それでいて、常人ではまったくついてゆけぬくらいの過酷な筋力を要する。そうした完成度からすると、これはたぶん旧帝国陸海軍から伝承されてきたのではあるまいか、と大友は睨んでいた。

軍隊式の体操といえば、かつて一世を風靡した「ビリーズブートキャンプ」を思い起こす。何でもあのビデオやＤＶＤは通販業界空前の大ヒット商品となったらしい。「最強の五十一歳」と呼ばれたビリー軍曹は、きっと大金持ちになったはずである。

しかしあんがい長続きしなかったのは、ひとえにアメリカ人と日本人の体力差であろう。米国陸軍の「体力向上運動」はアメリカ国民には可能であっても、日本人にはやはり無理があった。

大友勉にはひそかな夢がある。帝国陸海軍から自衛隊に伝えられた、いわばつごう百三十年におよぶ間稽古の精華たる「体力向上運動」を商品化し、通信販売を通じて世に問うのである。

作戦計画はすでに完璧であった。

背景は富士山。これははずせない。できれば万朶《ばんだ》の桜花。ということは、駒門《こまかど》か滝ヶ原の駐屯地内が望ましい。

体操のモデル、もとい教官はむろん「最強の五十五歳・大友勉」である。もし叶うことなら、（予備自衛官・一等陸佐）という添書きもほしいところだ。その階級だけだって、ビリー軍曹の敵ではあるまい。

女は無用である。ビリーと一緒に運動をする女性たちはたしかに魅力的ではあるが、やはり男女がともに汗を流すという場面には猥褻《わいせつ》感がある。習志野の第一空挺団あたりから現役バリバリの陸士長を動員して、全員に旧軍以来伝統の格闘着、すなわち純白の立襟襦袢袴下《じゅばんこした》で整列させ、「自衛隊体力向上運動、ヨーイ、始メッ！」である。

日本国民はビリーの体操にはついてゆけなかった。しかし日本人のために考案されたこの体操ならば、努力次第で理想の肉体を獲得できるはずである。

門外不出、いわば秘伝の奥儀を商品化するには、自衛隊内部からの抵抗もあろう。しかし国民の理解を得んとすれば、これにまさる広報活動はあるまい。支援は惜しまぬはずだ、と大友は読んでいる。

唸り声を上げながら何とか百回の腕立て伏せをおえ、晴れ上がった冬空に胸を反り返らせて深呼吸をした。

夢を実現させるためには、軍資金が必要である。

これといった道楽もないわりには、思いのほか貯金はなかった。いったい何に使ったのかと自問しても答えは見つからぬ。要するに貯金というものは、よほどその気にならねばできぬのだと知った。

では、三十七年間を勤め上げた退職金はどうかというと、こちらも思いがけずに少かった。規定により月額俸給の五十倍程度、とは聞いていたが、とうてい悠々自適の余生を過ごすに足る金ではなかった。しかも衝撃的であったことには、旭川ならばともかく、東京ではワンルームのマンションすら買えず、かと言ってアパート住まいのままでも諸物価に照らせば、せいぜい三年か四年で食い潰してしまいそうであった。

つまり、「ビリーズブートキャンプ」の日本版「自衛隊体力向上運動」を世に問うための軍費としては、てんで不足であった。

企画ごと「ジャパネットたかた」に売りこむ、という手も考えぬではなかった。しかし、立て板に水のごとく商品説明をする人物が、アナウンサーではなく同社の社長であると知ったとたん、その作戦は思いとどまった。企画に絶対の自信があるだけに、まるごと食われちまいそうな気がしたのであった。

だったらいっそのこと、自衛隊の広報に持ちこもうか、とも考えた。しかし戦闘機の買い付けだって自力ではできぬ自衛隊が、自前で「体力向上運動」を商品化できるとは思えず、きっと業界大手の「ジャパネットたかた」に丸投げするだろうと思った。では、どうする——。

大友勉は深呼吸をおえたあと、気合をこめて「体力向上運動」を開始した。

きつい。ものすごく、きつい。これから重武装で駐屯地を一周してこいと命ぜられたほうが、ずっとマシなくらいきつい。そのきついことこの上ない運動が、何ひとつ器具も使わずわずか畳一枚の挙動範囲内で実行できるのであるから、「ビリーズブートキャンプ」どころか、きょうび大評判の「加圧トレーニング」だってくそくらえなのであった。

この体操を商品化することによって、大金持ちになる。いや、日本人の健康増進に寄与し、強い日本とたくましい日本人を復活せしむるのだ。

やはり夢はみずからの力で実現するべきである。難しい話ではあるまい。軍費さえあれば可能なのである。まず、会社を設立する。不景気の折であるから、ハローワークに登録しておけば必要な人材はすぐに集まるであろうが、やはり自衛隊の就職援護班を利用するべきであろう。

民間には知られていない自衛隊の底力を知るがいい。坊主と葬儀屋以外の専門職は、すべているのだ。つまり古今東西、軍隊というものはその存在自体がひとつの小社会として機能できるよう作られている。

たとえば自衛官が病気になっても、民間の病院の世話になる必要はない。全国の自衛隊病院には防衛医大を出た医官と、階級章を付けた看護師がいる。技師も薬剤師も自衛官である。施設隊という大工の職能部隊もある。三度の食事は調理師の資格を持つ糧食班の隊員が作る。すべてがその調子であるから、あらゆる営みは外注せず、自給自足とするのが原則なのである。

ということは、就職援護班に必要な人材を希望すれば、任期を満了する若い隊員、あるいは中途で依願退職をする熟練の下士官をはじめ、民間よりも早く定年を強いられる幹部将校まで、よりどりみどりで採用することができる。

肉体は頑健である。根性もある。社長が「予備一等陸佐」ならば、命令には絶対服従する。何よりも全員が、「体力向上運動」の効果を身をもって体験している。

映像の収録には「写真中隊」の除隊者を使えばよい。ビデオやDVDの専門職である。営業には若くて威勢のいいレンジャー出身者を、商品管理には几帳面な補給関係を、運搬には輸送隊の操縦手を採用する。何だったら手っとり早く、社員こぞって出演するというのはどうだ。

あれこれ夢を膨らませているうちに、本日の「体力向上運動」はつつがなく終わった。所要時間はたったの七分間である。つまりたった七分で余剰カロリーをことごとく消費し、無病息災を保証するのがこれであった。

美容効果については主眼目ではないのだが、不要な筋肉は持久力を損うので、どこの国の軍隊にもあんがいマッチョはいない。つまり軍隊式の訓練をしていると、いわゆる「ＧＩヒップ」に代表されるような、無駄なくメリハリの利いた肉体ができ上がる。「体力向上運動」にその効果が期待できることは、疑いようもなかった。

やはり、唯一の問題は軍資金である。

「おおっし！」

罪もない通行人や、公園の片隅で暮らすホームレスを脅《おびや》かして、大友勉は吠えた。

金ならある。

ことの善悪はともかく、たぶん犯罪とはみなされぬ大金が、実はあるのだ。三等分したところで軍費には十分な、億万になんなんとする大金である。

夢の実現を、大友は確信した。

〇八〇〇《まるはちまるまる》。

大友勉はようやく体になじみ始めた背広を着て、アパートを出た。

十二月になったことでもあるし、そろそろコート、もとい外被《がいひ》を買おうかと思った。そしてそう考えるそばから、おのれを怪しんだ。

寒さを感じたのである。折からの暖冬で、師走とはいえ道行く人もみながみなコートを着ているわけではなかった。寒くなければ着る必要がないのは道理である。

だが、大友ははっきりと寒さを覚えた。ふと気が付けば、片方の手をズボンのポケットに入れていた。制服を着ていたころにはけっしてありえなかった動作を、思わずとっていたのである。五十五歳。その年齢にまちがいはないが、どこか他人事のように考えている。しかしときどきこんなふうに、揺るぎない事実として感ずることがあった。去年までの冬を過ごした旭川に較べれば、毎日が春のような東京の陽気であるのに、体の芯が凍えていた。

歩みも遅くなったような気がする。こうして駅まで歩くにしても、追い抜く人の数よりも追い抜いてゆく若者のほうが多い。少くとも、すでに行軍速度の時速六キロではあるまい。

自衛官が短命だという噂を聞いたことがある。肉体は鍛えた分だけ長持ちするのではなく、使った分だけ減るという説である。言われてみればなるほど、退職した先輩たちはあんがい早くに死んでいる。

たしかに、頑健な肉体が長寿を保証するわけではなかろう。たとえばスポーツ選手は必ずしも長命ではない。むしろ坊主だの学者だの、筋肉を使わぬ職業のほうが妙に長生きであるように思える。

だとすると、鍛え上げた肉体ほど急激に衰えるのではあるまいか。

五十を過ぎたころから、大友はその仮説を気にかけるようになった。退官して生活環境が劇的に変化すると、仮説は仮説でなくなった。東京の蒸し暑さがひとしお身に応えたこの夏には、確信に変わった。

プラットホームは長蛇の列である。ラッシュアワーに乗り合わせる人々のほとんどが、自分よりずっと齢下であることに、大友はこのごろになって気付いた。

勤務先までの通勤経路はさまざま考えたが、結局は笹塚駅から都営地下鉄で小川町まで行き、その先は歩くことにした。乗換がなく単純な道程であるのは何よりである。

電車が来た。押したり押されたりするうちに、自分が卑小なものに思えてくる。腕力だけなら負けるはずはないのだが、若者たちの肉体の存在感に圧倒されてしまう。

考えすぎてはならない。人ごみに慣れていないだけだ、と大友はおのれに言い聞かせた。しかし笹塚駅を出た電車が地下鉄の暗渠《あんきょ》に滑りこむと、少しも思いこみではない確たる証拠が、目の前に映し出されるのだった。

屈強な若者たちに囲まれて、何とか吊革にすがりついているハゲ頭の老人は、紛れもなく自分なのである。たしかに肩幅は広く胸も厚いが、その肉体にはすでに実力が伴っていないことは明らかだった。

どれほど視力に自信があり、どれほど注意力にすぐれていても、けっして自分の目に見えぬ人間が世界にただひとりだけいる。ほかでもない自分自身である。だからたいていの人間は、自分が最も華やいでいた時代の姿を心の鏡にとどめて、誰の目にもそう映っているにちがいないと誤解している。その錯覚に気付いてさえいれば齢なりに尊敬もされ、大人になることも美しく老いることもできるのだが、それはなかなか難しい。

これが俺だ、と大友勉は闇の鏡に映る老人の姿を注視した。

セルフイメージという言葉は知っている。母国語が横文字に侵略されている現状は嘆かわしいが、残念なことに日本語にはこれにかわる適切な表現が見当たらぬ。世界中で自分ひとりが見ることのできぬ自分の実体のかわりに、自分ひとりが勝手にそうと決めている自分自身の姿。セルフイメージという外来語を正しく日本語で訳せば、そういうことになろうか。もとい、と言うにはあまりに長すぎる。

では、自分の場合のセルフイメージは、いったいいくつのときのものなのだろうと大友は考えた。

最も華やいでいた時代の姿。たぶん、三十五歳ぐらいであろう。

一兵卒として入隊してから、大学の通信教育を履修して幹部候補生の資格を得たのは、三十歳であった。防衛大学校や一般大学を出た将校に較べればいくらか薹《とう》はたっていたが、そのぶん叩き上げの経験は矜りであり、武器でもあった。

三十五歳といえば、二等陸尉に昇進して連隊の運用訓練幹部か、副中隊長を務めていたころであろう。体力の衰えはなく、経験も豊富で、苦労人の経歴は多くの部下たちから尊敬されていたと思う。つまり、最も華やかであった時代である。

どうやらそのあたりが、今も自分のセルフイメージであるらしい。

地下鉄の駅が過ぎるたびに、暗い窓に映る乗客は入れ替わる。このハゲ頭の老人が消えてくれないものかと思うのだが、市ヶ谷駅でも九段下でも、彼が下車する気配はなかった。

神保町を過ぎたところで、大友勉はばかばかしい期待を捨てた。どう考えても、これが自分自身なのだ。

夢が遠ざかってゆく。「自衛隊体力向上運動」の通販計画は、愚かしくも自分を三十五歳だと信じている老人の、見果てぬ夢に過ぎなかった。このハゲ頭とたるみきった肉体のどこに、大それた事業を起こす力が残っているものか。

やっぱりビリー軍曹は偉大だ。というより、かつて誤てるセルフイメージに基いてかの国にしかけた戦争は、やっぱり痛恨事であったと、大友勉はしみじみ考えこんだ。


〇八三〇《まるはちさんまる》。都営地下鉄線小川町駅到着。すみやかに下車。

当たり前のことではあるが、窓の中の老人もすみやかに下車した。

外堀通りを南に指向して前進。目標までの所要時間は通常の行軍速度で十一分。しかしこのごろはなぜか十五分を要するので、到達時刻は〇八四五《まるはちよんごお》の予定である。

相変わらず追い越されてゆく。情けないことには、パソコンを入れた鞄を見苦しくも肩から斜めに掛けた若者ばかりか、見るだにあやういハイヒールをはいた女性会社員までもが、潔い大股で、並ぶ間もなく大友を追い抜いてゆくのであった。

「体力向上運動」の通販計画が、見果てぬ夢であることはわかった。しかし、けっして夢ではない現実がある。

三人が鶴嘴を振るって掘り出した金塊。現時点での戦果は、おおむね三億五千万円にのぼる。計算は不得手だが、一人あたま一億円超、というぐらいはわかる。

この途方もない金額は全然実感が湧かないのだけれど、もし通販計画をあきらめて自分のためだけに使うのだとすると、要するに「可ならざるなき」人生が約束されるのであろう。

そう考えたとたん、大友勉の歩みは急に速くなった。唇がだらしなくほどけ、昭和的表現を用うれば、「海に向かってバカヤロー！　と叫びたい」気分になった。

これはたぶん、れっきとした横領であろうとは思うのだが、諸般の状況を鑑みるに、どうともそうとばかりは言えぬ。

借りたものを返すのは当たり前にしても、法的時効を過ぎていればその行為は、「善意」もしくは「誠意」によると言えるであろう。そうした善意なり誠意を、正当な業務上の成果として受領しながら、巨悪の懐に納めるというのは横領にまさる罪にちがいない。

通販作戦の挫折が明らかとなった今、指向すべき目標はひとつしかなかった。

国民の善意を巨悪の手に委ねず、早い話が山分けしてズラかる。もとい、すみやかに戦線を離脱する。

年末年始の旅行客でごった返す成田空港において戦闘序列を解除し、栄光の人生に向かって各個に前進。

そこまで考えると、大友の足はいっそう速くなった。今しがた追い抜かれた若者たちを、次々と並ぶ間もなく躱して歩みを進めた。

やはりビリー軍曹など物の数ではない。俺こそが最強の五十五歳だと大友は思った。

可ならざるなき人生。ならばどこへ飛ぶ。昼寝の夢うつつに聞いたところでは、たしか慎ちゃんはパリに住みたいと言っていた。アオイが飲んだくれて口にしたマイアミかアカプルコも、地球上のどこにあるのかはよく知らないが、たぶん既定の計画なのであろう。

ともあれ戦闘序列解除ののちは、たがいの人生に関与せぬことが望ましい。

南太平洋の楽園、タヒチ。たぶん先次大戦の戦線より外にあったはずだ。そこならば悲しき民族の記憶に苛《さいな》まれることもなく、かつ可ならざるなき人生を満喫できるにちがいない。

大友は海に向かってバカヤローと叫びたい気分をかろうじて押しとどめながら歩き、そして突然、ハタと立ち止まった。後続する若者たちはみな、次々とその背中に激突した。

顰蹙《ひんしゅく》を省みず路上に立ちすくんだまま大友勉は、全弾を撃ちつくして孤立した機関銃座の指揮官のごとくに叫んだ。

「パスポートがない！」

23

今年もまた、このいまわしい日がやってきた。

そもそもクリスチャンなんてめったにいない国なのに、どうして一ヵ月も前からこの日の準備が始まるのだろう。「メリー・クリスマス」のデコレーションは日を追うごとに濃くなっていって、まるで三百六十五日の頂点がこの日とでもいうような大騒ぎになる。お釈迦様の誕生日なんて誰も知らないのに。

イエス・キリストの生誕を心から祝福する人々は、たぶん騒いだりしないと思う。教会に行って、敬虔な祈りを捧げるにちがいない。つまり「メリー・クリスマス」の〝Ｍｅｒｒｙ〟そのものが、すでに宗教的ではない。

そうした疑問を立花葵が感じ始めたのは、いつごろからだっただろう。たぶんそれを口にすれば、かわいそうな女に見られてしまう年齢になってからだと思う。

子供のころはそれなりに楽しかった。プレゼントがもらえたし、ごちそうが食べられたし、父はいつもより早い時間にケーキの箱を抱えて帰ってきた。なぜイエス・キリストの誕生日がこれほどめでたいのかという素朴な疑問はさておき、子供にとって幸福な日であることはたしかだった。

大学に通うために上京して独り暮らしを始めたとたん、この日が商業主義のもたらした一大イベントであると気付いた。イエス・キリストの誕生日というタテマエの、資本主義記念日である。よりによって十二月二十五日とは、まったく何てうまい日にお生まれになったものだ。一年の終わりのこの日をめざして、やれバーゲンだのプレゼントだの、ディナーだのパーティだのと、消費は否が応でも活潑になり、株価は上昇し、どのような景気であろうがとりあえずは、めでたしめでたしと年が暮れる。キリストの福音といえば、その通りである。

そう考えれば、たとえ商業主義的イベントという欺瞞があるにせよ、悪い習慣ではない。非難する資格があるのはご本人のイエス・キリストと、神の国に近いほんの一部のクリスチャンだけであろう。

ではなぜ立花葵にとって、この日が一年のうち最もいまわしいかといえば、いつのころからか「イブを恋人と過ごす」という奇妙な習慣が始まったからであった。

昔はなかったはずである。昔、という言い方はつらいけれど。家族がプレゼントを交換し、クリスマス・ケーキを切り分けてなごやかに過ごした。まあそれはそれで、やっぱりちょっとつらいけれど。

ともかく、「イブを恋人と過ごす」という習慣の言い出しっぺは、商業主義者よりもっと罪深いと、立花葵は思うのである。かつて家族がいないというだけでも、この一夜は十分に差別的であったのに、さらに恋人がいないとなれば、まったく救い難い「クリスマス・イブ難民」となるほかはなかった。

むろんこの呪わしき習慣が世に広まってから、ずっと恋人がいなかったわけではない。しかし、なぜか十二月二十四日の夜に限ってはいないのである。

若い時分は自分のせいか相手のせいかは知らないけれど、恋愛が長く続かなかった。おおよそのパターンは、春に発情して灼熱の一夏を過ごし、秋風とともに冷めていって、クリスマスの前には別れた。

いくらか齢がいってからは、男が妻子持ちか、またはそうと知らずに二股をかけられていた。つまり「イブ難民」の中でも最も救い難い種族であった。

来年こそ、と誓いつつ今年もまたいまわしき日がめぐってきたのである。

しかしそれにしても、なぜ毎年こうしてコンビニに立ち寄ってしまうのだろう。学習能力に欠けているのか、難民としての心得に乏しいのか、クリスマス・イブに近所のコンビニで食料を買う姿ほどみじめなものはないと知っているのに。

入っちまったからには仕方ないが、せめて去年のようにちっぽけなクリスマス・ケーキを買うのだけはよそう、と立花葵は思った。

黒いコートの裾を翻し、なるたけ大股で、きょうって何の日？ というぐらいの超然たる態度で買物をサッサとすませれば、店員にチラリと睨まれることもないだろう。

で、なるたけサッサと買物をすまそうとしていたら、見知らぬ声に呼び止められた。

「あのー、ちょっといいですか」

冷蔵庫の前に屈みこんだまま、葵は一缶だけつまみ出したカクテルをあわてて元の場所に押しこんだ。

「はい、何でしょう」

足元から見上げれば、あんがいイケメンの青年である。スーツの趣味は悪くないが、何とも色気のない仮着のようで、入社一年目にして早くも落ちこぼれたやつ、というところか。

「えーと。あのー」

言葉が続かない。会議の席で立ち上がったはいいが、頭がまっしろになってしまった新人君みたいだ。

「探し物なら店員さんに訊いてね」

たぶん声をかけた理由はほかにある。

推測その一。葵自身はまったく失念しているが、かつてどこかで見知っていたやつ。たとえばJAMS本部の新人職員とか、銀行員のころに面接試験で叩き落とした学生、とか。

推測その二。年末のノルマに追われた、インチキ化粧品か美容器具のセールスマン。いくら切羽詰まったからといって、クリスマス・イブにそこいらのカフェで商品説明はないでしょうに。

推測その三。怪しいカルト系宗教の勧誘員。それならばわざわざこの日を選ぶのも不自然ではない。もしよろしかったら、これからミサに、ですか。

立花葵は青年と胸を合わせるようにして立ち上がった。

「どこかでお会いしたかしら」

「あ、いえ……」

「キャッチ・セールスとか通販とかは、頭から信じないたちなの」

「そ、そうじゃないです」

「神も仏もない人生だったからね。今さら何にすがろうとも思わないわ」

「あの、あの、そういうんじゃありません。もしよろしかったら……」

男が声に詰まったとたん、葵も息が止まった。まさか、とは思うけれど、他の可能性を消去してしまえば答えはひとつしか残らない。こりゃナンパだわ。

「もしよろしかったら、何よ。言ったァんさい」

「えーと、やっぱやめときます」

カチンときた。そっちから声をかけておいて、面と向きあったとたんやめときますはないでしょう。

「なるほど。要するに君は、後ろ姿に惑わされたってわけね」

つい先ほど、今晩ばかりは予約なしでもオーケーの美容院に寄ってきたばかりである。考えてみれば美容院からコンビニというのは、毎年お定まりのコースだった。

「いいえ、ちがいます、ちがいます」

「否定肯定の重複は避ける。ビジネス・トークの基本よ」

「は？　あ、はい。ちがいます。さっきからずっと、きょうこそ話をしたいなと思って。よく見かけるんです。ここで」

「よくお見かけするんです、でしょ」

「はいはい。いえ、はい。よくお見かけするんです。すんごくきれいな人だなって。あの、そんなわけで、やっぱやめときます。誤解しないで下さい」

未熟な男だが、未熟なりに嘘はあった。よく見かけるわりには、こちらにはとんと見覚えがない。それほどまで思いつめて声をかけたのなら、やっぱやめとくわけはない。いや何よりも、へたすりゃ親子ぐらい齢の離れた女を、すんごくきれいな人だなんて思うはずはない。

青年の肩ごしには雑誌の棚があって、どうしようもない難民の男どもが背中を並べてエロ本の立ち読みをしていた。

立花葵が真相を悟るには、〇・三秒もあれば十分だった。

その難民のうちのひとりが、この際誰だっていいやという気分になって蛮勇をふるったのである。つまり葵は、まともに狩もできぬ弱っちい狼の目に留まった、任意の羊であった。任意、というのはつまり、自由意志という意味ではなく、とりあえず、ありあわせ、いいかげん、ランダム、という程度の意思である。
しかし、そのような貶《おとし》められた羊にも、羊の論理というものはあった。狩る者、狩られる者という力学を否定しさえすれば、まあなんておいしい話なんでしょう。

そこで〇・三秒ののち、立花葵は「逃げるなよ」という威迫の気合で男を呪縛しつつ、冷蔵庫の中から二缶のカクテルを取り出した。

「これ、おいしいのよ。あるようでなかった、カクテルの缶詰」

男女の間の力学というものは、ある瞬間に突然、まったくコペルニクス的な逆転を見るのである。そうした未来を予測できるかどうかは才能ではなく、経験でしかないというところに、恋愛という行為の公平さはあった。つまり経験豊かな人間は男と女とにかかわらず、常に恋愛の主導権を握っているのである。経験という万能の実力に格差があれば、まさにやりたい放題、相手を再起不能というぐらいグッチャグチャに叩きのめしてもなお、これっぽっちも後悔させぬくらいの貴族的ビヘービアさえ保つことができるのである。

というようなことを、続く〇・五秒くらいの間に考えおえて、立花葵は大股でレジへと向かった。

「へえ。そうだったのォ。ま、会社っていうのはそんなものよ。あなたももうちょっと大人にならなくちゃね」

とか何とか、顔見知りの店員の手前、意味不明のセリフを吐くことも忘れなかった。弱っちい狼は頭まで弱いらしく、キョトンとした。

「え？……」

「え、って、あなたねえ、目配りが悪いのよ。責任を上司からおっつけられるというのは、状況判断が甘い証拠」

「あ、はあ……」

「このご時世、ご近所にほかのコンビニがないのと同様、職場だってほかにはないんですからね。目配り気配りは大切よ」

そこまで聞いて、男はようやく意味不明のセリフの意味を理解したようだった。

「そうですね。はい、先輩のおっしゃる通りです。勉強になりました。あの、勘定は僕が」

バカ、と葵は声に出さずに唇だけで言った。

とっさの演技が功を奏して、店員の表情には疑念のかけらもなかった。酒、つまみ、サンドイッチ。勘定をすませたとき、ビニール袋の中に男まで放りこんだような気分になった。

「行くわよ」と肩ごしに声をかけて、立花葵はコンビニを出た。ガラスの向こうに哀れな難民たちの視線を感じたが、知ったことではなかった。

思惑通りにことが運んだはずなのに、青年はすっかり腰が引けてしまったらしい。葵から半歩さがって、申しわけなさそうについてきた。

「あのう、よかったらうちに来ます？」

「知らない男の家に上がりこむほど不用心じゃないわ」

「知らない男を自分の家に上げるほうが不用心だと思いますけど」

「ひとつ教えておくわ。安全か危険かを判断する前に、行動の主導権を握りなさい。いくら判断力があったって、他人の言いなりになっていたら無力と同じよ。状況はいちいち判断するんじゃなくって、自ら創造する。ビジネスの心構えだわ」

「す、すごいっすね」

「ま、言われてできることじゃないけどね。あなたもあと二十年ぐらい現場で苦労すれば、自然に身につくと思うわよ。きょう私に聞いて、その二十年が十五年になったはずだけど。ところで、お名前は」

「あ、申し遅れました。僕はサイトウ――」

「はい、サイトウ・ヨセフさんね」

「はあ？」

「私はタチバナ・マリア」

「えーと。それって、行きずりの人には本名を告げる必要がないということですか。それはいくら何でも信義にはずれると思いますけど」

「いい質問ね。たしかにビジネスの基本は相互信頼よ。ただし明らかな信頼関係を築く前に、相手を信頼してはならない。性善説に基くビジネスは必ず失敗する。すなわち、初対面の名刺は記号として認識する。そこに人格を見出そうとしてはならないの。だから今はヨセフとマリア。明日の朝にはちがう名前になっているかもしれないけど」

つまらない女になってしまったものだ、と立花葵は思った。

マンションに続く場末の並木道は、満天の星に被われているというのに、ハイヒールの靴音は乾き切っていた。

「何だかさっきの続きみたいですね」

「さっきって？」

「ほら、レジの前で。会社の先輩と後輩の会話。スイッチ、切り替えませんか」

ようやく胸がときめいてきた。あまりに突然のことだったから、間を繕えずにつまらぬ説教を垂れてしまった。スイッチが切り替わっていないといえば、そうかもしれない。

「ねえ、サイトウ君」と、立花葵は媚びを含んだ声で訊ねた。

「私のこと、いくつだと思ってるのかしら」

青年は肩を並べかけて、街灯に映える葵の横顔をちらりと見た。

「僕よりは上だと思うけど」

「どれくらい？」

「四つか五つ、ですか」

「君はいくつなのよ」

「二十六です」

「あら。新卒君かと思ったら、そうでもないのね。まあそれにしたって、ありがとうって言うっきゃないわ」

「えー、そうなんですかあ」

「やめとく？　私はかまわないけど」

「そりゃないでしょう。何だかすっかりイニシアチブを握られちゃったみたいです」

青年はいい感じにほぐれてきた。イニシアチブを握られているという本当の意味に、まるで気付いていない。こういう雑談をかわしながら、マンションに連れ帰って一杯やれば、おたがい願ってもないクリスマス・イブになることだろう。

凪はないが底冷えのする晩である。凍えた体を今すぐにでも抱きしめてほしいと立花葵は思った。淋しいのではなく、男が欲しいのでもなく、温めてもらいたかった。

行きずりの若い男に身を任すことと、世間の習慣から取り残されて一夜をやり過ごすことの、いったいどちらが罪深いのだろう。答えは出せないが、けっして愚問ではない。少くとも胸の中の倫理の秤に、その二つの錘《おもり》は載せられて然るべきだ。

「私ね、もうじき海外に赴任するの」

「へえ、いいなあ。どちらですか」

「まだ決まってないわ。行き先は希望できるんだけどね」

「すげえな。大きい会社なんですね。僕なんかには想像もできないけど」

「だから日本での最後のクリスマスに、思い出を作るのも悪くないわ」

「何だか切ないなあ。思い出作りですかあ」

男にとっては理想の展開にちがいない。やっぱり少し不公平かなと、葵は胸の秤の傾《かし》ぎを感じた。

するとその動揺を察したかのように、男が手を握ってきた。

あんがいやるじゃないの。もしや、ブラフでしたか。

若者たちの間では、人妻だの熟女だのというのがひそかなブームであるらしい。もしこの男がクリスマス難民などではなく、確信犯であるとしたら、はなから主導権を握られていたことになる。

マンションに近い公園のあたりまで来たとき、携帯電話が鳴った。着信音はベートーヴェンの五番。あいつからだ。

〈もしもし、アーちゃん。メリー・クリスマス〉

矢島純彦は悪魔の猫撫で声で言った。

「はい、メリー・クリスマス。こんな時間に何かしら」

〈何かしらとはつれないねえ。おたがいイブを一緒に過ごすほど若くはあるまい〉

すべてを自分の属物とみなす、最低の男。今、若い男にナンパされてます、と言ってやろうか。

「ちょっと連れがいるもので、手短にご用件を」

矢島の溜息が聞こえた。まるで加齢臭が受話器から伝ってくるようだ。しかし続く言葉は、星空を見上げた葵の表情を凍りつかせた。

〈連れというのは、樋口慎太郎と大友勉かね〉

間を置いてはならない。何かを言い返さなくては。

「はあ？　どうして私が、樋口主査や大友主査と一緒にいなければならないんですか」

矢島の声はたちまち険を含んだ。

〈今さらとぼけても始まらんよ。僕の目が節穴だとでも思っているのかね。まあ、君には君の目論見もあるだろうが、ひとつ腹を割って話し合わんか。けっして悪いようにはしないつもりだ。いいかね、アーちゃん。樋口と大友に相談する必要はない。明日、僕と二人でクリスマスを祝おうじゃないか。僕は君の秘密を知ってしまったのだし、君はかねてより僕の秘密をたくさん知っている。悪いようにしないというのは、つまり三分の一より二分の一のほうが大きいという意味だよ。それじゃ、明日ね。メリー・クリスマス〉

何の抗弁も聞こうとせずに、電話はぷつりと切れた。

立花葵に選択の余地はなかった。計画を中途で変更してはならない。ビジネスの要諦である。

ただちに樋口慎太郎の短縮ダイヤルを打った。

「もしもし、慎ちゃん――」

ハーイ、と間抜けな声が返ってきた。あたりは雑音に満ちている。たぶん女房子供に見捨てられた筋金入りの難民が集う、神田界隈の居酒屋であろう。

「ベンさんも一緒かしら」

〈ああ、ここにいるけど。代わろうか〉

「これから三人で会いたいの。三十分で行くから場所を教えて。緊急事態発生、スクランブルよ。ただちに日本脱出」

〈エッ、待て、ちょっと待ってくれ。ただちにって、いつのただちだ〉

「可及的すみやかに。詳しくはのちほどね」

居酒屋の所在地だけを聞くと、葵は電話を切った。ガードレールにコートの尻を預けて、髪の根を摑んだ。

怖れることは何もない。主導権はまちがいなく自分が握っている。どう威迫しようが、あいつは無力なのだ。しかも、その無力を信じてはいない。怖れさえしなければけっして負けない。あいつはおのれが全能の神だと思いこんでいるのだから。

かしこまりました、理事。では実務は正月明けということで、よろしいですね。

なるたけしおらしく、そう言うだけでいい。全能の神は寛大で、しかも実は無力なのだ。

「思い出は作れなくなっちゃったみたい。ごめんね」

差し出したビニール袋を、見知らぬ青年は黙って受け取ってくれた。星屑を背にしたおもざしはあんがいタイプで、ちょっともったいない気もした。

この子もそう思ってくれるだろうか。

「ホッとした？」

「いえ、ガッカリですよ」

「また声をかけてくれるかしら」

「毎日がクリスマスじゃありませんね」

ブラフなのかどうか、葵はいよいよわからなくなった。はっきりとしているのは、美しい聖夜の記憶を作れなかったということだけだった。

ガードレールに腰をおろしたまま、葵はもういちど「ごめんなさいね」と言った。

「やっぱり思い出を作りましょう」

「無理を言わないで。私、行かなくちゃ」

「いえ、無理は言いませんよ」

男の影が星空を被ったと思うと、腰が宙に浮いた。

甘くて長い、まるで映画の中にしかありえないようなキスのあとで、男は葵を抱きしめながら囁いてくれた。

「メリー・クリスマス」

「ありがとう。一生忘れないわ。私からも、メリー・クリスマス」

この子のブラフはたいしたものだったが、イニシアチブを奪われたわけではない。立花葵は精いっぱい伸び上がって、映画の中にもありえないくちづけを返した。

「メリー・クリスマス。すてきな思い出になったわ」

24

「もし俺が国会議員なら、十二月二十二日を御用納めにする法律を起案するね」

目の高さの壁には信用金庫のカレンダーが貼りつけられていた。会社帰りのオッサンは一杯ひっかけながら仕事の話をするので、見飽きたメニューなどよりよほど便利であるらしい。

現にとりあえずの小ジョッキが空かぬうちから、二人の肴は枝豆よりもカレンダーである。

「なるほど。二十三日の天皇誕生日を、正月休みにつなげてしまうのだな。しかし慎ちゃん、いくら何でもそれでは休みすぎではないのか」

大友は太い指先で、トントントンとカレンダーの数字を数えた。年内に九日間の休みとなれば、正月三が日を加えた最低十二日間、週末がからめばさらにプラス・アルファということになる。

「休みすぎ、か。たしかに俺もそう思うよ。しかし、そもそも過ぎるとか足らんとかいう基準は何かといえば――」

「ない！」

と、大友は妙に気合をこめて断言した。

「過去の慣例を基準にしているから、世の中はちっとも改まらんのだ。十二月二十二日御用納め法案に賛成。異議なし」

昭和が平成と改元されてから、年末になるときまって同じことを考えるのである。

二十三日の天皇誕生日は休み。二十四日のクリスマス・イブすなわち本日は、若い者は気もそぞろ、所帯持ちも締切ギリギリのプレゼントを物色してから帰宅、というあわただしい一日で、仕事にはならない。御用納めの二十八日も挨拶回りに明け暮れるので、このころの実質的な勤務日は二十五日から二十七日までの三日間ということになる。ましてやそこに週末が重なれば、たったの一日である。

何も役所に限った話ではあるまい。多くの民間企業にとっても、あわただしいばかりの不毛な年末といえよう。

そこで、十二月二十二日に御用納め、長い冬休みの初日が天皇誕生日であれば、何となく幸福を賜ったような気にもなるし、国民こぞって祝うこともできよう。

「だいたいからしてだな、そうしたダイナミックな発想ができないくせに、やたらハタ日が多すぎるとは思わないか。どんどん増えて、今じゃいくつあるのかもわからん。たぶん世界一だ」

人生が思うように運ばなかったオヤジの鬱憤は、どこに向くかわからないのである。

「ふむ。言われてみればずいぶん増えたな。まず元日だろ、これはもともと休みだからいいとして、成人の日だろ。あ、これは勝手に変えられたな。それから何だ、二月十一日の建国記念日って、こしらえるときはえらく揉めた記憶がある。あとは、ええと――」

大友のカウントはそこで止まった。たぶん全国民、そこから先は前の週にでもならなければわかるまい。

樋口慎太郎は手帳を取り出して、見開きの一ページ目に掲げられた「国民の祝日」を数えた。祝日はつごう十五日。五月四日の「みどりの日」と七月二十日の「海の日」という新参者は、祝日とされる理由がよくわからない。もっとわからないのは、「国民の祝日」のほかに「休日」と題した二日が記載されていることである。五月六日は「振替休日」。九月二十二日はただの「休日」である。

「これ、何だっけ」

「ああ、そりゃあ慎ちゃん、五月三日、四日、五日、それにオマケで六日だろう。九月は二十一日の『敬老の日』と二十三日の『秋分の日』の、中を埋めての三連休ってことだ」

休みは誰にとっても有難いから文句をつける者はいないが、よく考えてみればずいぶん国民をバカにした話である。

個人が休みたくても休めず、企業はその正当な権利を理解せず、放っておいたらみんなが働き続けるので、あろうことかお上が暦を改竄《かいざん》した、という話であった。要するに個人の幸福の、専制的供与である。

わけのわからぬ「休日」を含めると、つごう年間十七日となり、これをきちんと休めばいわゆる「グローバル・スタンダード」の労働時間に近づく、ということなのだろう。

働かなければ休養になるのか。満員電車に乗らず、上司の顔を見なければ幸せなのか。幸福な休日というのは、そんなものではない。

「ところで、きょうはずいぶんすいてるな」

大友はがらんとした居酒屋の店内を見渡した。

おそらく自衛隊の駐屯地の中は、クリスマス・イブと最も縁の薄い社会なのだろう。家族も持たずに四十年近くもその世界で暮らしてきた友に、説明をする勇気が樋口にはなかった。

「北朝鮮がボタンを押したんじゃないのか」

うまいユーモアだと思ったのだが、大友がエッと腰を浮かしたので、樋口はあわてて言い直した。

「クリスマス・イブだよ。きょうここいらで飲んでるのは、俺たちと似たような身の上の連中ってことさ」

「あ、そうか」

と、大友は少しやるせない顔をした。

「だがな、慎ちゃん。俺たちはただのチョンガーじゃない」

「そうだ。女を口説く必要もないし、プレゼントに頭を悩ます必要もない。ところでベンさん。パスポートはでき上がったか」

「安心せよ。これで準備は万全だ」

大友は背広の内ポケットから、印籠でもつきつけるほどおもむろに、ピッカピカのパスポートを取り出した。

「面接試験でもあるのかと思ったら、なーんだ、いやに簡単ではないか。書類をチョロッと書いて写真を貼って、こんなもので本当に外国へ行けるのかね。どこかまちがってやしないか。しかも十年有効って、十年たったら俺たちなんて、見る影もないジジイだろう」

今もさほど見られたものではないから、たいして変わらぬはずだと樋口が言おうとしたとたん、「ウグイスの鳴き声」というわれながら傑作の着信音が響いた。

〈もしもし、慎ちゃん。ベンさんも一緒かしら〉

いつもは色気のある立花葵のアルトが、不穏なソプラノに変わっていた。

〈緊急事態発生、スクランブルよ。ただちに日本脱出〉

エエッ、と叫び声を上げて、樋口は枝豆を吹き散らした。

25

アーちゃん。

ゆうべはとんだクリスマス・イブだったな。

昼ひなかからホテルに呼びつけたりして、すまんねえ。

いや、誤解せんでくれたまえよ。きょうばかりは君とセックスをするつもりはない。もっとも、君が望むのならやぶさかではないがね。

どうしたの、そんな怖い顔をして。少々言い方が悪かったかな。それはそれ、これはこれっていうのも、あるじゃない？

どんなにイヤなことがあっても、おなかはすくだろ。や、また言い方が悪かったか。

いいねえ、アーちゃんの怒った顔。笑顔もかわいらしいけど、怒ったときはまたこれが、たまらん色気なんだなあ。

ほら、ずいぶん昔話になるけど、例の合併劇のときに、一行員の分際で僕のところに直訴してきたろう。B勘定のコピーをごっそり持って。あのときの義憤に燃えた君の顔に、僕は一目惚れしたんだ。

金融庁の検査官のところにでも駆けこむならともかく、いきなり銀行局長に直訴とは、いささか面くらったねえ。

一緒に来た造反役員とその部下は、下心が見え透いていた。これをみやげにして、合併後のラインに乗ろうという魂胆さ。所轄官庁を甘く見てもらっちゃ困る。僕にしてみれば願ってもない情報提供だったが、裏切り者は斬るよ。

役員は子会社に飛ばした。その部下は一生海外支店から戻れまい。だが、君は別だ。打算は何もない一行員に過ぎないのだし、何よりも、僕が惚れた。

さて、どうでもいい話はたいがいにしておこう。

いやあ、君は度胸があるねえ。さすがは僕が惚れた女だ。

きのうの電話で、君と君の相棒たちは逃げるんじゃないかと思っていた。それならそれでかまわなかったんだがね。

しかし、何食わぬ顔で三人が三人、定時に出勤してくるとは思わなかった。いったい君らがどういう肚積《はらづ》もりなのか、僕にはとても興味がある。

雁首そろえて出てこられても、君ら三人を並べて詮議するわけにはいかない。そこで、君だけをホテルに呼び出した、というわけだ。

個別訊問というところだな。

彼ら、かね？　べつに心配する必要はない。君たちが逃げようとせず俎の上に載ったのだから、僕も紳士的に対応するよ。今ごろはそれぞれかつての職場の上司から、説教されているはずだ。

その上司が誰であるか、君ならおおよその見当はつくだろう。樋口君を説得しているのは、長く僕の下で働いてくれていた、元主査の内藤君。同じノンキャリア組の先輩というのは、説得力があるはずだよ。

大友主査の訊問にあたっているのは、現職の永田参事。彼は自衛隊トップの権藤統合幕僚長とも昵懇の仲であるらしい。

自衛隊の元幹部が天下り先で大金を横領なんて、シャレにもならんだろう。大友は変わり者のようだから一筋縄ではいかぬかもしれんが、いざとなったら市ヶ谷から権藤閣下がすっ飛んでくるさ。

この件はそのほかの職員にはいっさい洩れていない。

僕が最も信頼する内藤君と永田君を、それぞれ樋口と大友の説得にあたらせた。そして君は——やっぱり僕しかおるまい。

アーちゃん。

どうしたの、アーちゃん。何だかご機嫌ななめだねえ。

君が何も言わないのなら、僕が勝手にしゃべり続けるけど、いいかな。

君たちがいったいいくらくらいのお金を懐に入れたのか、実は見当がついていないんだ。昔ならば僕の一声で、どんなデータでもすぐに集まったんだがね。役人というものは、かつてどれほど恩義を売っていようと現職から離れれば冷たくあしらわれる。そのうえ昔とちがって、個人情報の保護という壁もあるから、いかに僕のキャリアをもってしても調べることは難しい。ま、そうは言ったって、各銀行には個人的なパイプがあるから、こうまでわからないはずはないんだ。だとすると、どこに隠しているのか。答えは二つしかない。

ひとつは、現金で持っている。

もうひとつは、外資系の銀行。

どっちなの、アーちゃん。お口がなくなっちゃったのかな。

僕が想像する限り、べつだん大ごとにするほどの金ではなさそうだ。だってそうだろう。君たちがＪＡＭＳ分室の本来の任務に添って働いてだね、たった九ヵ月足らずの間に、いったいいくらの集金ができるっていうの。

どんなに頑張ったって、数百万。よっぽどバカな債務者がいたとしても、せいぜい一千万がいいところだろう。それっぱかしの金、三人で山分けしてどうするの。僕だってそんなはした金で、警察沙汰になどしたくはないよ。

電話でも言っておいたけど、三分の一じゃなくて二分の一っていうの、どうだろう。この提案を呑んでくれさえすれば、あの二人もかまいなし、ということにするよ。

あ、君がいわゆる主犯だということは、ちゃんとわかっているからね。いくらだかは知らないが、金も全額、君が保管しているということも。

なぜ知ってるかって、そんなことどうでもいいじゃないか。最低限の情報は入ってきたから、僕と君はここにこうしているんだよ。

いいかね、アーちゃん。もういちど僕からの提案を言う。警察沙汰にはしない。お金は僕と君とで折半。樋口と大友はかまいなし。むろん給料にも将来の退職金にも影響なし。つまり、何も変わらない。僕と君の、このステディーな関係もね。

どうだい、なかなかの大岡裁きだろう。僕が役人時代に「矢島王国」と異名をとるほどの人脈を作ることができたのは、ひとえにこの寛容さなのだよ。

あ、誤解せんでくれたまえ。折半というのは、君らが横領した金を僕がさらに横取りしようという意味ではない。

こうした不正が露見すると、とても面倒な話になるね。担当理事の僕はむろんのこと、理事長もほかの理事たちもただではすむまいよ。神田分室というこのパラダイスの正体も暴かれかねない。たった一千万かそこいらのはした金で、大勢の人が迷惑を蒙ることになる。つまり折半というのは言い方が悪いが、僕と君が防波堤となって、この荒波をくい止めると解釈してくればいい。

しかしそれにしても、いったいどういうテクニックを使ったのかは知らんが、この神田分室が本来の機能を発揮できるとは夢にも思わなかった。

君はクレヴァーだねえ。おそらく、樋口慎太郎と大友勉という、ノンキャリアの底力に着目したのだろう。彼らはまだパラダイスに安住できる齢ではないし、かつての職場では説得と調整のプロフェッショナルだったはずだ。そういう世慣れた男たちを、法的にはすでに無効の債権回収にあたらせるとは、考えたものだな。彼らならあるいは、百の事案のうちのひとつやふたつは、物にするだろうと読んだのだね。

しかし、だったらどうして山分けなどという話にしてしまったのだ。企画段階で僕にひとこと相談してくれればよかったのに。それならばこんなふうに、気まずい交渉などしなくてすんだのだよ。

いいかね、アーちゃん。これから僕たちはタイム・マシンに乗って近い過去に戻る。ブーン。いつだかは知らないけど、たぶん四月か五月。樋口主査と大友主査が入職してからいくらもたっていないころ。

このパラダイスになじめぬ樋口と大友に本来の債権回収業務をさせてみたらどうかと、君が僕に提案したと思いたまえ。

立花君、それはなかなかいいアイデアだとは思うが、ほかの職員たちの立場というものを考えてもらわなければ困るよ。役人社会で最も忌むべきは、抜け駆けだからね。そうは言っても、本来の業務に携るのは当然のことだ。ためしにやってみたまえ。ただし、ほかの職員たちの手前、セッセと汗水流して働かせてはならんよ。そうもいかんか。仕事は汗水流してセッセとするものだしな。ううむ、難しいところだ。

よし、ならばこれでどうだ。君と樋口と大友との横領行為というカムフラージュ。回収した金は山分けして、海外に高飛び。これまでの人生、たいしていいこともなかったし、今も切ない個人的境遇にある彼らのことだ、きっとその気になるだろう。そういう話ならば行動は秘密裏に行われ、ほかの職員たちに迷惑がかかることもない。

だがしかし、やっぱりこの先の給料や退職金と見合うだけの金は集まらなかった。

それでいいんだよ、それで。返さなくてもいい金を承知しましたと言って差し出すお人好しなんて、そうはいるものか。やっきになって働いて、せいぜい一千万。上出来だよ立花君。これはあくまで実験なんだから。

実験は大成功。中途はんぱなところで事は発覚し、回収金は没収された。そして矢島理事の大岡裁きにより、横領の意志はなかったと判定される。彼らはあくまで、JAMS分室の本来の業務を遂行したのだ。よってこれからも、樋口主査と大友主査はひそかに、ほかの職員の手前ひそかに、だ。業務を続行する。本当なら手がうしろに回る話なのだから、彼らにしてみれば願ってもない判定だろう。

多少の歩合くらい渡してもかまわんがね。そうだな、歩合給の常識からすると、最大限で三パーセントというところか。悪い話じゃあるまい。で、その残りはずっと、僕と君とで折半。

不都合は何もなかろう。内藤君と永田君は、すでにその方向で二人を説得中だ。万にひとつもノーはあるまいよ。内藤君はすでに退職の身、永田君も来年の春には定年でここを去る。とりあえずの小遣を握らせれば、この秘密は守る。

さあ、アーちゃん。再びタイム・マシンに乗って現実に戻ってきたよ。

わかったね。信頼関係というものは常に、秘密の共有によって構成されるのだ。それが真の「肝胆相照らす仲」なのだよ。

僕は君を信頼している。今までも、これからもずっと――。

「ずいぶんお苦しそうですわね、矢島理事」

立花葵は肩に置かれた男の手を振り払って椅子から立ち上がった。

「これまでにいったい、何十人何百人をそうして説得してきたのでしょう。他人の秘密を握る。そしてその秘密を共有することによって、人を奴隷とし、利益を巻き上げる。あなたの人脈と権力が、そんなふうにしてでき上がってきたことぐらい、私はすでに了解ずみですわ」

矢島の脂ぎった顔から一瞬ほほえみが消え、およそ彼らしくない当惑のいろが浮かぶのを、葵は見逃さなかった。

やっぱりね。説得術はさすがだが、さほどの余裕はない。軽いジャブを打ち返しただけで、会心のパンチをくらったように怯んでしまった。

信頼関係というものは常に、秘密の共有によって構成される。矢島の哲学に異論はない。実社会における「肝胆相照らす仲」が、そういうものであることも葵は知っている。

かつての役所において、矢島と樋口慎太郎がそうした信頼関係にあったであろうことは容易に想像がつくし、銀行合併劇以降、今日に至るまでの矢島と立花葵の関係も、公私にわたる秘密の共有が担保となっていた。

矢島は誰に対しても同様に、「秘密」という無敵のジョーカーをちらつかせながらゲームを進行させてきた。もし露見したならばおたがいが滅びてしまうという、たとえば核状況下のミリタリー・バランスのような古くさい論理によって、「矢島王国」を築き上げてきたのである。

「ねえ、矢島さん。あなたのカードがオールマイティかどうか、よおく考えてごらんなさいな」

立花葵は黒いドレスの膝を組んで、細巻の煙草をくわえた。

「さて、意味がわからんねえ」

と空とぼけながら、矢島は葵が差し向けた煙草をためらわずにつまみ取った。ヘビー・スモーカーであった矢島が禁煙をしてから、ずいぶんと日がたっている。

勝った、と葵は思った。

「では、意味がわかるように言います。私がどうして樋口主査と大友主査をパートナーに選んだか。あなたのおっしゃるように、ノンキャリアの底力に注目したわけではありません。パラダイスに安住するのに年齢は関係ないし、彼らがかつての職場で説得と調整のプロフェッショナルだったとも思えません。そんな干からびたおっさんたちを、どうして仲間にしたのでしょう。理由はただひとつ、滅びて困るほどのたいそうなものを、彼らは何ひとつ持っていないから。もちろんその貧しさかげんは私も同じですわ。家族、財産、社会的立場、そうした面倒なものは何も持っていないの。『ノンキャリアの底力』は怪しいものだけど、これって『マイノリティの底力』ではありませんこと？　つまり、無敵のジョーカーを握っているのは私たちだけ。あなたは持っているように見せかけているだけのブラフマンです」

矢島はせわしなく煙草を吹かした。火先が長く延び、アメリカの大統領のように派手なパワー・ネクタイの上に灰がこぼれ落ちても、気付く様子はなかった。

「なるほど。どうやら僕は、少々君を見くびっていたようだ」

「ようやく世間の仕組みを理解なさったようですわね。選良意識はあながち悪いものではありませんが、それに基く愚民思想は必ず敗北します」

「しかし立花君。たとえ切り札が僕のブラフであっても、揺るぎがたい理というものはあるよ」

「はい。いかような理でもお聞きいたしますわ」

胸に落ちた灰を払い落としながら、矢島は煙草を揉み消した。姿を隈取る窓ごしの陽射しに、威光というほどの耀《かがや》きはなかった。どうしてこんな男に身を委ねてきたのだろうと葵は思った。

悔いてはなるまい。かつて威光と錯誤していたこの冬の弱陽《よろび》の中に、きのうまでの自分を置き去ってやる。

「君たちはいったい、どういう計算をしているのだね。このさき何年にもわたってJAMSから受け取る報酬を棒に振るには、一千万円が一億よりも多いとする超数学が必要だよ。ちがうか」

「おっしゃる通りですわ。もちろん私たちは超数学を知りません。どう計算しても、この先の報酬よりも多い数字を、私たちは確保しました。しかも延べ払いではなく、一括の収入として。資本主義社会においてその『一括』という価値がどれほど尊いか、あるいはどれほど個人の身分を保証するものであるかは、銀行員のころによく教えこまれました」

矢島の表情からみるみる生気が抜けてゆく。まるで魔法が解けたように五つ六つも年老いて、しおたれてゆく。

「信じるものか」

「信じようと信じまいと、あなたの勝手ですわ。私だって信じられません。ただひとつだけ、私は貴重な発見をしました。この世の中は、国家の主義にかかわらずあんがい公平にできているのです。そしてその事実を知らない愚かな人は財産を獲得することと占有することに心を摧《くだ》き、事実に気付いた聡明な人は喜捨をするのです。ノンキャリアの底力でもマイノリティの実力でもない、ヒューマン・アビリティを私たちは発見しました。その成果を、まさか愚かな人と分け合うことはできません。もちろん、私が独占しようとも思いません。私たち三人で喜捨を分配することが、公平の原理に適う方法だと信じます。私も樋口さんも大友さんも、ちょうど原理に適う程度に不幸な人生を歩んできましたから。では、矢島理事。くれぐれも御身ご大切に。グッド・ラック」

呆然として声もない矢島を尻目に、立花葵はスイート・ルームから出た。

きのうはガード下の居酒屋で、クリスマス・イブの誓いを新たにした。きっと今ごろは慎ちゃんもベンさんも、かつての上司をたじたじとさせているだろう。

集合は十二月二十八日の正午、ワイキキ・ビーチに聳えるハレクラニのプールサイド。お金を分けたらただちに解散。あとは知ったこっちゃないわ。

ホテルのエントランスに出たとたん、立花葵は晴れ上がった冬空を見上げてひとりごちた。

「メリー・クリスマス・フォー・ミー」

まあ、何てすばらしい祝福。

26

「趣旨はおおむね了解した」

永田参事の説得を黙って聞いたあと、大友は腕組みをし目をつむったまま、何だかものすごくエラそうにそう言った。

盗人《ぬすっと》猛々しいとはまさにこのことだ。あるいは謝ってすむ話ではないから、もう煮るなり焼くなり勝手にしろと開き直っているのだろうか。

かつての部下の態度は肚に据えかねるが、わかってくれたならそれでよかろう。この説得はなかなかの難事だった。ＪＡＭＳに入職以来、初めて仕事らしい仕事をしたような気がして、永田はほっと息を抜いた。

「まあ、人一倍正義感の強い君のことだ。同室のこざかしい同僚にうまいこと言いくるめられただけだろう。私から矢島理事にかけ合って、責任は問わぬことにするよ」

大友の瞼がうっすらと開いた。その表情はまるで悟りの境地に達した仏様のようで、エラそうどころかコワかった。

「誤解されては困る。あくまであなたの言わんとすることの趣旨を、おおむね了解したのだ。要するに、言っていることはだいたいわかった」

永田はたじろいだ。提案は拒否する、という意味なのだろうか。

「おいおい。自分が何をしたかわかっているのか。これは立派な横領罪だぞ。本当なら君は逮捕され、矢島理事は管理責任を問われ、推薦者たる権藤統幕長にまで累が及ぶかもしれん。それもまずかろうから、事を穏便にすまそうという親心じゃないか」

「親心、だと？――そういう立派な親を持った覚えはない。ずいぶん恩着せがましく言うが、事を穏便にすませたいのはそっちだろう。そもそも俺は、この猥褻なるＪＡＭＳ分室の存在に義憤を感じている。すなわちわれわれの行動は義挙である。逮捕されて公然たる発言の機会を与えられれば本望だ」

「貴様、正気か」

と、永田参事は思わず立ち上がった。

「ああ、正気だとも。五十五年の人生で、今の今ほど正気であったためしはない」

競り合うように立ち上がった大友の体は一回りも大きく、いまだ現役の活力が漲《みなぎ》っていた。クワッと瞠《みひら》かれた不動明王のような目に、永田はたちまち威圧された。

「お静まり、お静まり。えーと、大友君。それじゃ物は相談だが、かつて私が旭川の連隊長だったとき、君は部下の中隊長だったな。その私がたいそう困っているのだ。多少は斟酌《しんしゃく》する義理もあるだろう」

「ない」

「……えーと、だったら権藤先輩の立場はどうなるんだ。長い付き合いだそうじゃないか。そのうえ再就職の口利きまでしてくれたのだから、義理はあるだろう」

「ない」

「えーと、えーと、それじゃ自衛隊がどうなってもいいのかね。憲法解釈はすでに限界なのだし、天下り先の不祥事などが公になったら、それこそ大騒ぎになるぞ。四十年近くも飯を食わしてもらった職場に、まさか義理がないとは言わせんぞ」

「ぜんぜん、ない」

こいつは義理堅いタイプだと信じて投げかけた問いであったが、アテがはずれた。そもそも義理などというものは、あると思えばあるし、ないと思えばないのであるから、本人が「ない」と断言してしまえば議論にならぬのである。

永田参事は途方にくれた。義憤だの義挙だのはタテマエであるとしても、捨て身の三人が逮捕されるというのは、およそ最悪の事態に思えた。

言われてみればたしかに自分も、矢島理事や権藤先輩に義理はない。自衛隊になんか全然ない。しかし二度目の定年退職までの三ヵ月間は、何とか無事に過ぎてほしかった。過分の退職金はもらえるし、共済年金も上積みされて余生は悠々自適なのだ。いやうまくすると、今回の一件のご褒美に「嘱託職員」の栄誉をかち得るかもしれなかった。そうした事実上の定年延長も、矢島理事の肚ひとつなのである。

何も仕事のない職場の「嘱託」なんて、想像しただけでヨダレが出る。師団長になれずに退官したとき泣いてくやしがった女房も、きっと泣いて喜ぶことであろう。

「おい、永田さん。何を考えているのだ。ニタニタしている場合ではあるまい」

そうだ。結論はまだ出ていない。何とかこのバカを説得しなければ。

「あのな、これほどの大事件を、なかったことにしてやると言ってるんだぞ」

「あるものはある。ないものはない。あったことがなかったことになるはずはなかろう。だがしかし——いい齢をして義憤だの義挙だのというのも、何だか大人げないな」

「そうだ。そりゃあ君、青年将校のセリフだよ。大人になりたまえ、大人に」

「フム。あるものはある。ないものはない。この当たり前の理屈を確認したうえで、おたがい大人になる方法といえば、われわれが退職するほかはない。それでよかろう」

大友は背広の懐から、まるで「上意」みたいに大げさな封書を取り出して、テーブルの上に投げた。ひどい金釘流のへたくそな筆字で、「退職届」と書かれていた。

「こんなことですむと思っているのか」

「すむ」

「この先の給料や退職金や年金を、計算しているのか」

「した」

「釣り合うものかよ」

「あう」

「矢島理事は君の考えているほど甘い人間じゃないぞ」

「いや」

「……あのな。君も私も若い時分からの自衛隊暮らしで、世間の仕組みには疎いのだよ。なにしろ六十年もの間、お稽古ばかりでいっぺんも本番を迎えたことのない、稀有の軍隊なのだ。ふつうの職場というのは、就職したとたんからぶっつけ本番の連続なんだぞ。そういう過酷な世間で勝ち残ってきた矢島理事のような人物に喧嘩を売ったところで、勝算などあるわけないじゃないか」

「ある」

ひとしお気合のこもった「ある」は、自信に満ちていた。

永田参事は考えねばならなかった。たとえ完全なる勝算があったところで、これほど自信たっぷりに構えていられるのは、この男がおのれの行為を犯罪と認識していないからなのだろう。

しかし、矢島理事の語ったところによれば、まちがいなく業務上横領である。たとえその事例がすでに法的根拠すら失った「コールド・ケース」であったにしても、集金した金をてめえのポケットに入れて罪に問われぬはずはない。

ここまで頑なならばもう説得のしようもなかろうが、せめて罪を罪と感じぬ大義のありかを訊いておきたいと永田は思った。

「どうやら矢島理事の命令に従うよりも、君たちの意志を尊重したほうがよさそうだ」

「やっとわかったか」

「ひとつだけ訊いておきたいのだが、もともと縦のものが横になっていても文句をたれるような性格の君が、どうしてこんな大それたことをして平気でいられるのだね」

「善行と信ずるからだ」

「ハ？……善行か」

「善行も善行、それも三段重ねの正月飾りのような善行である。あれを見よ」

大友は毛むくじゃらの太い指先を、参事の執務机に向けた。仕事が何もないので整頓のしようもない、神棚みたいな大机の上には正月のお供え餅が置かれていた。

「君は言葉が足らんなあ。もうちょっと、自分ひとりで納得せずに他人にもわかるような説明をしてくれんか」

かつて自分の部下であったころには、優秀な中隊長であったと記憶している。彼の率いる中隊は戦技抜群で、事故も事件もなく、たとえば連隊朝礼の折などに営庭の壇上から睥睨《へいげい》しても、その整斉たる隊容はほかの中隊とまるでちがって見えた。

おそらく部下からは尊敬されていたのであろう。しかし幹部将校団からは疎んじられていた。防衛大学出身の若い将校たちの中にあっては、ひとめでそうとわかるノンキャリアのロートルだったからである。下から見れば「兵隊からの叩き上げ」だが、上から見下ろせば「兵隊に毛が生えた」としか思えなかったのだ。おまけに幹部会同の席などでは、思うところが何ひとつ声にならぬ口べただだった。

このときも永田参事は、「三段重ねの正月飾りのような善行」という暗号のような言葉を、何とか解読したいと切に願ったのであった。

「なあ、大友君。もうちょっとうまく言えんかね」

「了解。うまく言うよう努力する。三段重ねの一段。盗人の上前をはねてどこが悪い」

簡潔にして明瞭、まさに野戦における無線通信のお手本のようであった。最近の自衛官は日ごろ携帯電話を使用しているせいで、無線機でのやりとりが冗長でいけない。敵に周波数を察知されないためには、簡潔明瞭な内容でなければいけないのである。

「了解した。盗人の上前をはねるのは悪いことではない。三段重ねの第二段を送れ」

「電送る。弾薬糧食は公平に分配せよ。了解か」

「了解。弾薬糧食は全部隊に対し公平に分配されてこそ作戦の実は挙がる。では第三段目は何か、送れ」

少しも冗談には見えぬ大友の真摯なまなざしに気圧《けお》されて、永田参事は机の上のお供えに目を向けた。暇に飽かせてこしらえた正月飾りは、自分でも感心するほど立派な出来映えであった。神田明神の門前の神具屋で買った三方《さんぼう》の上に昆布を敷き、けっしてミカンではない橙《だいだい》までが載っている。まさに「蓬萊飾《ほうらい》り」の貫禄であった。

「電送る。早急に弾薬糧食を得るべきは、最も敢闘しかつ報われなかった部隊である。以上、電終わり」

永田参事は数歩後ずさって、兵隊のような気を付けをした。

「了解した」

この男はけっして口べただったのではない。おのれの胸のうちを言葉で表現することが不得手だったのではなく、それを潔しとしなかっただけなのだと永田は思った。本来かくあるべき軍人に対しては礼を尽くすよう、永田の中の良心が命じた。

今回の件に限って言うならわからぬことだらけだが、彼の人生に思いをいたさば、主張するところはこのうえなく正当に思えた。

永田は姿勢を正したまままきっかりと腰を折り、教本通りの室内の敬礼をした。

「ごくろうさまでした」

大友も同様の答礼を返した。

「ごくろうさまでした。大友、帰ります」

ふと、こいつはいったいどこへ帰るのだろうと思った。

回れ右をした大友がドアを開けると、まったく同時に廊下を隔てた応接室から、白髪長身の男がのそりと現れた。大友の共犯者だ。

「これですむと思っているのか」

興奮した大声が追ってきた。どうやら財務省ＯＢの内藤さんも、説得には失敗したらしい。

「何度言ったらわかるんです。これですみますよ」

「どうなっても知らんぞ」

「何だってやれるもんならやってみなさい。どうなったって知りませんよ」

ドアを閉めかけて、男は永田と大友に軽く会釈をした。それから思い出したように、もういちど応接室に顔だけをつき入れて言った。

「ねえ、内藤さん。あなたの人生にとやかく嘴《くちばし》を挟むつもりはないが、国民の血税を盗むのは大罪ですよ。そりゃ国民の善意に甘えるのも褒めた話じゃありませんがね。少くとも私に、罪の意識はありません。それだけの仕事をしてきたという自負はありますから。納得のゆく結論をみるというのは、なかなかいい気分ですよ。それじゃ、ボスによろしく」

男は大友に向かって少し顎をしゃくり、「行こうか」と言った。

緋色の絨毯を敷いた古い廊下を、二つの後ろ影は急ぐでもなくむしろ堂々と遠ざかって行った。

「とてもこんな大それたことをする人間とは思えんのだがねえ」

いかにも完膚なきまでに打ちのめされたという感じで、内藤が呟いた。

「そういう人間の底力、というところでしょうな。さて、矢島理事はどう出るでしょうか」

「そりゃあ永田さん、決まっとるよ。なかったことになるさ」

大友の言を借りれば、あるものはある、ないものはない、あったことがなかったことになるはずはないのだが、しばしばそうした奇跡の起こる世の中に、自分たちは住んでいるのだろう。

そう考えると、彼らが何だかものすごく偉い人間のように思えてきた。

「聞くところによると、二人ともいい齢をして天涯孤独の身の上らしいね」

「どこに帰るのでしょうか」

「さあ……」

二つの後ろ姿が廊下の角に消えてしまうと、老人たちは溜息まじりの異口同音で、「うらやましい」と呟いた。

27

一八〇〇《ひとはちまるまる》、成田空港第二ターミナル到着。行動は迅速にして正確。意気軒昂。体調すこぶる良好。

身軽なやもめ暮らしとはいえ、たった一日半で後顧の憂いなく出発の準備を整えたのは、「常在戦場」の心がけのたまものであった。

不動産屋で急な転居の手続きをし、敷金のほかに向こう三ヵ月分の家賃までくれてやり、便利屋を呼んで後始末を托し、ことに分別ゴミの収集日はまちがえるなと念を押した。なにしろ一夜明ければ億万長者なのであるから、たかだかの出費に糸目をつける必要はなかった。

しかし、年の瀬のクソ忙しいときだというのに、空港のこの混雑ぶりはいったいどうしたことであろうか。まさかこれほど大勢の人間が海外旅行に出るはずはないから、近ごろの若者たちはあんがい義理堅くて、大勢の見送りが来ているということなのであろう。

人生五十五年、初の壮挙の行先はハワイである。ああ、憧れのハワイ航路。英語がからっきしであるのは少々不安を伴うが、笹塚駅前の居酒屋のおかみが言うには、「日本人がいっぱいいるから何の心配もない」のだそうだ。

まさかおかみや常連客たちが、全員ハワイに行ったことがあるというのは冗談だとは思うけれど、情報は情報として信ずるべきであろう。

大友はスーツケースをゴロゴロ曳きながら、大混雑の空港内を右往左往したあげく、カウンターごしにとびきりの微笑を投げかけたＪＡＬの社員に一目惚れをした。

「えーと、ホノルル一枚」

美しいアテンダントは、どうしたわけか狐につままれたような顔をした。微笑の消えたしかめ面に、大友は二度惚れた。

何だかおかしい。やはりＪＲとＪＡＬとでは、切符の買い方がちがうのだろうか。

「急な旅立ちなもので、切符を持っていないのだ。何か面倒な手続き等があるのかね。こちらは不慣れなもので、ご無礼があったらお詫びする」

「かしこまりました。パスポートはお持ちでしょうか。拝見させていただければ、空席の確認をさせていただきます」

大友勉はその日本語の正しさ美しさに感動し、三度惚れた。億万長者の妻になる気はないかと、すんでのところで言いそうになった。

「金と旅券はある。それだけあればハワイに行けるはずだが」

美しいアテンダントは上司らしき男と何やらひそひそと話し、もし大友の思い過ごしでなければ「シメシメ」というような表情をうかべた。

聞くところによると、「格安チケット」なる切符がいくらでもあるそうなのだが、この際は金に糸目をつける必要がなかった。万が一その格安チケットなどを購入して、貨物室に入れられたり皿洗いをさせられたりしたのではかなわぬ。

「ご希望の便はございますでしょうか」

「早ければ早いほどよい」

「幸い本日は年末の増発便に、多少の空席が出ているようでございます。クラスのご希望はございますか」

高校三年時のクラスはC組であったと思うが、そういう意味ではあるまい。

「えーと、C……」

つい口を滑らせたところ、話が通じたのは驚きであった。

「ありがとうございます。Cクラスがご希望でございますね」

美しい人はやっぱり何となく「シメシメ」という顔をしながら、コンピュータに向き合った。

「あ。もしかして、ABCとあるならCじゃなくてAがいい」

「はあ？」

「つまり、早い話がだね、松竹梅のうちの松にしてくれないか」

「はい、かしこまりました。ただいまお調べいたします。ご希望はファースト・クラス、空席がなければビジネス・クラスということで」

不景気の折から、これはきっと航空会社にとってもおいしい話なのであろうと大友は思った。その証拠に、コンピュータに向き合う美しい人の表情は真剣そのもので、背後からモニターを覗きこむ上司も「何とかしろ」とせっついているように思えた。

「大友様。本日の二十二時ちょうど発のホノルル行JO79便に、ファースト・クラスの空席がございます。そちらでいかがでございましょう」

二二〇〇《にいにいまるまる》、というのはまたずいぶん待たされるが、バスや電車ではないのだから仕方あるまい。竹だの梅だのC組だので早く着くくらいなら、少し待ってでも松を食うのが億万長者の選択にちがいない。

「では、それでお願いしよう」

言ったとたん、カウンター内の人々が一斉にガッツポーズを決めたように見えたのは、やはり思い過ごしであろうか。

「かしこまりました。オオトモ・ツトム様。本日二十二時ちょうど発のホノルル行ＪＯ79便、Ｆクラスご一名様で承ります。ありがとうございます」

「億万長者の妻になるつもりはないかね」

「……そうしたご縁がございましたら、ぜひ」

大友は泣きたい気持ちになった。ここでこの美女に求婚するというのはいささか早計であろうけれど、少くとも億万長者にはそうしたことが可能であるとわかった。人生は報われたのだ。

「ところで、ホノルルには何時に到着するのかね」

「はい。二十二時ちょうど発のホノルル行ＪＯ79便の現地到着時間は、同日の十時三十分を予定しております」

「明日の十時三十分か」

「いえ、本日の午前十時三十分でございます」

「?……………」

混乱する大友の表情を、美しい人は気の毒そうに見つめた。

「途中で日付変更線を越えますので、時差を含めましても時間が逆戻りすることになります。何か不都合がおありでしょうか」

大友は手帳を開いた。三人の集合時間は十二月二十八日正午。ハワイに到着してから丸一日の余裕があることになる。不都合は何もなかった。

「ひとつお訊ねしたいのだが、よろしいか」

「はい、何なりと」

「向こうで待ち合わせをしているのだがね。タチバナ・アオイという女性と、ヒグチ・シンタロウという人物が、私と同様に切符を買っているだろうか」

「あいにくでございますが、大友様。お客様のご搭乗に関しましては個人情報に属することでございますから、お答えいたしかねます。また、成田ホノルル間には当社ばかりでなくいくつもの航空会社が就航いたしておりますので、ただちにお調べすることも難しゅうございます。あしからずご了承下さいませ」

実はこの期に及んで、大友のうちにふと不安がよぎったのである。彼らの信義を疑いたくはない。しかし生まれて初めて海外に出る心もとなさや、日時が進まずに逆行するというわけのわからぬ恐怖がのしかかって、思いもかけぬ悪魔が頭をもたげたのであった。

仮に、実に仮に、だ。立花葵と樋口慎太郎が結託していたとしたら、分け前は三分の一ではなく二分の一になる。あるいは、立花葵が独り占めをしたならどうだ。

億万長者の未来、ほんのすぐそこにある未来を担保するものが、信義という抽象でしかないことに、大友は鳥肌立った。

「先ほど、つまらない冗談を言った。許して下さい」

「すてきなジョークでした。もしご縁がありましたなら」

たぶん冗談を切り返されたのだとは思うが、美しい人は名刺を差し向けてくれた。

「億万長者には名刺がないのでね。ご縁があれば」

この人に電話をする機会は訪れるのだろうか。十二月二十八日正午。ホノルルのハレクラニというホテルの、レストラン「オーキッズ」ですべてがはっきりとする。

「お支払いはカードでございますか」

「いや。カードは持っていません。現金で」

美しい人はちらりと不審げな目を向けた。

きょうびクレジット・カードの一枚も持っていないというのは、それだけで疑わしい人物に思えるのであろう。しかし借金が罪悪であると信じて疑わぬ大友は、主義としてそれを持たなかった。その場で金を払わずに飲み食いをしたり、物を買ったりすることが、不実に思えてならぬのである。

「おいくらか」

「はい、ありがとうございます。成田ホノルル間、ファースト・クラス片道のご利用で、お代金は税込み七十九万七千円でございます」

グラリとめまいを感じて、大友勉は踏みこたえた。

ここで動揺してはならぬ。億万長者にとっての七十九万七千円は、たぶん七千九百七十円ぐらいの値打ちしかないはずだ。

大友はみちみち銀行でおろしてきた札束を、封筒ごと美しい人に手渡した。

「金勘定が不慣れなもので、ここから取って下さい」

「はい、大友様。かしこまりました」

この手順は何となく億万長者のようだ、と大友は妙な得心をした。

白く細い指が一万円札をまるで紙切れのように数え始めた。

ああ、金が消えてゆく。人生の対価のうちの少からぬ部分が、湯水のごとく失われてゆく。

ほとんど失神しかけながら大友は、ハレクラニのプールサイドで祝杯を挙げる、三人の姿をまぼろしに見た。

エピローグ

田中清子。四十八歳。バツイチ独身。子供なし、ただし要介護の老母あり。全国中小企業振興会における職歴は十二年。臨時職員。すなわち「ハケン」。

本部庶務課にかろうじてしがみついていられるのは、三日にいっぺんぐらいしか声を出さない暗い性格と、そのくせ妙にマメな仕事ぶりのたまものである。

だにしても、今年度でクビにちがいないと肚を括っていたところに、思いもよらぬ配転辞令が舞いこんだ。何でも神田分室に急な欠員が出たので、明日からそちらに出勤してくれ、という話である。無口なうえにてんで無表情の田中清子は、声にも色にも表さず胸の中で歓声を上げた。この年末になって配転というからには、少くとも来年度までのクビはつながったのである。

神田分室がいわゆる天下り役人の受け皿であることぐらいは知っている。そこの秘書兼庶務係という仕事は、たぶんラクチンにちがいないという予測もついた。しかもその部署を宰領しているのは、「JAMSの天皇」と噂される矢島純彦理事である。こりゃうまくすると、クビがつながったどころか正規職員に採用されるのも夢じゃないわ、と田中清子は声にも色にも表さずに狂喜したのであった。

そこでいそいそと、いかにも暗い職場の秘書兼庶務係にふさわしい黒のドレスなんぞを着て初出勤したのは、暮も押し詰まった日の朝であった。

管理職がひとりもおらず、矢島理事がじきじきに業務の指示をする、というのがまず驚きである。しかしその理事もひどく忙しそうで、執務室には人相のよからぬ男たちがしきりに出入りしていた。人相のよからぬ、というのはつまり、お茶を出すにしても手が震えてしまうようなコワモテである。

「そやけど、矢島さんらしゅうないミステイクでんなあ。三億の上の金いうたら、人の命がかかりまっせ。そのあたりは承知しておいて下さい。ま、ド素人のやらかしたこっちゃ、海外にズラかるほどの準備はないやろ。ほしたら、戻した金は折半いうことでよろしな」

いったい何があったのだろう。とても訊く気にはなれない。しかし、急にいなくなった前任者が何らかの不祥事を起こした、という察しはついた。

「ああ、田中君、と言ったね。業務の引き継ぎはこの人とやってくれたまえ」

そう言って、理事は書き殴ったメモを清子に手渡した。

「それから、その黒衣《くろご》のような服装はやめてくれたまえ。ハイヒールも不自由だろう」

メモ用紙には、「山村ヒナ」という名前と自宅の電話番号が書いてあるきりだった。ところが、何度かけようとその電話がつながらなかった。

理事は忙しそうだし、イライラしているし、まあこの年末にあわてて引き継ぎをすることもなかろうから、お茶出しとお掃除に精を出して、噂話に耳を傾けていればいいか、と清子は思った。派遣歴十二年。バブル崩壊と底なしの不景気の中で生き残ってきた秘訣が、「邪魔にならずに仕事をすること」であると、清子は知っていた。

それはともかく、彼女はこの新しい職場がのっけから気に入った。文化財級の建物はしっとりと落ち着いていて、とても居心地がよさそうだった。いかにも天下り役人といった風情の職員たちはおしなべて上品な老人ばかりで、しかも世間の男どもが無関心な彼女を、まるでアイドルのようにちやほやと扱ってくれるのだ。黒いドレスをやめろ、と理事が言ったのは、彼らのアイドルに徹しなさい、という意味なのだろう。

きちんと片付けられた前任者の席に座り、アーチ窓から射し入る冬の光に目を細めて、私の人生にも大逆転のチャンスがあるのかもしれない、と清子は思った。

古調な鋼鉄の窓に、天使が群れているような気がしたのである。

きょうは美容院の予約を入れて、いいものがあり余っているデパートの歳末バーゲンで爆発してやろうか。きっと業務の引き継ぎなんかより、ずっと大事なことにちがいないわ——。

＊

話には聞いていたけど、ロミロミって何て気持ちがいいんでしょう。

オイルを塗った背中の上を、熟練のエステティシャンの肘と腕が舞い踊る。テラスから吹き抜けるシーブリーズが、しみ出した苦労をたちまち天に運んでしまう。

眠るでもなく覚めるでもなく、立花葵は幸福に身を委ねながら考えた。

パーフェクト。でも、パーフェクト・クライムとは言わないわ。けっして犯罪ではないから。

私も慎ちゃんもベンさんも、努力が報われなかった。善意の喜捨を受け取る価値はある。借金を返さないのは罪。それを放置しておくのも罪。罪を濯いだお金を誰かの懐に納めるのはもっと罪ね。だからみずからの手で人生に報いることは、善行とは言わぬまでも最善の方法にちがいない。これを除くすべての選択肢が罪だったのだから。

ああ、極楽。ハレクラニはハワイ語で、「天国にふさわしい館」なんですって。まったくその通りだわ。


ところで、この計画を完全なものにするためには、ひとつだけ大きな障害があった。外資系銀行がどこまで顧客情報を守秘できるか、という点。

かつては完璧だった。少くとも私が銀行員であったころの外資系は、日銀も財務省も手の届かない治外法権みたいなものだった。でも、これだけ支店が増えれば、資産隠しに利用されたり犯罪に加担してしまったりするから、野放しにはできない。さて、今はそこにどれくらい権力の手が及ぶのか、これが最大の不安であり、唯一の障害だった。

三億五千万もの現金を海外に持ち出すのはリスキーだ。もし手荷物の中から見つかればとたんに没収で、返ってくる保証はない。小切手にするには、マネーロンダリング防止とやらで、振り出すにも換金するにもそれぞれ二週間以上を要する。これもまたリスキーだ。

もちろん、時間の余裕さえあれば何だって可能だった。だが、思いがけなく早々に事が露見してしまった。まだ当分の間はバレるはずがない、と高を括っていたのだが。

矢島自身は手も足も出せないだろうが、三億五千万という金額を知れば黙ってはいないだろう。自分の悪業を露見させずに金を回収する方法といえばヤクザ者を使うことで、詳しいつながりは知らないが、少くとも神田分室の階下を借りている怪しげな関西系地上げ屋は、矢島の肝煎りだ。

そうとなれば命がかかる。

でも、私だってバカじゃないのよ、矢島さん。あなたに喧嘩を売るからには、ちょっとばかり腕に覚えがあるの。

年末の銀行は大忙しで、よほどの緊急を要する事案でない限りは、何だって年明けに回す。そんなこと、百も承知だわ。頭取秘書に抜擢されるまでには、ずいぶん現場の業務を見てきた。この障害をすり抜ける秘策を、私は発見したの。

年内に出国して、同一銀行の口座を現地に開設する。支店間の資金移動ならば何の問題もない。さらに、移動した三億五千万を三等分の小切手に換えて引き出す。おおむね百二十万ドルというところだろうか。これで山分けは完了。あとは世界中のどこの銀行で現金化しようが、ノープロブレム、ノーリスク、そしてノーロングである。

ロミロミが終わった。

「サンキュー・ベリマッチ。キープ・ザ・チェンジ」

英語は得意ではないが、気前よく百ドル札を切って、立花葵はエステティック・ルームを後にした。

この季節にハワイを訪れるのは初めてである。ホノルルは日本人で溢れ返っているが、さすがにハレクラニは敷居が高いと見えて、目ざわりなミーハーはいない。

たそがれのビーチに出ると、肌寒く感ずる風の果てに、鴇色《ときいろ》のベールをまとったダイヤモンドヘッドが昏れ残っていた。

矢島さん、なめちゃいけないわよ。本人たちが高飛びをしたあとで、誰が資金を移動するのか、ですって？　私たち三人には、信頼できる後援者がいるの。少し齢はとっているけれど、とてもクレヴァーで、勇気があって、心の底からあなたを憎んでいる人よ。彼女は今でもダグラス・マッカーサーを愛している。「財閥解体後の日本経済を支える新規事業の育成」というコマンドを、今も信奉しているの。だから、それを踏みにじったあなたを許さない。たとえパーフェクト・クライムの片棒を担いでも、あなたに利益は与えない。ビタ一文たりとも。

でもね、矢島さん。これはやっぱり、パーフェクト・クライムとは言えないわ。

そう、パーフェクト・ゲーム。天下無敵のあなたは、ファースト・ベースすらも踏めなかったでしょ。

サーブス・ユー・ライト！

ざまみろ！

ああ、それにしても、どうしてこんなに早くバレちゃったのかしら……。

＊

「捨ててちょうだい《プリーズ・スロー》」

マダムはそう言って、携帯電話を手渡した。聞きちがいかと思った。英語がペラペラだというふれこみには多少のハッタリがあるので、こういうときに困るのである。

「えーと、捨てちゃうの？　ほんとに？」

カルメーロは発音に気を付けながら、両手を大げさに拡げて訊き直した。

「イエス。夜の地中海に捨ててちょうだい」

携帯電話を握って投げるポーズをとると、マダムはにっこりと笑って「イエース」と言った。

このマダムはやることとなすことわけがわからないが、要望に従うのはカルメーロの務めだった。

「なるたけ遠くにね」

お道化《どけ》ながら助走をつけて、大きく振りかぶったとたんに電話が鳴った。

「かまうことないわよ。さ、投げてちょうだい」

ちょっとタイミングがはずれたが、投げた格好がおかしかったらしく、マダムは車椅子を揺すってケラケラと笑った。

「ありがとう。これでスッキリしたわ。キスしてちょうだい」

カルメーロはけっしておざなりではなく、カシミアの襟巻ごとマダムの顔を抱き寄せて、映画の中にしかありえぬくらい情熱的なキスをした。ついでに膝を被うブランケットのすきまから手をさし入れて、ほとんどミイラになった脚を、タイツの上からなでさすることも忘れなかった。

何だってそうだけれど、世の中イヤなことがほんとにイヤなのは最初の一回だけで、二回目からはそうでもなくなるのである。ましてや長くても数年、早ければ何ヵ月かで億万長者の仲間入りだと思えば、本物のミイラだっていっこうにかまわない。

「アイ・ラブ・ユー、カルメーロ」

「イエス。アイ・ラブ・ユー、ヒナさん」

マダムの襟元を整えると、カルメーロは車椅子を押して歩き出した。夜更けの波止場に犇くヨットやクルーザーには、色とりどりの灯がともっている。湾《いりうみ》を隔てたグラン・カジノは、華やかにライトアップされていた。

とりたてていいことのなかったこの一年だが、あと何日というところで信じられない幸運が舞いこんできた。こんな気分で年が改まるとは、思ってもいなかった。

「きれいね」

「一年のうちで、モナコが一番きれいな晩だよ。今の君と同じだね、ヒナさん」

たどたどしい英語も、こういう文句だけはかなり正確に、ほとんど考えもせずに口から出るのは、われながらふしぎである。もしや俺は天才じゃねえか、とカルメーロは思った。

カルメーロ・エスポーズィトは、たしかに天才なのである。

イタリア人、とりわけナポリの男は、世界標準に照らすなら全員がその道の天才であるが、彼の場合はたしかに突出していた。

その姓名も、イタリア人が聞けば誰もがそうと知る南イタリア限定であり、浅黒い肌も端整な顔立ちも骨格豊かな長身も、汎《はん》地中海の典型であった。要するに彼のそのすぐれた外見が、ナポリ的徳操に一役買っていたのである。

では、そのナポリ的徳操とは何かというと、なかなか説明が難しい。

たとえば、少年が遊び友達の少女につれなくされて、メソメソと自室にこもっていたとする。こうした場合、世界中の父親はイギリスでもドイツでもフランスでもアメリカでも中国でも、むろん日本でも同じ教育的指導をする。

「女にフラれたぐらいでメソメソするな、みっともない！」

へたすりゃ家から叩き出す。しかし家から叩き出すのはナポリの父親も同様だが、セリフがちがうのである。

「ナニッ、女にフラれた！　そいつは大変だ。もういっぺんくどいてこい！」

そうした風土で生まれ育ったナポリ人が、よその土地で暮らすとロクなことはない。女性はみな、「何でモテないんだろう」と思い、男性はたいてい無節操の烙印を捺されて警戒される。

カルメーロ・エスポーズィトも例外ではなかった。名門ナポリ大学で経済学の学位を取得した彼は、教授の推輓《すいばん》によりハーバードのビジネス・スクールに留学した。超エリートである。しかし英語を完全にマスターする間もなく、ナポリに舞い戻ってきた。彼にしてみれば、しごく良識的に、むしろ身を慎んで生活していたはずなのだが、なぜか「糞野郎」と呼ばれたのである。これをゆえなき差別だと感じた彼は、憤然として未来と決別し、ナポリ大学の教壇に戻ったのであった。

しかし皮肉なことに、急速なEU化によってナポリの道徳は危機に瀕していた。カルメーロは複数の女子学生を誘惑した廉《かど》で、フィレンツェ出身の学長に叱責され、退職を余儀なくされたのである。むろんカルメーロにしてみれば誘惑などではなかった。ナポリ的徳操に従って、女性に礼儀を尽くしたのである。

職を失った彼は、やがてナポリ市内に英語塾を開いた。しかしほどなく複数の教え子を誘惑した廉で、ミラノとヴェネツィア出身の親から訴えられ、ローマ出身の裁判官によって、多額の罰金を科せられ、塾の閉鎖を命じられたのであった。

この判決に最も不満を感じたのは、被告本人よりも彼の父親であった。生粋のナポリ人で、ローマだって他国だと信じている彼は、ナポリ的徳操が罰せられたことに腹を立て、日がな一日市庁舎の前に立って不当判決に対する署名運動を展開した。

しかし、ナポリ的徳操の最右翼としてつとに名高い父親の姿は、多くの人々の誤解を招いた。いい齢こいてナンパの新手法をあみ出したにちがいないと、誰もが考えたのである。たしかに客観的には、身ぶり手ぶりよろしく若い女にばかり訴えかけているように見えた。

父の努力も虚しく、カルメーロは社会から脱落した。彼には悪意がなかった。ただひたすら、ナポリの伝統に従順であり、その徳操を遵守しただけであった。これを罪だというのなら、「マラカス」だって罪深い楽器だし、イタリア語の「5」だって許し難い。要するに他言語に等しいくらいの道徳観のちがいが、ナポリ人とそれ以外の人々の間にはあったのである。

不遇をかこっていたカルメーロ君に、朗報がもたらされたのはつい先日のことであった。かつてシチリアの顔役であり、カルメーロの父とは飲み分けの義兄弟でもあるドン・サルヴァトーレが、このうえ願うべくもない縁談を持ちこんだのである。

おしゃべりでほらふきのドン・サルヴァトーレが、バールの片隅で「ここだけの話だが……」と声をひそめるのは、パルチザンであったころの「ムソリーニ暗殺計画」以来であったので、父親は思わず息を詰めたものであった。

「明日をも知れぬジャポネーゼのばあさんが、結婚相手を探している。金なら唸るほどあるぜ」

カルメーロの父は思わず、「俺じゃダメか」と言った。

「ダメだ。うまい話は条件がきつい。おめえもヒトラーの政策を忘れたわけじゃあるめえ」

「スィー。条件を聞こう」

「ひとつ、四十歳未満で未婚。ひとつ、フランス語と英語がしゃべれること。ひとつ、容姿端麗。どうだ、おめえのセガレはピッタリだろう」

「やっぱ、俺じゃダメか？」

「ダメだ。あれこれ考えてみたんだが、カルメーロのほかには考えつかねえ。どうだ、億万長者も悪くねえが、もっといいのは億万長者の父親だろう。カルメーロは孝行息子だ」

話がトントン拍子に、というよりほとんど即決した理由は、当のカルメーロ君があんがい銭金に無頓着だったせいである。父や家族の与り知らぬ秘密であったが、カルメーロは相当のババコンであった。彼が自己分析するに、「ナポリ一の美女」と誉れ高かった祖母に愛されたせいもあり、かつてパルチザンの一員であった母の「四十過ぎの恥かきっ子」であったせいもある。

実はこれまでにも、彼が心から愛し、心からくどいたのはずっと齢上の女性ばかりだったのだが、ほとんどは一笑に付され、たまに成功しても醜聞になるわけはなかったのであった。

ナポリの男にとっての結婚は、聖職につくのと同じである。しかし究極のババコンであり、EU化された祖国に絶望しており、そしてちょっぴり億万長者にもなってみたかったカルメーロ君は、父母が怪しむくらい二つ返事でこの縁談を受けたのであった。

——と、ものすごく端折ればこうした経緯で、カルメーロ・エスポーズィト君と謎の日本人マダム「ヒナ・ヤマムーラ」老嬢は、モンテカルロのオテル・エルミタージュでささやかな華燭の典を挙げた。聖書に誓い、市役所に書類を提出するまでは、ともかく新郎の気が変わってはならず、新婦に死なれては困るという周囲の配慮によって、すべてはモナコに集うセレブたちのランチよりも早く終わった。

エルミタージュの初夜の床で、新妻は言った。

「何もしなくていいのよ。私のそばにいてくれれば」

なぜ、とカルメーロは訊ねた。するとマダムは理解しづらいくらい流暢な英語で、たぶんこう言った。

「誰も不公平な世の中を公平にはできない。それができるのは、自分の力だけなの。でも私は少し齢をとっちゃったから、あなたの力が必要なのよ。これで、ノープロブレム。ノーリスク。ノーロング。私がいなくなったあとは、地中海に骨を撒いて、幸せに暮らしてちょうだい」

そのときカルメーロは、心の底からこの人を愛そうと思った。

——さて、じきに年が明ける。いくらか気の早い教会の鐘が鳴り始めると、車のクラクションがあちこちで響き、沖合に花火が打ち上がった。

ヨッコラセ、と日本語の唸り声を上げて、マダムは車椅子から立ち上がった。何て小さな人。まるで童話の中にしかいないくらい。

波止場には花火見物の人が集まっていた。知らぬ同士が、あちこちでキスをかわしている。どうやらパリの習慣がモナコにまで伝わっているらしい。

この人の唇を誰かに奪われてはならない、とカルメーロは思った。両手で抱き上げると、小さな妻の体は軽々と胸に収まった。

「ひとつだけ、私のわがままを聞いて」

「なんなりと」

するとヒナさんは、ひとしお熱いくちづけのあとで唇をカルメーロの耳元に滑らせ、まるで咽のつかえを吐き出すように囁いた。

「アイ・ラブ・ユー・マック。ユー・アー・マイ・コマンダー・イン・チーフ」

私の総司令官、という意味はよくわからないけれど、たぶんこの人はかつて「マック」という男を愛していたにちがいない。忘れられずにいることに、カルメーロ・エスポーズィトは軽い嫉妬を覚えた。

「でも、僕は誰よりも君を愛しているよ」

「ありがとう。私もそうするわ」

七色の光の花に照らされているうちに、ヒナさんの顔は魔法のように若やぎ、どこか亡き王妃の面ざしに似てきた。

でも、この人はグレースより幸せだし、僕はレーニエよりもずっと幸せだ――。

*

「もしや……」

バニヤン・ツリーの葉叢《はむら》を透かす木洩れ陽が、大友勉の顔を斑《まだら》に染めている。

「もしや、アオイが来ない？――それはないよ。少し落ち着けって」

「いや、そうではない。ハワイはれっきとしたアメリカ国内であるにもかかわらず、どう考えても日本人のほうが多い。もしや……」

「で、もしや何だっていうんだ」

「ここは日本領なのではないか。真珠湾攻撃の赫々たる戦果ののち、日本は勝利したのだ。われわれはそういうもうひとつの世界に、迷いこんだのではなかろうか」

「バカも休み休み言え」

時がたつほど不安が増すとみえて、大友はさまざまの仮説を唱え始めた。テロに遭ったただの事故に巻きこまれただの、日時をまちがえただの誘拐されただの、ともかくこの男が見かけによらず小心者であると知ったのは、樋口慎太郎にとってひとつの発見であった。バカも休み休み言ってほしいのである。

「それじゃ、もしアオイが僕らを裏切ったとしよう。これからどうする？」

「決まってるさ。俺たちはまだ若い。日本ではちっとも若くはないが、アメリカでは相当に若いと気付いた。この国は年齢より中身なんだな。俺も慎ちゃんも、肉体年齢はたぶん三十代だ」

「おつむの中もな。で、どうするんだよ」

「だから、セッセと働けばいい。多少の貯えはあるし、選り好みをしなければ食ってはいけるだろう。いずれにせよ、天下り役人などよりよっぽど価値ある人生だ」

なるほど。小心者のわりには肝が据わっているのである。つまり、これが一般社会人とはちがう、軍人の性格なのであろう。

天下り役人などよりよっぽど価値ある人生、というフレーズは気に入った。まさにおっしゃる通り。国民の血税を貪り食らうぐらいなら、皿洗いのほうがずっとマシである。長きにわたった宮仕えの人生を、徒労であったとするか矜りとするか、そのちがいだ。もし職業に貴賤があるとすれば、要点はそこなのである。

「僕はどっちでもいい」

樋口がそう言うと、大友は「オーキッズ」の窓辺に拡がる芝生をしばらく見渡し、それから午後の光をまとったその先の海に視線を滑らせた。

「俺も、どっちでもいい」

ビーチを望むハレクラニのレストランは、とうにランチタイムをおえて、客の姿もまばらである。

「腹がへったな」

「ああ。このごろなぜだかわからんが、若いころより腹がへる」

「すきっ腹にワインがきいちまった」

「今少し待て。きっとアオイも腹をすかしている」

昼ひなかのワインはたしかにきくのである。オードブルをつまみながらのワインは、アッという間に二本目のボトルが空いていた。

アオイが来た。

もし樋口の見まちがいでなければ、ワイキキの汀《みぎわ》を、陽ざかりの影を踏むようにして歩いてくるのは、立花葵にちがいなかった。

「シャンパン！」

樋口はボーイに向かって大声を上げた。発音が悪かったのかどうか、ボーイは一呼吸おいてから〝Champagne?〟と訊き返した。

大友が立ち上がって拳を振った。その横顔には夢も欲得もなかった。世の不浄なるものの、かけらも見当たらぬ男の顔であった。

たぶん自分も、同じ顔をしていると思う。かけがえのない友が無事に帰ってきたのだ。灼けた砂に足を取られながら、葵はようやく親とめぐりあえた迷い子のように、切ない泣き声を絞った。

「慎ちゃん、ベンさん、あたしね、あたしね――」

もう少しだ、アオイ。何があったか知らないけれど、戦果などはどうだっていい。

「どっちでもいいよな、ベンさん」

「どっちでもいい。二度と訊くな」

光と風が葵の背中を押す。もう少しだ。自分の力で、俺たちの胸にたどり着け。とにもかくにも、矜り高き人生を傷つけずにすんだ。億万長者だろうが、皿洗いだろうが、どっちでもけっこうだ。

「ハッピー・リタイアメント！」

樋口が凱歌を叫ぶと、大友は一瞬言いためらってから、意を決したように鍛え上げた大声を張り上げた。

「ハッピー・リタイアメント！」

レストランの中に喝采が沸き起こり、ボーイは華やかにシャンパンの栓を抜いた。

幸福な定年。いや、幸いなるかなわが人生。喝采の意味は、きっとそれにちがいない。

（了）

本書は、
「GOETHE」2008年12月号～09年11月号に
連載されたものです。

浅田次郎

1951年、東京都出身。
95年『地下鉄《メトロ》に乗って』で吉川英治文学新人賞、97年『鉄道員《ぽっぽや》』で直木賞、
2000年『壬生義士伝』で柴田錬三郎賞、
06年『お腹召しませ』で中央公論文芸賞と司馬遼太郎賞、
08年『中原の虹』で吉川英治文学賞を、それぞれ受賞。
現代小説から時代・歴史小説まで、短編、長編双方の名手として幅広いファンを魅了している。
著書に『プリズンホテル』『蒼穹の昴』、〈天切り松 闇がたり〉シリーズ、『シェエラザード』『憑神』など多数。

ハッピー・リタイアメント

2009年11月25日　第一刷発行

著者
浅田次郎

発行者
見城 徹

GENTOSHA

発行所
株式会社 幻冬舎
〒151-0051 東京都渋谷区千駄ヶ谷4-9-7
電話　編集03-5411-6211 営業03-5411-6222
振替00120-8-767643

印刷・製本所
図書印刷株式会社

検印廃止
万一、落丁乱丁のある場合は送料小社負担でお取替致します。小社宛にお送り下さい。

定価はカバーに表示してあります。

ISBN978-4-344-01751-1 C0093 Printed in Japan
幻冬舎ホームページアドレス http://www.gentosha.co.jp/
この本に関するご意見・ご感想をメールでお寄せいただく場合は、comment@gentosha.co.jpまで。